JN111728

花房藩釣り役 天下太平

五月の恋の吹きながし

石原しゅん
ISHIHARA SYUN

幻冬舎MC

花房藩釣り役

天下太平

～五月の恋の吹きながし～

目次

序章

大きく沸(わ)き立つ波頭を切り裂き、獲物目がけて疾駆する船。

「なぜ備えぬ！」

その船の中で石動(いするぎ)は怒(いか)っていた。

あの船にとって我々は迫り来る嵐に他ならない。あの時、我々を見た時に動いていればこの海なら逃げおおせたはずだ。

だが、今にいたるも動かず、まだ、釣りを続けている。

「それほど釣りが大事なら、三途の河で好きなだけ釣るがよい」

石動の腹がようやく定(き)まった。

白く泡立つ渦の中になす術(すべ)もなく立ちつくす船。その船の舳(へさき)に立つ太平も怒っていた。

「ええ、ただ釣りをしているだけの船に、まるで嵐のように襲いかかる。ええ、まったく許せません」

太平の目に、怒りと涙がにじんでいく。

「後二つで鼻を擦(す)ります」

櫓を漕(こ)ぐ勇次(いさじ)が告げる。

「うむ」

勇次の言葉に、石動が短かく答えて鯉口を切る。

「ええ、人が人にこんな事をしちゃいけません。はい、ごめんなさい！」

太平が大きく叫んで、涙とともに男目がけて、日頃愛用の漁師刀(まかり)を放った。狙いは船を漕ぐ男だ。殺す気はない。刺す気もない。漁師刀には鉄線入りの紐がついている。男の横をすぎる漁師刀を紐でよんで男の首に巻きつけて海に落とす。


「むん！」

石動が立ち上がりざまに、裂迫の気合とともに腰の刀を抜き上げる。

「ばつん」

わずかに遅れた刀は飛来する刃物ではなく、それにつながる紐を断ち切っていた。

「カッ」

太平の放った刃は、乾いた音とともに虚しく船床に突き立っていた。

人物紹介

天賀太平　通称天下太平。釣りと料理をこよなく愛する呑気(のんき)な若者

ご隠居　八兵衛。城下の口入屋万十屋の隠居。もう一つの顔は、盗っ人

伊兵　万十屋の手代。八兵衛の片腕

石動(いするぎ)格之進　元港奉行。切腹奉行、嵐奉行の異名を持つ

百合(ゆり)　石動格之進の妻

五月(さつき)　石動格之進の娘。今は料亭松風で働いている

釣雲　天賀家前当主。太平の義父。太平の釣りの師匠

おばば様　釣雲の義母。太平の義祖母

楓　釣雲の妻。太平の義母

花房(はなぶさ)信久　花房藩藩主。太平の良き理解者

片桐監物(けんもつ)　花房藩家老。藩の実権を握っていると噂されている

堀江卓馬　奉行所町方与力。監物の命を受けて動いている

秀次　居酒屋のれんの大将。元御家人

小夏　料亭松風の女将

猪二　松風の板前。通称鬼カサゴ。太平の料理の先生でもある

ゴン　松風の脇板。松風では太平の同期となる

室田屋常蔵(つねぞう)　江戸の材木商

源伍　大工の棟梁。室田屋とともに総勢二十三名でお伊勢さんに向かっている

鬼カサゴ　猪二。松風の板前。太平の料理の先生でもある

第一章

いずれあやめかかきつばた

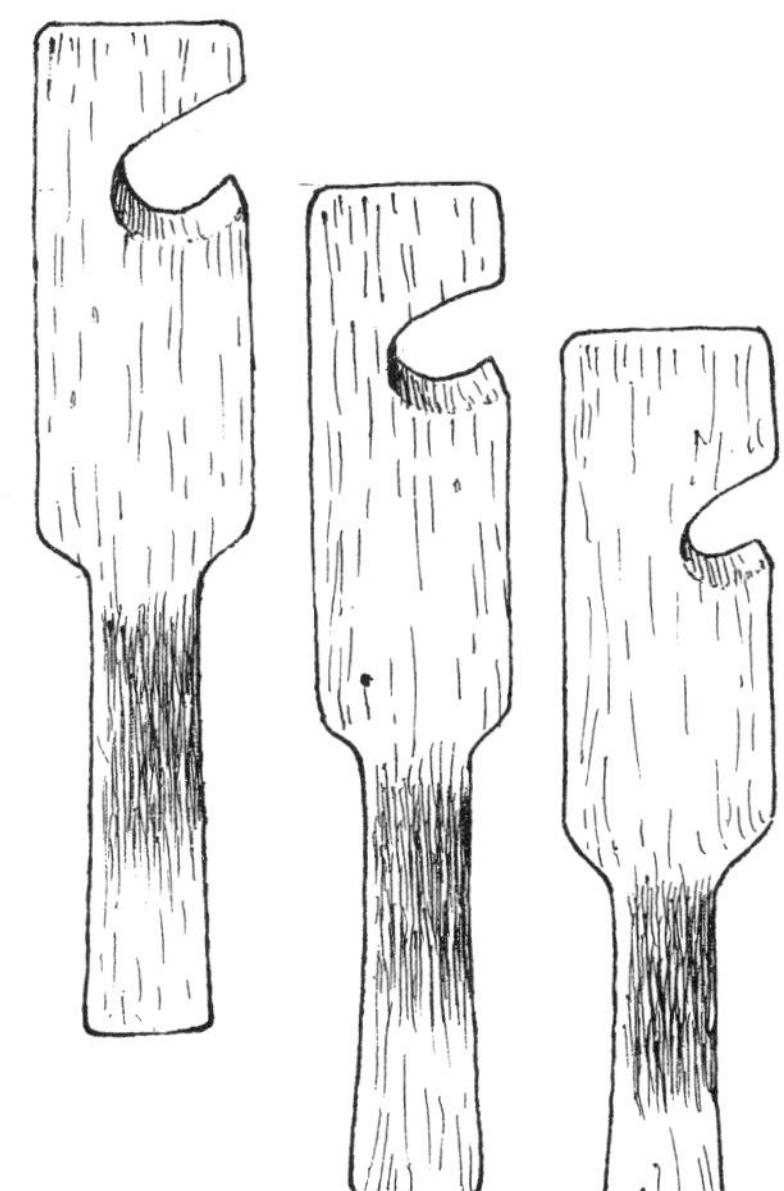

一

夏、五月――

青く澄み渡った空に、ぽっこりと白く浮かんだ雲が、二つ三つ、のんびりと流れていき、ときおりに燕(つばめ)が、ひょいっ、ひょいっと、白く黒くよぎっていく。

「はい。天下太平、日々是れ好日、世はなべて事もなし。ええ、まったくその通りです」

太平の、機嫌のいい時の口癖が飛び出した。太平の機嫌はほぼ天気に直結している。だから言葉そのものに大した意味はない。

『今日は天気が良くて嬉(うれ)しいな』そう言っているにすぎない。

天賀太平二十三歳。花房藩五万三千石で釣り役を勤めている。

東海道を桑名で折れて伊勢街道を進めば海堂藩三十三万石となる。その海堂藩の隣、伊勢神宮まで半日ほどのところに花房藩はある。伊勢の海を望む、実成りも豊かで海の幸にも恵まれたのどかな藩だ。だからこそ釣り役などという呑気なお役を誰も不思議と思わないのかも知れない。

花房藩釣り役天賀家は百三十石三人扶持(ぶち)に猫二匹扶持、家格としては中士となる。

太平、城下ではけっこう有名人だ。特に釣り好きの間では天賀太平よりは「天下太平」、あるいはただ「太平」、それで通っている。これはさっきの太平の口癖と、釣り役という聞くからにお気楽そうなお役のせいでもある。

もう一つの通り名が「へのへのもへじ」、縮めて「へのじ」である。

こちらは顔から来ている。太平、丸りとした童顔に目がくりっとしていて、まるで何かに驚いた赤ん坊か仔犬のような顔だ。へのへのもへじの「の」の字を丸っぽく書いて、ついでに外の「じ」の字を丸っぽく書けば太平の顔となる。

しかも太平、たいていは機嫌が良くて、釣りとうまい料理の事を考えれば、すぐにののの字もへの字となって、へへへへのもへじができあがる。


薄青の稽古着（けいこぎ）に紺の稽古袴、右肩に竹刀（しない）袋、左手に道具袋を提げた太平の姿は、剣術の稽古に向うところとしか見えない。だが竹刀袋の中には釣り竿が、道具袋の中には面、籠手（こて）ではなく、釣り道具の一切が入っている。

太平、お役の時以外は一年中をほぼこの格好ですごす。

天賀家の家格だと、当主は外出の際には羽織袴で大小を帯び、小者を引きつれねばならない。

だが稽古着だったら竹刀が刀の代わりと言い訳がたつ。

「ええ、羽織はともかくですよ。刀は危なすぎます」

刃物としての危険ではない。

「重いし長すぎます。足場の悪い磯でですよ、もし大物がかかったらどうします？　わあって退がったら岩があってですね、それに刀がぶつかったら、うわっ、きゃ、どぶん、ですよ。ええ、あんなに危ない物はありません」

稽古着だったら竹刀が刀の代わりと言い訳が立つ。もっとも太平の場合は、刀の代わりの竹刀の代わりに釣り竿が入っているのだが。

「ええ、脇差はかまいません。大物が釣れた時には包丁の代わりになりますから。ええ、だってですよ」

太平の話している相手は太平だ。思った事が口に出て、それに自分で答えている。要は一人言だ。

太平、子供の頃はのべつ幕なしに一日中を喋り続けていた。

寺小屋の庭の柿の木にたわわとなった実を見て。

「うわあ、おいしそうです。でも柿の枝は折れやすいって言いますからね。あ、そうです。ええ、台所の横に梯子がですね」

そこで師匠に頭をぺちんとはたかれた。

「太平、あれは渋柿や」

その時には心底驚いた。師匠ともなると人の心まで読めるのかと。

「だってですよ。まさか自分がしゃべっていたなんて思わないじゃないですか」

それ以来、人前ではそれなりに気をつかっているのだが、太平のまわりでは「太平の一人言」それで通じるし、口の悪い連中には「太平の寝言が始まった」ですまされる。

堀留にさしかかると、対岸には紫の花が列をなして涼やかに咲いていた。

「わあ、きれいですね。ええ、いずれあやめかかきつばた。あれ、どっちでしょう？　確かあやめは陸に咲いて、かきつばたは水辺で、あれ、逆でしたっけ？」

確かに教わった。それは覚えているが中味を忘れた。仕方ない、十年も昔の話だ。

「ええ、十年経っても分からないという事は、これはもうどちらでもいいという事です。あ。だから、いずれあやめかかきつばた、なんですね。あれ、菖蒲は？」

花の名で悩むのはそこでやめにした。何といっても、今日は五日ぶりの釣りなのだ。

「ええ、実に久しぶりの釣り日和りです」

普通なら五日ぶりで充分だろうが、太平には、実に久しぶり、となる。太平は天気さえ良ければ毎日だって釣りに出たい。その日が月夜なら一晩中だって釣っていたい。

「ええ、潮止まりでお魚が動かない時に寝ればいいんですから」

そんな太平にとって釣り役は正に天職と言う他はない。だが太平は釣り役天賀家に生まれた訳ではなく、養子である。そして太平が天賀家の養子となるまでには、偶然と早とちりと幸運。そして、命がけの修行があったのだが、それはもう少し先でのお話。

堀溜沿いの桜並木はとっくに花を散らし、今は青々と若葉を繁らせている。その中に柳の巨木が一本、川面に大きく枝を張りだしている。その柳の木陰に、いつもならあるはずの顔がなかった。

いつもの顔は、その手前の桜の木の下にあった。

「こんにちは。ご隠居さん、伊兵さん」

声に振り向いたご隠居が笑顔となり、伊兵も口の端をわずかに上げる。

「ずい分とお久しぶりですな、太平さん」

ご隠居と伊兵。二人を見ると、太平はいつも狸と狐を思ってしまう。

もっとも、本物の狐はまだ見た事がない。狸とは夜にばったりと出くわしたが、すぐに藪(やぶ)に消えたから、光った目と黒い尻尾(しっぽ)くらいしか覚えていない。だから太平に浮かぶのは、信楽焼の狸の置き物と、縁日で売られていた狐のお面の方だ。

ご隠居は中背小太りで、釣りの時にはいつも檜の菅笠をかぶっているから、竿の代わりに通い帳と徳利を持たせれば、そのまま狸の置き物となる。もっとも、目はあんなにくりんとしていない。奥まってしょぼんと小さい金壺眼(かなつぼまなこ)だから、良く見ないとあるのかないのか良く分からない。

伊兵の方は長身痩(や)せ形で、顔も狐のお面のようにしゃきりとしている。目も彫刻刀で刻んだかのように、細く鋭く切れ上がっている。

「もう、ちぬに鞍替えしたんやと思ってましたわ」

ご隠居が少し恨みがましく言う。太平の顔を見るのは十日ぶりほどなのだ、文句の一つも言いたくなる。

「ええ、乗っ込みには行きました。だって、いよいよですもの」

黒鯛は、冬は暖い深場で過ごす。そして春となり、水温が上がるとともに浅場に移り、産卵に向けての荒喰いを始める。それが乗っ込みだ。

乗っ込みが始まれば黒鯛の季節の到来となり、磯釣り師の、冬までの一喜一憂も始まる。

「でも、まだ体が薄いんで三枚でやめました。ええ、もっとふっくらしてきた頃に釣ろうと思います」

太平は釣りと同じくらいに食べる事も大好きだから、おいしくない魚は釣りたくないのだ。

「おや、新しい竿ですか？」

太平が竹刀袋から出した竿を見て、ご隠居が身を乗りだす。

「はい、天気が悪かったので竿をいじってました」

春の嵐の名残りのような強風が、ここ何日か吹き荒れた。

強い風は釣りの天敵だ、雨より悪い。風は波を呼び、舟はもちろん、磯だって危険となる。大きなヨタ波に襲われれば命の危険ともなる。それで、釣りをあきらめて竿を作り始めた。

竿作りは、義父釣雲の影響だ。

釣雲は江戸生まれの江戸育ち。殿様のお供で江戸に行っていた天賀家の先代が、釣雲の釣りに惚れ込んで養子に口説き落とした。

そしてその腕に惚れ込んだ太平が、釣雲の弟子となり養子となるのだが、それはもう少し先での話。

和竿（明治に西洋竿が入って来て、和竿という言葉が生まれる。それまではただ「竿」だ）作りは、幕末を迎えるこの時代に大きく発展をしていた。

竿師という職もこの時代に成立する。紀州藩士から竿師に転じた、初代東作がその嚆矢とされる。当時、世界一の人口を抱え、海に近く、川も無数に走る江戸だからこそ、竿師という職も成立し得たのだろう。

はぜ竿、鱚竿、海津竿。釣る魚に合わせて、多種多様な竿が作りだされていった（もちろん、釣られる魚は自分用の竿かどうかは気にしないだろうが）。

江戸時代に作られた、たなご釣り用の釣り箪笥という物がある。天板についた金具で持ち運び、腰掛けともなる大きさで、何段かの引き出しがついている。その引き出しには仕掛けや浮子やらの、たなご釣りに必要な一切がおさまっている。

上の蓋を開けると、鯨の髭で作った穂先、竹の先を使った穂持ち、布袋竹の手元が入っている。三段を継いでも二尺（約六十センチ）ほどのその竿で、一寸（約三センチ）ほどのたなごを釣る。

そして大きさではなく、小ささを競う。片手の平にたなごを並べて数を競い、終れば水に返す。これは正しく本邦初のゲームフィッシングといえる（いや、ひょっとすると世界初かも知れない。最盛期には頻繁に競技会が行われ、賞品まで出たというのだから）。

余談ついでに言えば、和竿の発達は平安時代に端を発する、らしい。平安貴族が庭の池の上に釣殿を建てて、釣りをしながら酒宴をする。ここに遊びとしての釣りが始まり、釣り人が生まれ、和竿へとつながっていく。


竿には三つの形がある。

延(の)べ竿、継(つ)ぎ竿、振り出し竿の三つだ。延べ竿は一本の竹をそのまま竿にした物で、これが竿の始まりとなる。

そして応仁の乱の頃に継ぎ竿が生まれる。

世情は不穏の極にあり、裕福な公家ならば、警護のための侍を雇っていた。

さすがに、警護の者の前を釣り竿を持って出かけるのははばかられる。それで竿を切って刀袋に入れて、釣り場で組み立てる。これが本邦初の継ぎ竿となる、らしい。

振り出し竿は、すべてを入れ子にして一本に仕舞い、振り出せば一本の竿となる。江戸時代にも作られてはいるが流行(はや)らなかったようだ。技術的な問題もあるだろうが（グラスファイバーが出現して以降は振り出し竿が主流となった）そこまでの便利さは必要としなかった。そういう事だろう。

並継ぎ、印篭継ぎ。四本継ぎ二本仕舞い、六本継ぎ三本仕舞い。

一本の竹からだけではなく何本かを、さらには種類の違う竹をも組み合わせる。幾多の竿師が工夫を凝(こ)らし、切磋琢磨しながら、世界に類を見ない優美で強靭(きょうじん)な和竿を作り上げ

ていった。（実際に、明治、大正、昭和初期と、和竿は日本の主要な輸出品の一つとなっていた）

釣雲もそんな竿師の一人に竿作りを習った。師事をした訳ではない。人に頭を下げられない釣雲は弟子にはなれない。釣り仲間の竿師のところに入り浸って、勝手に竿作りを遊んだ。

だが釣雲、武芸学問には手を抜いても、遊びには決っして手を抜かない。数年で竿師も舌を巻く腕前となった。

「釣り人なら、仕掛けはてめぇで作るよな」

ある日、釣雲が長い顎をなでながら太平に聞いてきた。

「はい、もちろんです。だってですね」

釣れなければ「なぜ」を釣り人は考える。そして、次のために色々を工夫するのだ。

「仕掛けの天っ辺は何だ？」

「はい、難かしいのは鯛のてんや鈎でしょうか。あ、黒鯛のふかせ仕掛けもですね」

「ばーか。その仕掛けの上の上、天っ辺は何だって聞いてんだよ！　竿だろうが。竿がなきゃ釣りになんねえだろうが！」

太平、舟では手釣りだから、別に竿がなくても困らないのだが、つい釣雲の勢いに引きずられた。

「はい、竿が天っ辺です」

それで、釣雲の竿作りに付き合う事となった。

「いいか太平。てめぇみたく、日向(ひなた)ぼっこしながらのんびり育ったような竹は要(い)らねえ。厄介なところでひねて育った奴を探すんだ」

「はい。釣雲さんみたいな竹ですね」

「ん……まあ、そういうこった」

秋が近づけば、あちこちに出掛けては竹を探す事となった。

「太平。今過ぎたとこの右のやつだ。右だって言ってんだろが！　てめぇ、喧嘩売ってんのか！　あ、すまん。おめぇから見て左だ。そう、そいつ」

戻って来れば髷(まげ)は蜘蛛の巣にまみれ、着物も体も切り傷だらけとなっている。もちろん、釣雲の着物にも髷にもほつれ一つない。竹を伐り取り、束ねて運ぶのも太平の仕事だ。

竹の「芽取り」「油抜き」ここでようやく釣雲も働き出す。天賀家の庭には、そんな竹の二百本以上があちこちに立てかけられ、あるいは軒先に吊るされている。いい具合に枯れた竹は適当な長さに切って、釣雲の離れの中に立てかけてある。

「あ、あの竹。竿になりたがってます！」

太平が飛び上がって、部屋の壁に立てかけられた竹に向かっていく。何十本かの中の一本を迷わず手にすると、さらに数本を手に取った。

「いやあ、驚きました。この竹、今光ったんですよ。ええ、もちろんかぐやさんじゃないんですから竹が光るはずはありません。ええ、ですから、光って見えたように見えた。ええ、そう言うべきなんでしょうけど」

「太平、結論を言え！」

「あ、はい。かぐやさんは月に帰ってですね、その後、あれ？」

その先を太平は知らない。いや、誰も知らない。

「すまねえ。続けてくんな」

「はい。光って見えたこの竹を取ったらですね、こちらとこちらの竹さんたちがですね。俺も竿になりたい、私もお魚が釣ってみたい。そう言うんですよ。ええ、もちろん、竹がしゃべらないくらいは私も知ってます。でも、そう聞こえたんだから仕方ないじゃないですか。だってですよ」

「太平」

「はい」

「竿にしてやんな」

太平の手にした竹の、どっちが俺で、どっちが私なのか、気にはなったが聞くのはやめた。

二

「で、それがその竿ですか」

ご隠居が話を戻した。これ以上かぐや姫の話は聞いていられない。

「はい、まだ仕上げはすんでいないんですけど」

太平は話の腰を折られても怒らない。思いつくままを話しているだけだから、話に首尾も背骨も、まして腰など最初っからないのだ。

「ええ、今回は矯めが一発で決まったんです。ええ、滅多にある事じゃありません」

竹はすべて曲がっている。真っすぐに見えても、傾いでいたり歪んでいたりする。まして、今回太平が使った布袋竹は一節ごとにゆるやかな「く」の字となっている。その「く」の字の連続を真っすぐにする、それが「矯め」だ。

竹の曲がりを見極めながら、七輪の火に竹をかざす。熱で竹の表面に、ふつりふつりと油が浮いてきたら、矯め木で一気に扱き上げる。樫の木で作った矯め木には斜めに溝が切ってあり、竹の太さに合った矯め木を選んで、竹に当てて扱き上げる。それによって曲がりを直し、歪みを真円に近づける。

火を入れられ、矯めを入れられる事で、竹は粘りと強さを身につけて竿となる。

「ええ、早すぎたらびくともしません。遅すぎたらへたんとなってもうおしまいです。ええ、だってですね」

「鯉竿ですか？」

太平の竿作りの話は何十回と聞いている。それよりは竿の方が気になる。

「海津竿です」

「ああ、チヌですか」

ご隠居、鯉釣り以外はやらない。決まった日に決まった場所で鯉を釣る。もちろんそれには理由があるのだが、それはもう少し先でのお話。

大坂でチヌ、江戸では黒鯛だが、大きさでも名が変る。一尺（約三十センチ）に満たない一年魚はちんちん（黒鯛の一年魚はすべて雄だからこう呼ぶ、訳ではないらしい）一尺を超えて海津、（この頃には半分ほどが雌に性転換をしている、らしい）一尺半（約四十五センチ）を超えて初めて黒鯛と呼ぶ。（現在では、四十センチを超えたら黒鯛としている）

色は黒いが鯛の親戚、系図をたどれば鯛に行き着く。その「系図」が「ケイズ」「カイズ」「海津」となった、らしい。

釣り役は殿様の釣り相手だから、当然参勤にもつき従う。太平も江戸には何度か行って海津と言う名を知った。

「ええ、チヌより断然いいです。だって、チヌって何ですか。ええ、まったく分かりません」

昔、大坂の海には茅が生い繁り、そこから茅渟の海と呼ばれた。そして春ともなれば、黒鯛が群れをなして乗っ込んで来る。茅渟の海を代表する魚だからチヌとなった、らしい。

「黒鯛と言うのも少し変です。だって、黒くないですから。ええ、織田さんの鎧みたいにきらきらしてますから」

釣り上がったばかりの黒鯛は、信長の好んだ西洋甲冑（かっちゅう）のように銀色に光り輝いている。でも、黒鯛には「鯛」の一文字が入っているから許せる。チヌよりは断然いい。

それで太平は、一尺の上を海津。一尺半からを黒鯛と決めている。一尺に満たない物は、

「ええ、チヌでもチンチンでも好きに呼んでください」


いつもならご隠居のいるはずの柳の木、その少し先の小さな桟橋の上に、見るからに大きな男が竿を出していた。

「あれ、初めてのお方ですね？」

腰に大小があるから武家に間違いない。だが、笠の影からもはみ出す大きな顔は一面に髭でおおわれていた。

武家ならば髭は生やさない、隠居をしたか浪人か。着物も袴も、地味ではあるがかなりの上物と見えた。もちろん太平ではなくご隠居の見立（みたて）だ。太平に着物の良し悪しは分からない。太平に分かるのは、着ているかいないか、そこまでだ。

背筋を伸ばし、竿尻を左手で握り右手を軽く添えて、竿を正眼にかまえたその姿にはまったく隙がない。今にも「面えーん」と一本を打ち込みそうだ。

「あ、いけませんね。ええ、まったくなっちゃいません」

その男は下駄を履いていた。魚は目敏く、そして耳敏い。床机に座って動く気のないご隠居だって雪駄にしている。

「もう半刻ほど（約一時間）もあのお姿です」

ご隠居たちがきた時には、すでにその形だった。それでいつもの場所はあきらめた。髭もじゃの大男、しかも二本差しと来ては、あまり近くにはいたくない。

それから半刻、男は同じ形のままでいる。同じ姿勢を続ける。それがどんなに大変な事かは、ご隠居も伊兵も良く知っている。素人だったら小半刻（約三十分）ももちはしない。

「足は時々入れかえてます」

伊兵が告げる。体が固まらぬように足を入れ替え、体もそれなりに緩めているのだろう。

「よほどの鍛錬を積んだお人やないとああはいきません」

ご隠居も、自分の浮子よりもその男をついつい見てしまっていた。

「なぜ、教えて上げなかったんですか」

太平は武芸なんかに興味はない。ただ、あのままでは絶対に釣れない。それは断言できる。

「いえ、それがですね」

ご隠居も見かねて、桟橋まで行って声はかけたのだ。

「あのう、お武家様。それですと」

釣れませんよ、と言う前に、「無用」と一言言われた。「ですが」と重ねたところで、振り向いた男に、「ぎろり」と一睨(にら)みされた。

笠の陰の中からぎょろりと光る大目玉。その眼光の物凄(すご)さに、後の言葉は呑み込んで戻ってきた。次に何かを言って「無礼者！」と、手討ちにでもされたらたまらない。

「触らぬ神に祟りなしですわ。あ、太平さん」

すでに太平は男に向かって歩き出していた。

「はあ」

その後ろ姿に、ご隠居が溜め息をつく。

「仕方ありません。太平さんですから」

伊兵が玉綱を手に取り、綱を外して柄だけにする。もし、男が「無礼者」と刀に手をかけたら太平を弾(はじ)いて堀に落とす。その後は出たとこ勝負だ。柄には鉄芯が通してあるから、刀とも良い勝負ができるはずだ。

「こんにちわぁ」

太平が桟橋の中ほどに自分の竿と道具袋を置いて、突端にいる男に向かって声をかける。

「うむ」

男が振り向いて太平を「ぎろり」と睨んだ。

その若者が、少し前に声をかけてきた老人と親し気に話した後でこちらに向かったのは目の端で捉(とら)えていた。「近づく者、動く物はすべて敵と心得よ」剣の師の言葉だ。だから常に、回りへの目配り、気配りは欠かさない。

男の名は石動（いするぎ）格之進という。

この地より南の某藩で、港奉行という要職にあった。だが、一と月ほど前に起きたある事件のせいでその役を解かれ、藩を遂われ、今は家族とともに旅の中にある。

「釣れますかあ」

そののほほんとした声が実に腹立たしい。石動は、昼日中（ひなか）から釣りに興ずるような若者が大っ嫌いだ。道場に向かう途中、そう見えたが竹刀袋からは竿が出てきた。家族をあざむいてまでも釣りをする馬鹿者、そうとしか思えない。

こちらを釣りの素人と見て何か講釈でも垂れにきたのだろうが、こんな手合に教えを受けるくらいなら釣りをやめた方がましだ。どうせ釣りも好きじゃないのだから。

それで、今度は本気のぎろりで睨みつけた。ただでさえ厳（いか）つい顔の石動がその大目玉を剝いて睨みつければ、たいていの人間は目をそらせて立ち去る。

だが太平は石動の目なんか見ていなかった。石動の後ろにしゃがみ込んだ太平が見ているのは、竿であり、糸であり、そして水の中だった。

「釣りたくないのですか？」

太平が石動を見上げながら、不思議そうに聞いてきた。

「はい、釣りたくないのなら何も申しません。釣りたくないけど竿を出す。ええ、そういう人もいるそうです。まったく理解できませんけど、理解できなくても否定しちゃいけません。ええ、虎沢先生にそう教わりました。あ、虎沢先生はとても絵がお上手でして」

子供の頃だったら、話はさらにあちこちに飛び火して、野火のごとくに野原を焼き尽くすところだが、太平も今は大人だ。

「釣りたいのですか？　釣りたくないのですか？」

「うむぅ」

もちろん釣りたい。だから一刻以上も竿をかまえているのだ。だが、昼間っから釣りをするような若僧に教えを乞う気はない。

「お身内にご病人ですか？」

太平の言葉に、石動の大きな目がさらに大きく瞠かれる。

「はい、鯉の生き肝には強い薬効があると聞いています」

釣りは初めて、としか見えない人が真剣そのものの顔で釣りをしている。太平には他の理由が浮かばない。


石動の妻は三年ほど前から体を弱らせていた。それが、旅に出てさらに弱った。普通なら一日の距離が三日はかかる。駕籠にも酔って、長くは乗っていられない。途中の宿でも何日か寝込み、そして、この地で遂に倒れた。

すぐに医者に見せたが、看立は今までと同じだった。病因は不明、体をいたわって滋養を摂る。処方は朝鮮人参、どの医者も同じだった。

朝鮮人参は、近頃では国内でも盛んに栽培されて値が下がったとはいえ、まだ高価な事に変りはない。それに、朝と夕に飲ませているのにその効果がまったく見えてこない。

「後は、鯉の生き肝くらいやろか」

医者の一人がそう言ったのを思い出した。

生き肝は薬種屋では扱わない。海の豊かなこの辺りでは鯉を扱う魚屋もない。だから、釣るしかない。

「釣りたいのですか？」

「うむ」

「うむ、では分かりません」

「あー、釣りたい」

いや、釣らねばならないのだ。

「あー、どこか間違っておるか？」

「どこか、ではありません。最初から最後まで、すべてがまったくなっちゃいません」

太平、こと釣りに関しては容赦がない。石動の、微動だにしなかった竿先がとぼんと垂れた。

「最初に言っておきますが、釣りたい、と言うのはあなたの都合であってお魚には関係がありません。はい、お魚にはお魚の都合があります」

魚には魚の都合がある。昔、あまりに釣れなくて苛立っていた時に、釣雲にそう言われた。

それで、鈎を上げて耳たぶに当てたら、冷んやりと実に気持ちいい。

「あ、これでは釣れません。ええ、冷たすぎます」

太平が狙っていた場所は潮が揉み合って泡立ち、何度か良型のメジナを釣った場所だった。

「はい。こんなに良いお天気だから中も暖ったかだと思ってました」

それ以来、太平は常に魚の都合を考える。潮の満ち干、水温に濁り、陽の差し加減。こんな日は、魚はどこにいて何を食べたがっているか。思う限りに魚の都合を考える。

そのおかげで劇的に釣果が上がった。かと言えば別に大して変わらない。釣れる時は釣れるし、釣れない時は釣れない。

ただ、釣れなくて苛立つ事はなくなった。釣れない時には、釣れない理由を考える。それで、次にはちゃんと釣れる、はずだ。

「そもそも、そこには鯉がおりません」

太平が、石動の浮子を指さして断言する。

「はい、三日前でしたらその辺りにもおりました」

だがその後に上流で大雨が降り、冷たい雨水が流れ込んで底冷えとなった。それで鯉は暖を求めて浅場に移った。

「うむ。三日前なら」

「釣れてません。ええ、三日前でも三年前でも釣れてません」

太平に容赦はない。

「その竿は二間（約三・六メートル）。糸も二間と少し。見たところ浮子（うき）下は一尺（約三十センチ）もありません。三日前の鯉はもっと下にいました」

「あー、これは店の者が」

昨日、鯉を釣ると思い立って荒物屋に行って釣り具一式を購（あがな）った。そして、店主に言われたままに釣っていたのだ。

「まさか今日に、こんなところで釣りをする人がいるなんて誰も思いません」

「ならばどこにおる」

「はい、あなたの足の下です」

石動は店主に教えられたここに来て、迷わず桟橋を釣り場に決めた。年経た鯉は龍になるという。そんな鯉が棲（す）むには河の中央こそがふさわしい。だから、河に突き出した桟橋の突端を選んだ。

だが残念ながら、ここは河でも川でもない。普段は水もほとんど動かず、川のような池にすぎない。

領内を流れる深入川が、花房城に切り裂かれるように二つとなる。その一つの横入川、その途中から水を引き込んだ堀溜。それが、今石動のいるところだ。

かつて川狩り（山で伐り出した木を、川に流して運ぶ事）で運ばれてきた木材を、一時溜めて置く場所だったが、深入川沿いに新たな木場（貯木場）ができてからはほとんど使われていない。だからこそ格好の釣り場となっているのだ。

普段は横入川からの水門は閉じられているが、先日のように大雨で水位が上がった時には開かれて、その時だけは川となる。

「この下、にか？」

石動が足元の板に目をやる。真下の魚をどうやって釣るのか見当もつかない。

「さあ」

太平の返事は素っ気ない。色々を考えれば、その辺りにいてもおかしくはない。それだけの話だ。

「失礼します」

太平が石動の竿に手をかけて、ひょいっと立てると浮子がふわりと太平の手に飛び込んだ。その鈎先の四角い物を外して口に放り込む。

「んぐ？　まったくいけません。ええ、まったくおいしくありません。それに固すぎます」

「うむ」

鯉の餌ならこれが一番ですと、店主が笹包みを出してきた。一つ八文のそれを、二つほど持っていけば充分ですと言われた。二つで十六文、店でうどんが食べられる。中は芋だと言う（まだジャガ芋はないので、芋と言えば薩摩芋となる）。ふかした芋に色々と工夫をしてあると言われたが、芋は芋だ。

その前に買った竿が六十文。最初に推められた竿は六百文もした。「大鯉を釣るんなら、これくらいやないと」と言われたが断った。大鯉など釣る気はない。要るのは肝だけだ。仕掛け三つと道糸で八十文。浮子は釣りの要と思えたので百文を奮発した。すでに二百八十文、上等の宿に一泊できる値だ。魚屋に鯉を売っていれば、何匹買えるか見当もつかない。

帰り際に会った棒手振りは、芋三本を二文で売っていた。十六文が二文ですんだ。二本と三分の一は、その日の夕と今朝のお菜となり、残りは今、石動の足元に置いてある。

「これ、茹でましたね。ええ、ふかしてないからほぐれません」

太平が責めるように石動を睨んでいた。

「あー、うむ」

石動には茹でるとふかすの違いが分からない。だがそれを言えば、目の前の仔犬のような顔の若者が、さらにきゃんきゃんと吠え立ててきそうだった。

「これではこの辺りの鯉は釣れません。ええ、私とご隠居さんのおかげで舌が肥えてますから。ご隠居さん、釣りはお下手ですけど団子作りはお上手なんです。ええ、私とどっこいどっこいです。はい、これをお使いください」

太平が道具袋の中から割り子を一つ取り出した。蓋を開けると、中には金団のようなものがぎっしりと詰まっていた。それを竹箆で一匙をすくって石動の顔の前に出す。

「できたてのほやほやです。さ、どうぞ」

「さ、魚の餌であろう」

突き出された竹箆から、顔をそむけて後退りをした石動が足を止める。左足の、下駄の後ろ歯が宙を噛んでいた。

「何をおっしゃいますか。人がおいしくないものをお魚が食べますか」

何かが違う。そうは思ったが石動は魚に詳しくない。鯉は芋を食う。知っているのはそれだけだ。そして、目の前の金団のような物は実に良い匂いをさせていた。そして、これ以上退がれば川に落ちる。

「はい、あーん」

「あー」

口を開けてしまった。

心地良い甘さが口の中に広がった。芋だけの味とはとても思えないが、石動にはそれ以上は分からない。

文句を言わずに食う。

石動の食はそれがすべてだ。うまいまずいを言った事もなければ、これは何かと聞いた事もない。だから、今石動に言える言葉は一つしかない。

「うーむ」

「でしょう」

太平の顔がへへへの字となる。

「ふかしたお芋を擂って、味醂（みりん）と黒蜜と酒粕を加えてあるんです」

言いながら自分も一匙を口にする。

「こうして口に含んでいるとですね。あ、今です。ええ、今、ほろっと崩れました」

団子釣りは匂いで魚を寄せて釣る釣りだ。

鈎（はり）を団子でくるんで水に落とす。団子の重さで浮子も水中に沈む。団子が解（ほど）けるに従って浮子が浮いて来る。

「固すぎたらいつまでも団子のままです。柔らかすぎたら鈎がすぐに飛び出しちゃいます」

団子がゆっくりと解（ほど）けながら、鈎を包んで上がって来る。それが理想なのだ。

「ええ、とても良い解け具合だったでしょう」

どうやらそれを自慢するために一口をくれたようだ。

「うむ」

団子は、解ける前に胃に落ちた。

「もう一口だけですよ。大事な餌なんですからね。はい、あーん」

「うむ。あー」

太平が竹篦を差し出し、石動の頑丈そうな顎が大きく開かれる。

「ぷっ」

「くっ」

ご隠居と伊兵が思わず吹き出した。ご隠居が「無礼討ち」を恐れた大男が、太平に向かって「あーん」をしている。

「太平さんには敵わん」

伊兵が玉網の柄に再び網をつけていく。どうやらこれの出番はないようだ。

「初めて会った時もこんなんやったな」

ご隠居が太平との出会いを懐かしく思い出していく。

「これを使ってください。はい、できたてのほやほやです」

太平が自分の竿を石動に渡す。石動の竿でも魚は釣れる。だが尺鯉を釣り上げるだけの力はない。

「うむ」

竿を手にした石動の目が大きく瞠かれた。二、三度軽く振って、「うーむ」静かに唸った。軽く加えた力が竿の全身を疾り、無駄な動きは竿の中に消え、そして「しん」と元に戻る。

これが釣り竿という物ならば、さっきまでの竿は棒っ切れにすぎない。さっきの竿が竹刀ならば、今、手にしている竿はまさしく真剣だった。

「うむ」

石動、ようやく太平の話を真剣に聞く気になった。

団子が解けるに従って浮子がゆっくりと姿を見せ、最後には水面に横となる。

石動は、浮子は水面に立っているもの、そう思っていた。最初に芋をつけたら浮子が沈んだ。それで芋をどんどん小さくしていったのだ。

「同じ場所ですよ。同じ場所じゃないとお魚が迷っちゃいます」

浮子が横になれば、再び団子を付けて落とし込む。

「いつまでだ？」

「やだなあ。釣れるまでに決まってるじゃないですか」

「うむ」

聞くんじゃなかった。

石動は、今は桟橋の中ほどで竿を横に出している。もちろん下駄も脱いだ。浮子は柳の木陰、いつもならご隠居の浮子のある辺りに沈んでいる。

「あー、ちと少ない」

石動がすっかり慣れた手付きで団子を付けながら言う。割り子の中の金団が、後二、三個分となっていた。

「大丈夫です。もう一箱あります」

「うむ」

石動の顔が曇る。どうやらまだまだ続くようだ。太平の顔も曇っている。仕方ない、もう一つはおやつのつもりだったのだから。

太平の団子には酒粕が練り込んである。

酒は水に馴染むから、解けるごとに匂いを遠くに運んでくれるはずだ。そう確信したが確証はない。それで、試した。

十二才の夏に褌一丁となり、団子を握りしめて天賀家の池にとぷんと沈んだ。体が浮かぬように、手頃な石を網袋に詰めて首から下げている。太平、こんなところには抜かりがない。

全身をしっかりと沈めて、池底に腰を据える。そして、団子を握った手を目の前で開く。手の上の団子がほろりと解けた時に、「今だ！」とばかりに思いっ切り匂いを嗅いだ。

途端に鼻から水が流れ込んできた。「あっ」と開いた口からも、水と団子のかけらが流れ込んでくる。団子の匂いを嗅ぐ。それだけの事だったから、こんな事態など思いもしなかった。あたふたじたばたしている内に尻は持ち上がったが、首にかけた重石のせいで頭はさらに沈んでいく。

頭とちんちんに猛烈な痛さを覚えながら、意識を失った。

釣雲は離れの縁側から、褌一丁の太平が、何かを大事そうに握りしめて池に入っていくのを見ていた。

「やるぜ、あのバカ」

実は釣雲も似た事を考え、似たような事をしかけた事がある。七つの時だった。そして、着物を脱ぎかけて気がついた。「あ、溺れる」釣雲が七つで気づいた事を、十二の太平は溺れるまで気がつかなかった。

池に入って、太平の髷と褌をつかんで引っ張り上げた。

「で、嗅げたか？」

太平が目を開けると、釣雲の茄子びのような顔が実に楽しそうにのぞき込んでいた。

「あ、師匠」

当時の太平はまだ釣雲の養子ではなく、釣りの弟子だったのだが、その話は後ほどたっぷりと。

「それが実に玄妙でありまして。ええ、確かにふわっと匂った気もするんですけど。ええ、その後があまりに慌ただしくてですね」

仕方ない、溺れていたのだから。

「はい、実に玄妙のところです」

玄妙、は太平のお気に入りの言葉の一つだが、意味するところは「良く分からない」それだけでしかない。

「太平、長生きしろや」

「はい、もちろんです」

まだまだ釣りたい魚も、食べたい料理も。

「ええ、海ほどありますから」

三

「思い出すなあ」

ご隠居の小さな目が、楽しそうに昔を見ている。

「へい、あん時もこんなでした」

伊兵の細い目も柔らかに緩んでいる。

ご隠居の名は八兵衛と言う。城下の口入れ屋、万十屋の隠居だが、もう一つの顔がある。盗っ人だ。

伊勢街道一帯を稼ぎ場とする盗賊の親方だ。盗みに入るのは多くても二、三年に一度ほど。誰も傷つけず、しばらくは誰も気づかない。

それを可能にするのが、口入れ屋という表の顔だ。奉公人を世話して情報を得る。もっとも、奉公人は情報とは思っていない。八兵衛は、ただただ親身になって話を聞いているだけなのだから。

城下以外にも三つの店がある。すべて独立した店であり、万十屋とのつながりはない。各店の二、三人だけが八兵衛の配下で、後はすべて堅気だ。万十屋も、八兵衛と伊兵以外は皆堅気だ。店の主人とした養子夫婦も八兵衛の裏の顔は知らない。もし何かあった時に、他にかける迷惑は最小限にしたい。八兵衛だって、好きで盗賊になった訳じゃないのだ。

五年前に隠居して困ったのが仲間との連絡だった。それまでは万十屋の自分の部屋で、客を装った仲間と会っていたが、隠居を機にその部屋は主人夫婦にゆずった。

隠居所に仲間が出入りすれば嫌でも目立つ。仲間にはなかなか色っぽい中年増もいるのだ。

「釣りはどうです？」

伊兵に言われて八兵衛が膝を打つ。

釣りをする年寄りに、通りすがりの釣り好きが話しかけても何の不思議もない。八兵衛も伊兵も伊賀の山村の生まれで、食の足しにするための釣りは子供の頃に散々やってきている。

それで鯉釣りを始めた。鯉釣りならずっと一カ所にいてもおかしくはない。一と五の日に出かけて仲間を待つ。仲間がこなくても、伊兵と二人であれやこれやを話していれば、半日くらいはすぐにたつ。

だから釣れなくてかまわない。鯉よりうまい魚は魚屋でいくらでも売っているのだ。

「あのぉ。釣りたいのですか？　釣りたくないのですか？　ええ、もちろん、世の中にはですね」

それが、太平との出会いだった。

それ以来八兵衛は、悪天と店に顔を出す日以外はここにくる。鯉よりは太平の顔を見たい、それが一番の理由だ。太平も近くにくれば必ず顔をだしてくれる。

もちろん、出会ったその日に伊兵が跡をつけ、次の日から素性を調べた。

「あ、への字か。釣りが仕事の呑気な侍や」嬉しそうに言ってすぐに、「何や、太平がまた何か失敗ったんか？　堪忍したって、釣りで頭がいっぱいやったんや。な、俺にめんじて堪忍したって」

町人が、太平のために手を合わせた。何人かに聞いても似たような話ばかり、馬鹿馬鹿しくなって半日でやめた。

裏も表もない。嘘も隠しもない。いや、本人は嘘も隠しもするのだが、残念ながらすぐにばれてしまう。

「本当に、そんな人間がおるんか？」

でも、それが太平だった。

「待て、やな」

ご隠居が太平の形を見てつぶやく。

桟橋の上で四つん這いとなった太平の右手が、片膝立ちで竿をかまえる石動の膝前に水平に出されている。あの日、ご隠居もこうして教わった。

「慌てないでくださいね。ええ、鯉の口は柔らかですから」

合わせが強いと口が切れてしまう。しっかりと呑（の）ませて口裏に鈎を咬（か）ませる。それが理想だ。

「うむ」

水面に顔を出した浮子先が「ちょん」と沈んだ。石動が思わず反応しかけた時に、太平の手が出された。

まだ動くな、そう受け取った。その手の、肘から先がゆっくりと立って直角となる。まだ、だけど、もうそろそろ。そう受け取って体の力をわずかに抜いた。

「はい、そんな感じです」

ご隠居さんと違って飲み込みが早い。ご隠居さんはすぐに合わせてしまって、何度も鈎がすっぽ抜けてしまった。

「ええ、ご隠居さんは川に鍛えられたんだと思います」

岩魚（いわな）や天魚（あまご）相手では瞬時の合わせが勝負となる。だが、鯉や海の魚相手では向こう合わせで充分だ。（もちろん、カワハギのような例外もあるが）

この人はちゃんと魚を掛けてくれるだろう。だけど問題はその後だ。「掛ける」と「釣る」はまったく違う。釣り上げて、初めて釣ったとなるのだ。

掛けるのは知恵と工夫と運。そして、釣り上げるのは経験と腕だ。竿と糸の強さと弱さ、それを知り尽くして竿を操る。それでようやく、糸よりも強い魚が釣れる。（この時代に

はナイロンもフロロカーボンもない。木綿、麻、絹、馬の尻尾に天蚕糸（てぐす）、すべて天然素材なのだ）

再び浮子先が浮かび、くん、くん、と上下してから、ゆっくりと沈んでいった。

「はい」

浮子を追うように太平の手がすっと下げられる。

「むん」

石動が竿を立てると、ずしりと重さが伝わり、次の瞬間。

「ぎゅわわぁぁーん」

竿鳴りと糸鳴りを響かせながら、竿が満月のごとくに絞り込まれていく。

「はい、いい音です。これは大物ですよ」

鯉釣りでこれだけの竿鳴り、糸鳴りを聞くのは太平も初めてだった。最初の糸鳴りでは肝を冷やしたが、糸は切れずに、今は糸鳴りも止（や）んでいる。竿がしっかりと自分の仕事をして糸を守ってくれている。

「頑張ってください。どっちも」

後は釣り人と魚の問題だ。

「……」

石動に返事をする余裕はない。生まれて初めての魚の引きは想像をはるかに超えていた。

糸の向こうの魚の重さと強さ。それを伝える糸はあまりにか細く頼りない。無理だ、絶対に切れる。正直そう思った。

「だから竿があるんです。竿を使ってお魚に嫌がらせをする。ええ、釣りってそういうものなんですから」

そう言われても、石動が竿を持つのは今日が初めてなのだ。その竿から伝わる圧倒的な力の前に、石動は恐怖すら覚えていた。

「命のかかっているのはお魚の方です。あなたじゃありません」

「うむ」

太平の一言で我に返った。糸の向こうにあるのは必死の命。だったらこれは遊びではない、戦いだ。

「うむ」

糸鳴りは悲鳴と聞こえたが、竿鳴りは獣(けもの)の雄叫(おたけ)びと聞こえた。水中の獣と地上の獣が全身全霊を込めて戦っている。そして、その戦いはたった一本の細い糸にかかっている。糸が切れれば魚の勝利。糸を守り抜けば、竿と石動の勝利となる。

そうと分かれば戦い方も見えてきた。太平の言う嫌がらせの意味も分かった。今、自分は気の荒い悍馬(かんば)に轡(くつわ)を咬(か)ませたところだ。後は手綱(たづな)を使って、なだめ、すかして、言う事を聞かせる。その手綱が糸で、そして竿だ。

「はい、その通りです。ええ、うまいもんですウマヅラさん」

太平が嬉しそうに石動の竿の動きを見ている。太平は人の釣りでも自分が釣っている気になってしまう。だから釣り損ねれば自分の事のように悔しいし、釣り上げれば素直に嬉しい。

「うむ」

必ず釣り上げる。太平のためではない。これだけの戦いの相手。その顔だけは何としても見てみたい。

「うわあ。二尺は（約六十センチ）軽く超えてますね。ええ、これだけの鯉は滅多に釣れません」

黒く丸々と太った野鯉は、桶から大きく尾をはみださせていた。

「網でなく、糸でこの大きさは初めて見ました」

八兵衛が、桶の中の鯉を実にうらやましそうに眺めている。なぜ自分の竿には、こんな鯉が来ないのだろう。

「ええ、ご隠居さんなら絶対に釣れてません。私だって苦労をしたと思います」

玉網と桶を貸してくれたご隠居さんに、太平が容赦なく断言をする。

「ええ、まったくたいしたもんです、ウマヅラさんは」

太平、石動の名をまだ知らない。だから、頭の中で付けていた名がつい出てしまった。

馬の馬面ではなく、魚のウマヅラハギの方だ。その長い顔とぎょろりとした目が、実に良く似ているのだ。もちろんカワハギ（見た目はほぼ一緒だ）でもかまわないのだが、石動にはウマヅラの方が似合っている。

四

「あー、済まぬ」

石動が隣りを歩く太平に詫びる。

太平は鯉の入った桶を両手で抱えている。ご隠居に借りたこの桶は、棒手振りが天秤棒で前後に担ぐ魚桶の片方だ。持ち手は付いているのだが、それを持てば両手を水平に出して運ぶしかない。それよりは抱えた方がまだましだ。

伊兵はこれを肩にかけてくる。そして、珍らしくもご隠居に鯉が釣れれば水を張って放す。そしてひとしきりながめてから堀に返す。だから伊兵は、今の太平の苦労をした事はない。

「大丈夫です、ウマヅラさん。私、自分より大きな魚だって背負った事があるんですから」

もちろん、今の背丈ではない。太平が七つの時だ。

「石動じゃ」

「いえ、イスズミじゃありません。釣ったのはスズキでした」

「石が動くと書いて、いするぎ。馬面ではない」

「え、えっー！」

太平、実に驚いた。今の今までウマヅラさんと信じていた。

「いえ、今さらそれは困ります。だって、私二度ウマヅラさんて言いましたよね」

違うならその時に言ってくれなければ困る。頭に浮かんだ名が当たっていた。何て凄い事だろうと、我ながらに感心していたのだ。

石動としては馬面でかまわなかった。どうせ釣り場で会うだけの相手だ。だが、家で馬面さんと呼ばれるのは実に困る。

鯉を釣り上げた後で、ご隠居と伊兵も交えて昼食をとった。もちろん、石動は弁当など持ってきていない。芋を噛るからうどん屋にでも行くつもりだった。

「はい、私のをどうぞ。ええ、袖釣り合うも多少の縁て言うじゃないですか」

太平が訳の分からぬ事を言いながら、自分のお結び四つの内の二つを渡してきた。

「あー、一つで良い」

さすがに遠慮した。

「あ、大丈夫です。私はご隠居さんと伊兵さんから一つずつもらいますから。ねっ」

当然のように、二人から一つずつ取り上げた。

「はい、これで三方一両損です」

まったく違う。とは思ったが、三人のそれぞれに楽しそうな顔を見て、言うのはやめた。

空腹を差し引いても、太平のお結びは実にうまかった。

「ここじゃ」

竿二本と太平の道具袋を持った石動が、先に立って長屋の木戸をくぐる。

その先にあるのは絵に描いたような貧乏長屋だ。まさかこんなところに客を連れてくる。そんな事になるとは思いもしなかった。

鯉が釣れたら娘にまかせる。そのつもりだったが、釣れた鯉を見れば、とても素人の手に負えるものとは思えなかった。

「ええ、もし苦（にが）玉をつぶしちゃったらもう食べられませんからね」

もっとも、太平は一度も失敗した事がないから実際のところは知らない。

「はい、ひどいもんです」

伊兵は一度、ご隠居の釣った鯉を捌（さば）く時に苦玉をつぶした事がある。それ以来、ご隠居ともども、鯉は釣るもの見るものであって、食べるのは魚屋の魚と決めている。

「私なら大丈夫です。ええ、私失敗しませんから」

それで、今太平と一緒にいる。

路地をはさんで半二階のついた三軒長屋と五軒長屋。路地の中ほどには井戸があり、三軒長屋の先に総後架（そうごうか）（共同便所）がある。

「わあ、鯉のぼりです！」

太平が素っ頓狂な大声を上げた。見れば長屋の一軒の玄関脇の外格子に、小さな鯉のぼりがかざってあった。

紙を鯉の形に切って貼り合わせ、鯉を描いた物が三つ、一尺ほどの細竹をくわえて泳いでいる。

「ええ、一番上の大きいのがお父さん。二番目がお母さんで、一番下がお子さんですよ」

見れば分かる。石動は言いかけてやめた。太平と口をきくたびに面倒がふえる。そんな気がしてきている。

「ええ、お母さんと一緒に作ったんですよ」

お母さん鯉の背は薄っすらと紅を帯びていた。長屋の子が朱墨を持つはずもない。母にねだったか、母が自ら貴重な紅を刷(は)いてくれたか。

「ええ、それで帰ってくるお父さんに見せたくてあそこに。あ、違います。ええ、もう見せたんです。それでお父さんがあそこにかざってくれたんです。ええ、皆さん嬉しかったでしょうね」

勝手に話を作り上げて、勝手に話す太平の目はすでにうるんでいる。

連れて来るのではなかった。石動の胸にさらなる後悔が生まれる。

石動の目には、その鯉のぼりに貧しさと、貧しさゆえの哀しさしか見えない。鯉のぼりを買い与えられない父、その事を知っていて手作りする母と子。その鯉のぼりで喜ぶ子を見て、親は心の中で泣いていたはずだ。

石動は貧乏を知っている。苦労知らずの若者が勝手に感動するような事ではない。

「貧乏長屋とて春は来る」

思わずそう吐きすてた。

冬は貧乏人の命を削る。暖を取るための、炭や薪木になけなしの銭が消えていく。小さな庭で育てていた野菜も、冬は買うしかない。ようやく春が来て安堵し、夏となれば浮かれ立つ。浮かれるのは今しかないのだ。すぐに秋が来て冬となるのだから。

「あ、いいですね。貧乏長屋とて春は来る。ええ、実に良い句になりそうです」

太平、たいていの武芸学問とはそりが合わなかったが、なぜか俳句は気に入った。

「ええ、見たまま、感じたままを句にするんです。ええ、実に私にぴったりです」

それでその時の師につき、句会にも欠かさず出ていたが、ある日の句会のあと。

「太平。あんたんのは俳句やない。五、七、五の一人言や」

師匠にしみじみと言われた。丁度、釣り修業も始まった頃だったので句会には出なくなったが、今でも自信作ができると見せにいっては師匠を困らせている。

「夏五月、貧乏長屋にも春がきた。あ、とてもいいです」

「うむ」

石動は俳句には興味がない。それでも、頭に夏五月、下で春、素人でもおかしいと分かる。

「あ、違います。大事なのは鯉のぼりです。鯉のぼり、貧乏長屋にも春がきた。ええ、これは実に名句です。ね、ウマヅラさん」

「うぅむ」

石動は太平を連れてきた事を心底後悔した。だが太平がいなければ鯉の生き肝を手に入れられない。二度と話はしない。すべて「うむ」、そう決めた。

「戻った」

表の腰高障子を、ぎしっと一鳴きさせて中に入る。入ると二畳ほどの玄関土間、横に四畳ほどの板間、その奥に六畳間。板間の奥の急階段を上れば四畳ほどの中二階、もっとも、頭をぶつけずに動けるのは二畳分ほどだ。後は縁側と三坪ほどの庭、つましい長屋の一軒だ。

石動はもっと狭い家で育った。ある城下の御徒士長屋の一軒。四畳半と三畳間、二畳ほどの板間と台所土間。そこで親子五人で暮らした。そこから必死で這い上がり、そして、また落ちた。

「こんなところだ」

自嘲気味につぶやいた。

「あ、いい包丁ですね。ええ、良く手入れされてます。お料理がお好きなんですね」

太平はとっくに中に入り、台所のあちこちを嗅ぎ回っている。太平は家には興味がない、興味があるのは台所だけだ。道具を確かめ、壺や徳利の中を一つ一つ確かめていく。

「お客様ですか？」

奥から涼やかな声が届いた。開け放った襖の向こうの六畳間。目隠しに置かれた腰高屏風の陰で、人の起きようとする気配があった。

「あ、起きんで良い。何でもない」

石動が慌てて奥に向かう。

「何でもないはないでしょう。この家(や)に初めてのお客様です。ご挨拶をしない訳には参りません」

細くはあるが凛(りん)とした声だった。

少しすると、石動に抱えられるようにして、細りとした女性が現れた。

「石動の奥の百合でございます。このような姿で失礼をいたします」

板間に手を突いて深く頭を下げた奥方は、白地に藍のとんぼを散らした湯衣に、紺縞の湯衣帯。髪は結わずに垂(す)べらかしして後ろで結んでいた。

「あ、お雛様です」

太平にとってお垂べらかしと言えば、百人一首のお姫様かお雛様しか浮かばない。他に浮かんだものと言えば。

「あ、白ギスです。ええ、白ギスといったら海のお姫様ですから」

百合の透き通るような白い肌と細りとした顔立ちに、先月釣ったばかりの白ギスを思い出した。

「白ギスほど美しいお魚はそうはいません。ええ、泳ぐ真珠とも言われているんです。でも、これは違うと私は思います。だってですよ、真珠って真ん丸じゃないですか。でも白ギスさんは、鼻筋がしゅっで背筋はぴんですから。それに真珠よりも透きとおってます。ええ、アワビの殻の裏の方がもっと似てます」

「おやまあ。私は鮑の殻の裏ですか」

「はい。あ、いえ違います」

目の前で柔らかに微笑む百合様は、絶対に鮑の殻の裏なんかじゃない。

「ええ、アワビはアワビで、白ギスは白ギスです。ですから百合様は百合様。ええ、それで充分じゃないですか」

正しい答えを見つけた太平の目が、得意そうに、くりっとのの字になっている。

「おやまあ。それでは、私のお雛様もお姫様もなしですか？」

百合の顔が輝いている。

石動には、久しぶりに見る楽しそうな顔だった。あの事件の後、家を訪れる客は絶えた。旅に出てからも、どこかで人目をはばかり、親子三人肩を寄せるように過ごしてきた『だから、こんな他愛もない話が楽しいのであろう』石動には、釣り以外の太平の話はすべて無駄としか思えない。

「おやまあ」

百合は楽しくて仕方がない。

目を輝かせて話し続ける若者の顔は、昔家にいた「たろ」の仔犬の頃にそっくりだった。

「お話の途中でごめんなさい。お名前をうかがってても良ろしいでしょうか」

このままだと「たろ」と呼んでしまいそうだ。

「はい。私、天賀太平です」

「天下、太平様？」

百合が不安気に念を押す。

「いえ、天下の天に賀正の賀で天賀。天下太平の太平で、天賀太平です」

「おやまあ」

百合は少し残念だった。目の前の若者には「天下太平」の方が絶対に似合っている。

「ええ、天下太平でもまったくかまわないんです。ご城下で天賀と言ったら家（うち）だけですし、天下というお家もありません。ですから、天賀太平でも天下太平でもこれはもう私に間違いないんです。天下太平って呼ばれても、私が、あ、私の事だな。そう思えばすむことなんですから」

「うむう」

石動は呆れている。自分の名を告げる。たったそれだけの事に、どうしてこうも無駄の上に無駄を重ねられるのか。

「てんかとてんが。ええ、点がつくかつかないか、それだけなんですから。ええ、これがはけさんだったら大問題ですよ」

話はまだまだ終らない。

「ええ、刷毛と禿（はげ）ではこれはもう」

「えーい、結論を言え。結論を！」

たまらず石動が一喝した。

「はあ？」

そう言われても困る。頭に浮かぶままに話しているのだから結論などない。どこで終ってもいいし、ずうっと話していてもかまわない。

「くっ」

百合が苦し気な声とともに体を折った。

「百合！」

「百合様！」

石動が百合の背に手を当て、太平が心配そうにのぞき込む。

百合は笑いをこらえるのに必死だった。

石動は話の無駄を心底嫌っている。「何が言いたい」「要点を言え」「結論を言え」その石動の前で、これほど長々とお喋りをする人を初めて見た。これほど長く我慢する石動を見たのも、今が初めてだった。

「面白い方ですね、太平さんは」

「はあ？」

「うん？」

太平と石動が、ともに不思議そうに百合を見ていた。

「この者は自分の名を言っておっただけだ」

「はい。私は自分の名前を説明してただけです」

「おやまあ」

石動の顔もたろに見えてきた。仔犬のたろと、年老いて少し気難かしくなったたろ。二匹のたろが「きょとり」と百合を見つめている。

「ぷっ」

ついに吹き出した。

五

「ぼやっとしないでくださいここからが大事なところなんですからね」

太平が、横に立つ石動を叱った。土間の流し台の上に盥(たらい)を置き、その上にまな板を渡してある。

「ええ、まな板が大きくて良かったです」

「まな板は大きい方がいいと、娘がお願いしましたの」

包丁以外の家財一式は、すべて損料屋(今で言うレンタル業)からの借物だ。鯵切(小出刃)と菜っ切り包丁は、娘が荷の中に入れていた。

「まな板の上の鯉って嘘ですからね」

まな板から大きく尾をはみ出させた鯉は、顔に濡れた手拭いをかけられて、今は観念したかのように大人しくしている。

「下手な包丁を入れたら大暴れしますから」

太平、釣り竿と包丁を握っている時だけはなぜかあまり脱線しない。

「理にそって料理する。だから料理なんだそうです。大きくても小さくても中味は変りません。まずは急所に刃を入れてしめます。はい、ごめんなさい」

鯉の首筋にぎりっと刃を入れると、一瞬ぴくんと尾を跳ね、そしてすぐに静かになった。

「うん」

石動が、太平の手にした見慣れない包丁に目をとめた。刃渡り六寸（約十八センチ）ほどの、出刃包丁のような肉厚片刃の刃物だった。

出刃なら背は弧を描くが、その刃物は背も刃も直線で、切っ先が鈍角に切れ上がっている。大きな切出刀か、小ぶりの鰻裂き包丁と見えなくもない。

包丁なら柄をすげる中茎が、そのまま持ち手となって端は環となっている。持ち手には紐が何重かに巻いてあり、環には束ねた紐が結んである。

「あ、これマカリって言うんです。安房の海女さんにもらいました」

元は蝦夷地（北海道）で使われていた猟師刀を、海中で使いやすいように小ぶりにした物だ。海士漁師（潜り漁は元は男の仕事だったのだが、いつしか海女が主流となった。どうやら脂肪の関係、らしい）はこれを使って、体に巻きつく海藻を切ったり、ウツボや鮫と戦ったりと色々に使う。

環に付けた紐を腰縄に結んでおけば、海で失くす心配もない。もちろん、持ち手に紐など巻かない。これは包丁代わりに使う太平の工夫だ。紐が長いのにも理由(わけ)がある。

「はい。海の深さと冷たさを計ります」

太平が紐を少し解(ほど)いてマカリを放すと、地面すれすれで刃が止まった。

「紐には一尋ごとに一本線を引いています。五尋で二本、十尋は朱線ですから一目で分かります」

釣りでの一尋は、紐を持って両手を広げた長さだ。当然人によって長さが変る。両手を広げた長さは身長に等しいから、(ダ・ヴィンチによれば)太平なら五尺一寸(約百五十五センチ)石動なら六尺一寸(約百八十五センチ)となる。一間(いっけん)という単位も似た理屈だったのだが、さすがに大工それぞれで違っていては家が歪んでしまう。それで統一された。多分。

「ええ、上げたマカリに触れば、水の温(ぬく)さ冷たさも分かります」

そう言って軽く手を跳ねると、ひょいっとマカリが手にもどる。太平にとってこのマカリは、すでに手の内、手の先となっている。

「ええ、これだけの厚みがないと、これだけの鯉の骨は断てません」

首筋を断ち切り、カマ下に刃を入れて頭を引くと内臓(はらわた)も続いて出てきた。

「あ、これです。これが苦玉です」

太平が嬉しそうに、親指の頭ほどの小豆色の塊を指さす。

「うむ」

石動の反応は鈍い。苦玉をつぶせば食べられなくなる、その事は聞いた。だが、そもそも食べるためには釣っていない。苦玉がどうなろうと知った事ではない。

「やだなあ。これが鯉の生き肝です」

「うん」

想像とはずい分と違っていた。もっと大きくて、もっとありがたみのある物と思っていたが、目の前のそれは黒ずんだ血の塊にしか見えない。いかにもまずそうな上に、名前が苦玉だ、口にしたくもない。

「どう食す？」

「さあ」

太平に好き嫌いはない。だが苦い物だけは苦手だ。当然、苦玉を口にした事などあるはずもない。

「生き肝と言うんだから生でしょうねぇ。でも薬効の強い物と聞いてますから、最初は少しの方がいいでしょう」

小皿に乗せた苦玉を、マカリの刃先で器用に三つに切り分けた。こんな恐ろしい物にまな板を使う訳にはいかない。

「はい」

真ん中の一番大きいのを、箸でつまんで石動の前に突きだした。

「うむ」

なぜ自分が、体はいたって丈夫だ。

「だって苦玉ですよ。まずは確かめなきゃ。はい、あーん」

「あー」

だったらお主が。言おうとした口に苦玉が押し込まれた。ついでに、つい噛(か)んでしまった。

「う、むん」

一瞬ぎろりと目を剝(む)いて、ごくりと飲み込んで目を閉じる。

「いかがでしたか？」

目を開けると、太平が心配そうにのぞき込んでいた。

「うむ」

「うむでは分かりません」

「やや、苦い」

「えーっ！　たったのややですかぁ?!」

散々に脅されてきた苦玉が、たったのややとは肩透かしもいいところだ。

実に苦いサザエの肝、かなり苦いサンマの腹(わた)、やっぱり苦い鮎の腹。それより下とは思っても見なかった。

「食せ」

石動が太平の前に小皿を突き出す。皿にはまだ二切れが乗っている。太平、つい人数分に切り分けていた。

「はい、頂きます。ええ、やや苦いなら、丁度たで酢くらいの物です」

太平もたで酢の苦さくらいなら耐えられる。箸で一切れをつまもうとして気づいた。たで酢は酢が入っているから「やや」ですんでいるのだ。

「百合様、お酒は大丈夫ですか？」

酢を使うと薬効をそこなう気がした。だが酒なら問題ない。何と言っても百薬の長だ。

「はい、多少ならば」

量は要らないが嫌いではない。それにこの旅の中で、親娘三人での晩酌、そんな習慣も生まれていた。石動と娘で三、四合、その中から百合が盃に二、三杯。そんな楽しみを、今度の旅は作ってくれていた。

そして今日は石動が百合のために鯉を釣ってきた。そして、娘ほどの年の太平に叱られながら、鯉の捌き方を覚えようとしている。そんな姿を見られるのも今回の旅のおかげだ。

一歩一歩に体が悲鳴を上げる旅だったけれど、終って見れば楽しい旅だった。

残念だけど旅の続きはない。百合にはそれが分かっている。

「ううむ」

太平が苦玉に、ちょろりと酒をかけるのを見て石動が唸った。絶対にずるい。

「だって、私たちは百合様のための試しなんですよ。ええ、ややでも、苦は苦なんですから」

太平が言い訳をしながら苦玉を口にする。そして、つい噛んでしまった。

「ん、ゴッ。まおーっ！」

奇声とともに台所を飛び出し、井戸に向かって一目散に駆けていく。

「ぐるる、ごご、ぺっ」

うがいをしては吐き出し、その合間に「おえっ」の声が聞こえてくる。

「んく、んく」

太平の三度目の「おえっ」で、石動が奇妙な声を発っした。どうやら、笑っている、らしい。

「おやまあ。もしかして？」

「うむ」

必死に我慢して、太平にあの恐るべき苦玉を食べさせた。

「あの顔。んく」

苦玉を噛んだ後の太平の顔は実に見物だった。

「はい。たろが唐辛子を口にした時にそっくりでした。でも、悪戯が過ぎます」

「済まぬ」

申し訳なさそうに顔を伏せたその仕種が、叱られた時のたろにそっくりだった。

「何だか私もまた笑いたくなりました」

「うむ、笑え」

真面目な顔でそう言われたら、笑うに笑えない。

「早く笑え」

「あなたがもう一度笑ってください」

「うむ。あー」

石動が、髭もじゃの大きな顎をなでながら考え込んだ。いざ笑おうとすると、どうして良いかが分からない。

「くっ」

百合が口に手を当てる。石動の困ったような顔を見ていたら、また笑えてきた。

「砂糖をかけます。ええ、もうそれしかありません」

ようやく戻った太平が、半分涙目でそう宣言した。

盃に酒を注いで、砂糖をまぶした苦玉を入れる。

「すぐに飲み込んでください。絶対に噛(か)んじゃいけません」

「うむ、噛むな」

百合はふと、噛んだ振りをして見たくなったがやめた。たろ達に冗談は通じないだろう。

素直に、ついっと飲み込んだ。

「はい、おいしゅうございました」

喰い入るように百合を見詰めていた、石動と太平から「ほっ」と息がもれる。

「良かったあ」

「うむ」

第二章　五月のお焦げせんべい

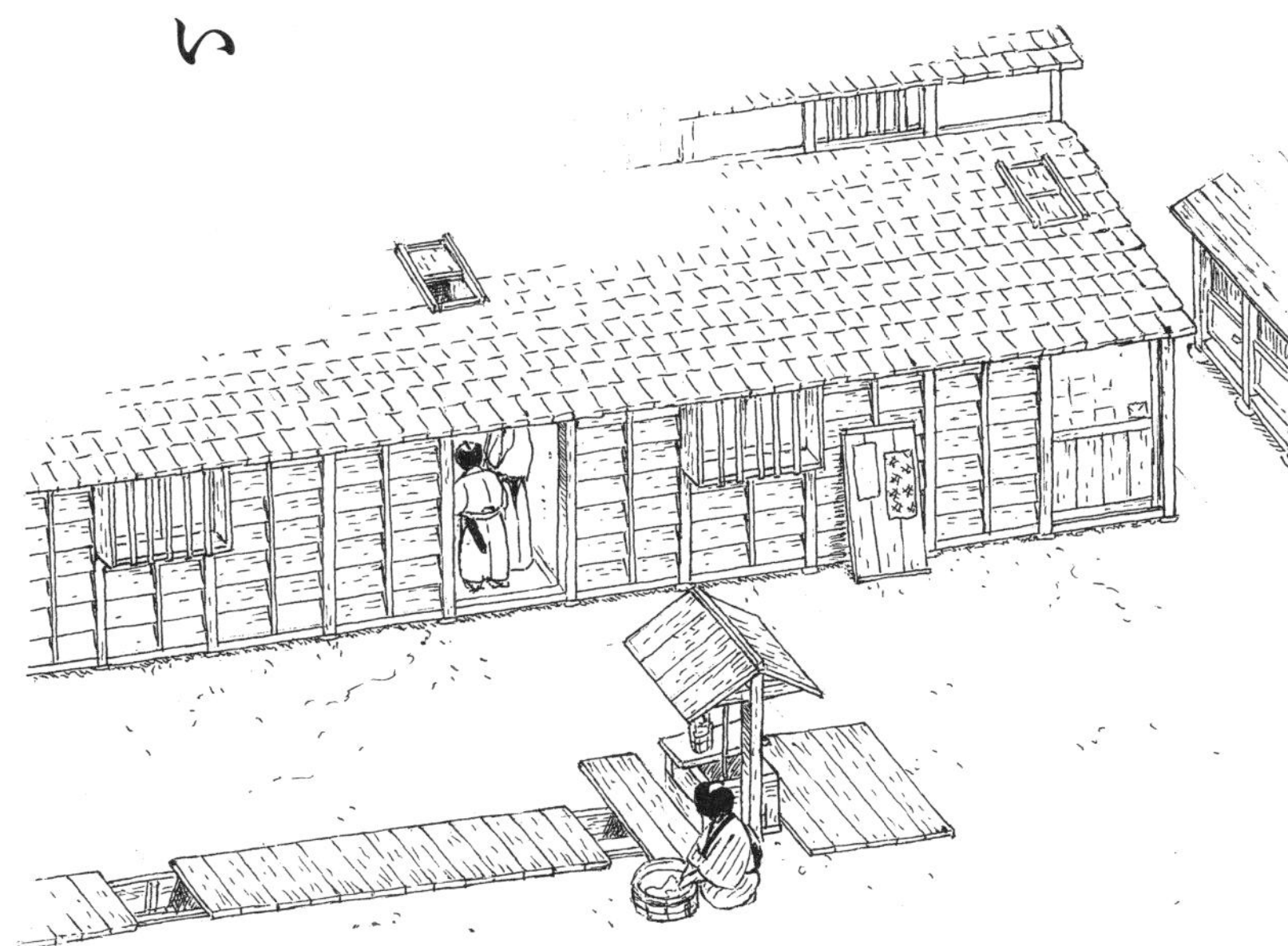

一

五月（さつき）は呆れていた。

昼の仕事を終えて家に戻ったら、腰高障子を開け放った玄関土間に、父と見知らぬ若者がまな板に向かっていた。買った魚を魚屋に捌（さば）いてもらっている。そう思ったが、若者は道場帰りの武士としか見えなかった。

「食の好悪を言うな。食は身となればそれで良い」そう言っていた父が、台所に立って料理を習っている、らしい。

家に入りそびれて、井戸の陰に隠れるようにして中を窺（うかが）った。ついでに井戸水を汲（く）んで、いつも置いてあるお粂さんの盥で水仕事のふりをした。

五月は汗かきだから手拭いは欠かせない。今日も何度か汗を拭ったその手拭いが良い口実となる。

「え、うそっ！」

若者が「はい、あーん」と箸を出し。父が「あーん」と口を開けた。そんな父を見るのは生まれて初めてだった。

「一体、何者（だれ）？」

少しすると、その若者が血相を変えて五月に向かってきた。

「み、み、み、み水！」

「あっ、はい」

井戸蓋に置いてあった欠け茶椀に水をすくって渡した。若者がその水でうがいをして吐き出し、茶椀を差しだす。五月が再び水をすくって若者に渡す。五度目ほどに、若者が「ふーっ」と大きく息を吐いてから、一杯をごくりと飲みほした。

「ええ、もう言語道断です。なぜこれがややなんですか。ええ、でも仕方ありません。はい、舌は人それぞれなんです。それを忘れていた私が馬鹿だったんです。あ、お水ありがとうございました」

そう言うと、ふらつく足取りで家に向かっていった。

「たろ、みたい」

たろは毬遊びが大好きだった。毬を投げてやると喜んで追いかけ、毬がいつの間にか蝶にかわり、落ち葉にかわる。動く物すべてを一しきり追いかけた後に、ぜえぜえと息を切らせながら井戸端にくる。そして五月のくんだ水をおいしそうに飲み、ふらつく足で、また果てしのない遊びに戻っていく。

「あっ」

水をすくった盥には、五月の手拭いが泳いでいた。


「ただ今、戻りました」

「お帰りなさい」

「うむ」

「はい、お帰りなさい」

たろも嬉しそうに迎えてくれた。

「娘の五月です。五月、こちらのお方は、父上のご友人の天賀太平様です」

近頃は体を起こすのも憶劫そうだった母が、しゃきりと座って紹介してくれた。

「天下太平、様？」

「いえ、天下の天に賀正の賀で天賀。天下太平の太平で天賀太平です。あ、もちろんですね」

「太平様。その続きは、私が後ほど話して置きます」

百合が話を遮った。さすがにもう一度は遠慮をしたい。

「はい、でもですね。太平様は他人行儀です。ええ、私の友だちは太平さん、か太平なんです。ええ、だってですね」

「友人ではない」

今度は石動が話を遮ぎった。これ以上無駄な話を聞く気もないし友人となる気もない。

「はい、もちろんです。今日初めてお会いしたんですからまだ知り合いです。もう一回釣りをしたら釣り仲間です。仲間と言う事は、これはもう友だちです。ええ、次に釣りをした時からがお友だちです」

「うむう」

石動が再び目を剝く。こんな図々しい奴と、友だちになるくらいなら釣りをやめてやる。

結局釣りはやめなかったが、太平と釣るのは、この日が最初で最後となった。

「あれ？　どこかでお会いしましたよね。ええ、こんなにきれいな人を忘れるはずがありません」

太平の目がまん丸のの字となって五月を見詰めている。

「はい。今そこの井戸でお水を差し上げました」

五月の声はとがりを帯びている。自分が綺麗にほど遠いくらいは自分で知っている。たろに重ねた好意は消え、手拭いを洗った水を飲ませた事の罪悪感も消えた。

「あ、はい。本当においしかったです。ええ、もう命の恩人です」

五月の顔をうっとりと眺めていた太平の視線は、今は五月の豊かな胸に釘付けとなっていた。

五月は父に似て体が大きい。十一、二の頃には胸も膨み、近所の悪童たちからは「牛娘（べかこ）」と呼ばれてからかわれた。

時折りに、自分の体を盗み視る男たちの視線には今さら驚かない。だが、真正面からこうもまじまじと見られるのは、さすがに初めてだった。

「気がおすみですか」

「いえ。あ、はい、ごめんなさい」

五月の言葉で我に返った太平の顔が赤くなっていく。

「でも仕方ないじゃないですか。だってあのお顔ですよ」

なぜか太平が、怒ったように石動を指さした。

「ええ、戦国の世に戦場を駆け巡った戦国馬そのもののお顔じゃないですか」

石動が、ただの馬面から戦国馬に格上げされて内心にんまりとする。(馬面が魚だったと知ればもっと喜んだだろう)

「ええ、ウマヅラさんと白ギスさんの間に、こんな可愛い草フグさんが生まれるなんて分かるはずないじゃないですか」

「おやまあ」

百合には太平が何を言いたいかが分からない(仕方ない、太平にだって分かっていない)。だけど、太平が本気で五月を綺麗と思い、可愛いと言っている。その事はよく分かった。だったら草フグという魚は、本当に五月のように可愛い魚なんだろう、たぶん。

五月はむっとしている。綺麗が可愛いとなり、最後は草フグとなった。いくら可愛くたってフグはフグだ。

「あ、こんな無駄話してる時じゃありません。ええ、まだやる事が海ほどあるんですから」

太平が勝手に話を打ち切って、再びまな板に向かった。

「まあ、立派な鯉」

太平には腹が立つが、それ以上にまな板の上が気になる。思わず石動と太平の間に割り込んだ。料理人の邪魔はできないから父を追い出した。

「うむ」

草フグに追い出された馬面ハギは、白ギスの隣りに座って、その背に手を当てた。

「まるで姉弟みたいだこと」

そうつぶやいて、百合が石動の手に体を預ける。

女としては大柄の五月と、男としては小柄な太平。草鞋(わらじ)履きの太平よりは、下駄の分も加わって、五月の方が頭一つ分ほど高くなっている。

太平の手元をのぞき込む五月の頬が、太平の肩に触れそうになる。息づかいも聞こえるし、何だかいい匂いもしてくる。

「いけません。ええ、料理によぶんが入ると怪我をします」

太平が一歩離れて五月に向き直り、頭から爪先までをじっくりと見ていく。ついでに、くんくんと匂いも嗅(か)いだ。

太平は、魚に関わる事はすべて記憶している。釣った時、場所。その場にいた人も含めて、一枚の絵となって頭にしまわれる。味も匂いも、色となってその絵の中にある。

今は目の前の鯉と一緒に五月を頭にしまった。ついでに、あの鯉幟りも一緒にしまい込んだ。

「はい、五月の鯉の吹きながしです」

これでいつでも思い出せる。

「片身はお刺身にして酢味噌でいただきます」

「あ、お酢切らしてます」

「はい、知ってます」

太平がしゃがんで、足元に置いていた道具袋の中を探る。道具袋には、塩、醤油、酢と味噌が常に入っている。もちろん、釣った魚をその場で食べたくなった時のためだ。

「鯉を料理した事はありますか？」

「いえ。食べるのも初めてです」

鯉を見る五月の目が輝いている。作るのも好きだが、食べるのはもっと好きなのだ。

「どうぞ」

太平が、降ろしたての一切れをマカリに乗せて五月の前に出すと、五月は迷わず指でつまんでそのまま口にした。

「うーん。良く言えばさっぱりですね。柔らかだけど少しねとっとしています。見た目は本当においしそうなのに」

五月が少し残念そうに言う。透き通った白の片側に薄い紅を帯びた刺身は、まるで芍薬の花びらを並べたように見えていた。

「冬には脂が乗るんですけど、他の時はどうしても海のお魚よりは一味薄いんですよね」

「だから、酢味噌なんですね」

「はい。お酢が身を締めて、お味噌がコクを足してくれます。それに鯉はお味噌と相性がいいんです。ええ、お味噌で煮ると本当においしいんですから」

太平の顔がへへへの字となっていた。

「酢味噌、お願いします」

「はい。煮切りますか」

酢をそのまま使うと酸味が立ちすぎる時がある。

「そのお酢は柔らかですからそのままで大丈夫です。あ、おまかせします」

家には家の味がある。この家の味を知っているのは五月の方だった。

「はい」

五月が、弾むように味噌壺に向かっていく。

「おやまあ」

「うむ」

石動は料理に興味がない。食えないほどにまずくなければそれで良い。百合と五月の作るものはまずくはなかった。いや、旅の宿で出たどの料理よりも、二人の作った物の方がはるかにうまかった。

なぜ、「うまい」という一言が言えなかったか。石動にとって、今回の旅は後悔の連続でしかない。

「うん」

石動の膝の上に、百合の手がそっと乗せられた。

「うん。うむ。それだけで、気に入ったかどうかすぐに分かりました。あなたほど分かりやすい人はいませんから」

百合が石動を見て、小さく笑った。

「うむ」


「五月さん、お米は？」

さすがに太平でも他人様(ひとさま)の米櫃(こめびつ)まではのぞいていない。

「あ、はい。すぐに炊きます」

いつもなら母の様子を見てから御飯を炊き、お菜(かず)を作ってから夕の仕事にいくのだが、今日は夕の仕事のない日なので、後でゆっくりと買い物でも、と考えていた。それが、太平という変てこな客のせいですっかり調子が狂ってしまった。

「そんなには食べられません」

五月がまな板の上を見て呆れた。二尺以上の鯉の片身が、すべて刺身に降ろされてぎっしりと並んでいる。

「はい。ここまでが家(うち)の分です」

そう言ってその先を、魚桶に敷いていた笹の葉に取り分けていく。

「この長屋で一番の古株か、一番口やかましいのはどなたでしょうか」

「それならお隣りのお粂(くめ)さんです。あっ」

慌てて口を押さえたがもう遅い。

「はい、いって来ます。あ、お鍋吹かさないでくださいよ。お味噌吹かすと味変っちゃいますからね」

七輪にかけた鍋では、鯉の片身を骨ごとぶつに切ったものが、味噌と生姜とともに煮られている。

「そのくらい分かってます！」

五月の頬がぷっと膨らんだ。怒った時の草フグそっくりに。

「変な人」

呟いて鍋から顔を上げたら、父と母がじっと五月を見ていた。母は楽し気に、父はいつもの仏頂面で。

「ええ、本当に変な人です。父上のご友人だけの事はあります」

八つ当たり気味にそう言ったら、耳朶（みみたぶ）が少し熱くなってきた。多分、竈（へっつい）と七輪の火のせいだろう。

それにしても太平の包丁捌きは見事だった。あんなに素速く綺麗に、そしてあんなに優しく。しかも、あんな変てこな包丁で。

母や女中以外と、まして、若い男の人と台所に立つのも初めての事だった。昔の自分だったらとっくに逃げ出していた。

「やーい、やーい、牛娘。牛みたいに乳(ちち)だんべらりんの牛娘。その乳見せてみいや。牛みたいに毛ぇ生えとろうが」

近所の悪童連だった。唇(くち)を噛みしめて帰ってきて、母の膝で泣いた。

「あー、武家の嗜(たしな)みじゃ」

次の日、薙刀(なぎなた)の形の木刀を渡されて、毎朝の素ぶりが始まった。明けていく空の下で、父と一緒に汗を流すのは楽しかった。

「武士は覚悟だ。正しかろうと間違っていようと、覚悟があればそれで良い」

半年ほどが経った頃、再び悪童連に囲まれた。

五月は近くにあった犬除け棒（野犬や狂犬を追い払うために置いてある）を握った。

「お父様、お母様、ごめんなさい」

悪童連は皆武家の子であり、中心となっているのは父の上司の子だった。

女だから切腹はできないが、自害のための懐剣は常に帯に手挟(たばさ)んでいる。びゅん、びゅんと、三、四度素振りをくれて棒の強さと間合いを確かめた。

「お抜きなさい！」

棒を薙刀のごとくにかまえて、頭(かしら)分の少年をきっと睨(にら)んだ。数を頼んで弱い者をいじめる連中に覚悟などあるはずもなかった。

その日から五月は外に出るのをやめた。そして、父との素振りもやめた。

二

「あら、やだよお、お侍さん！」

隣からお粂ばあさんのはしゃいだ声と、けたたましい笑い声が聞こえてきた。

気にはなったが、今はお釜から目がはなせない。料理人がお焦げを嫌うことは、今勤めている料理屋松風で初めて知った。

「料亭の飯は他の料理の引き立て役や。よぶんの味も匂いもいらん」

炊き込み御飯はそれが一品だからかまわないが、白い飯は真っ白に炊きあげろと、板前さんが新米さんに教えていた。だったら、料理人並の腕を持つ太平も、やっぱりお焦げは嫌うだろう。

「あー。いい匂いですねえ」

戻ってきた太平が、味噌煮と、炊き上がる米の匂いを幸せそうに吸い込んだ。

「あ、五月さん。お焦げできますか？　釜底一枚分のお焦げ。ええ、私、お焦げ大好きなんです」

「はい」

五月もお焦げは大好きだ。だけど今はそんな事より、太平が隣りでどんな話をしていたのか、そちらが気にかかる。

お粂さんがこの長屋の差配。そう聞いたから、越してきたその日に椿茶屋の花あられを持って挨拶にいった。

仕事の世話と長屋の手配。当座に必要な所帯道具まで、一切をそろえてくれた万十屋の八兵衛さんが、「これ持っていけば間違いありません」そう言って渡してくれた花あられ。

「わたしゃね、歯が悪いんです。こんな固いもんよう食べましぇん」

薄暗い部屋の中で、冷たくそう言われた。

『八兵衛さん、話が違う』

「申し訳ありません。改めて別のお品を」

そう言って下げようとしたら動かない。お条ばあさんの擂り粉木のような細い手が、箱をしっかりと押さえていた。

「そんな二度手間かけさしぇたら、こっちが恨まれる。これはお気持ちちゅう事で受け取っとく。ありがとしゃん」

お歯黒なのか歯が無いのか良く分からない真っ暗な口で、そう言ってにたりと笑った。


「花あられをお茶漬けに？」

後日、八兵衛の話に五月が目を丸くした。

「はい。白と茶に薄紅薄緑、醤油に味醂に海老の殻粉に青海苔。ご飯に乗せてお湯をかけたらちょっとした出汁茶漬けになります。ふやけたあられなら歯なしでもいける、いうわけです」

「まあ、おいしそう。私も今度やって見ます」

八兵衛は五月のこういう素直さが好ましい。普通なら、「あられでお茶漬けやなんて」それで終わってしまう。だからお条も人には言わないのだ。

「なにせ、気位の高いお人やから」

お条は武家の娘で、かなり高格の武家に嫁いでいたが、主人の不祥事で家は絶えた。その気位のゆえに実家にはもどらず、一人でこの町にやって来て万十屋を訪れた。

当時二十八才のお条は実に艶っぽく、女に興味のない八兵衛が、つい、ふらりとなりかけたほどだ。

「仕事やのうて、身分なら紹介できます」

お条の育ちと気位に合う仕事は万十屋にはなかった。幸い、閨事は好きだと言うので妾の口を紹介した。体を売るのではなく、お条が気に入れば付き合い、嫌になれば別れる。

その条件で三人を用意したが、お条は最初の一人を気に入り、結局二十年ほどを付き合った。そして、その旦那が残してくれた長屋で今も暮らしている。

五月はお条さんが苦手だ。

父は「うむ」だし、母は寝ている事が多いから、近所付き合いは五月がするしかない。お条さんは顔が合うたびに、この長屋でしてはいけない事、して欲しくない事を一々に言ってくる。

「いっそ、してもいい事だけを教えてもらいたいものです」

白くてならない。

「おやまあ」

百合は町人町に暮らすのは初めてだから、五月が口をとがらせて言う事の一つ一つが面白くてならない。


「ええ、このお長屋は出職の方ばかりで帰りも遅いそうです。それをいい事にここの嬶あ連中は、今頃は松の湯の二階にでかい尻を据えて、亭主の悪口をおっちゃべってる、んだそうです」

太平が道具袋を探りながら、お粂ばあさんから仕入れた話を披露していく。

「ええ、私も変だと思ったんです。こんな時分なのに、いるのが家とお粂さんだけって。あ、ありました」

太平が嬉しそうに束ねた紐を掲げて見せる。

「ええ、もちろんある事は分かってるんです。だって私が入れたんですから。それでも見つかると嬉しいものです」

笊に笹で包んだ刺身をならべ、もう一つの笊をかぶせて四方を紐で閉じていく。こうして井戸に吊るせば魚が傷まないし、井戸に落とす心配もない。

「はい。お粂さんは梅干しが大好きだそうで、笊もいっぱいあるんです。私も二ついただきました」

もちろんいただいたのは梅干しで、笊は借りてきた。

「あのぉ、他にはどんなお話を?」

五月が恐る恐るに聞いた。

「えー、どんなお話と言われてもですねぇ」

実に色んな話をしたのだ。とても一言では言えないから順に話す事にした。

「ここが一番の古株で、一番口やかましいお宅ですかって」

「本当にそう言ったんですか」

五月の顔が青ざめる。

「もちろんです。だって一番大事な事じゃないですか。そしたらお粂さんが、はい、うちに間違いありません、って。いやあ助かりました。違ってたら別のお家に行かなきゃなりません。ええ、私は何軒行こうとかまいませんよ。でもお魚はそうはいきません。それが五月さんのおかげで、一軒目でどんぴしゃりんです」

五月が思わず天をあおいで、両手を顔に当ててしゃがみこむ。その肩が小さく震え出し、その震えがさらに大きくなっていく。

「ぷっ」

ついに、たまらず吹き出し、体を折って笑いだした。

太平の目が点となり、石動の目が人並となり、百合の目が優しく弧を描く。

子供の頃の五月は、良く笑い良く泣く、感情の起伏の激しい子だった。それがいつの頃からか、百合の前以外では笑う事も泣く事もなくなった。

その五月が子供の頃のように、弾けるように笑っている。

「あ、ありました。ええ、ある事は分かってるんです。だって私が入れたんですから。でも、やっぱり見つかると嬉しいものです」

太平が道具袋から、手提鍋を取り出して得意そうに掲げて見せる。

五月が崩れるようにしゃがみ込んだ時には本当に驚いた。だが、笑い声が聞こえて安心した。何がおかしいかは知らないが、笑っている人間は放っておいていい。

「あっ。五月さんお焦げ！」

「はいっ！」

五月がすくっと立ち上がって竈に向かっていく。

「お鍋まで持ち歩いてらっしゃるんですか？」

もう一つあったら、そう思っていた鍋が出てきた。あの道具袋には、他に何が入っているんだろう。

「あ、違います。あ、違ってません。ええ、このお鍋は釣りの時に水をくんだり、小魚を活けたりするんです。でも鍋は鍋なんですから、お鍋として使ってもまったくかまわないわけです」

水を張った鍋を七輪の上に置き、降ろした味噌煮の鍋からお玉で二杯ほどを加える。

「何か青物ありますか？」

「はい、庭にお葱と茗荷が」

「茗荷はいりません。はい、お庭ですね」

太平が板間に上がって、石動と百合の横を四つん這いで通っていく。仕方ない、まだ草履を履いたままなのだ。下を汚さぬようにと足先を上げて、手と膝で進んでいく。

「たろみたい」

太平の後ろ姿に、五月が思わずつぶやいた。

「はい。尻尾があればたろです」

百合と五月が目を合わせて「くすり」と笑う。

「あー、太郎とは何者だ」

石動の一言で、二人がまた笑い出した。

「ふむ」

何がおかしいかは知らないが、二人が楽しいならそれでよい。


各自の箱膳の上には、鯉の洗い、鯉の味噌煮、葱の味噌汁。胡瓜の塩揉みと炊き立ての御飯が並んでいる。

五月は今にも鳴き出しそうなお腹の虫を必死で宥めながら、父が箸を取るのを待っていた。石動家では父が箸を取り「うむ、いただく」その言葉で食事となる。

「うむ」

石動が箸を取って合掌する。

「いっただきまぁーす！」

石動より先に太平の大声が響き、「いただきます」つられて五月と百合も唱和した。

「いただく……」

夕には早く、昼にはずいぶん遅い食事が始まった。

石動は板間の、いつもの上座に座っている。もっともその後ろは玄関土間で、竈と壺や徳利が並んだ棚があるだけだが、その上には小さいながらも神棚が祀られているから、多分その辺りが上座なんだろう。

普段なら石動の横には百合が、百合が起きられない時には五月が座って給仕をする。その場所に、今は太平が当たり前のように座っている。そして当たり前のように、自分の横に飯櫃と味噌煮の鍋を置いている。

「この味噌煮、本当においしいですね。ええ、鯉をいただくのは本当に久しぶりです。だってですね」

次々に口に入れながらも話は止まらない。幸せそうに食べ、話す太平の横で、石動は黙々と食べている。

いつもなら「黙って食せ」と一喝するところだが、無言のまま食べ続けている。

「あ、おかわりですね。はい」

太平が目ざとく、空きそうになった石動の椀を取ってお代わりをよそう。ついでに味噌煮も注ぎたした。

「おやまあ」

百合は五月と並んで、二人の向かいに座っている。こんなに楽で楽しい食事はない。

『何なの、この人は』

五月の胸の中に小さな棘が生まれていた。太平は五月の膳にも気を配っていて、空きそうになるとお代わりをよそってくれる。それが実に自然で嫌みがない。

そこに腹が立つ。五月が今まさに松風でやっている事なのに、太平の方がはるかにそつがない。

食事が終りかける頃、太平が土間に降りて七輪で何かをあぶり出した。

「あ、お焦げ」

五月が網の上を見て声を上げる。そういえば御飯の中にお焦げはなかった。

「百合様、どうぞ。お焦げ煎餅です、おいしいですよ。ええ、私まだ食べてませんけど、おいしいに決まってます。だって五月さんのお焦げですから」

太平の手にした皿には小さなお焦げが二つ、焼けた味噌の香ばしい匂いをさせていた。

「あらまあ」

百合はもう充分を食べた。刺身を一切れ、味噌煮を二切れ、御飯にも三箸をつけた。とてもこれ以上は食べられない。だが、その匂いと、五月のお焦げ。その言葉でつい手を出してしまった。

「あら」

かしっ、と歯応えはあるが思ったほど堅くはない。中のもちっとした食感と、口の中に広がる味噌の香りが心地いい。

「おいしいこと」

「はい。五月さんのお焦げに、味噌煮のお汁を塗って焼きました」

太平は、百合が刺身を口にした時にわずかに眉をひそめるのを見た。鯉が嫌いかと思ったが、味噌煮の時は穏やかな顔だった。それで、いつもなら醤油で焼くところを味噌煮の汁に変えた。鯉の脂も手伝って、実に良い照りと香りに仕あがった。

「おかわり焼きますね」

小さな二枚を、しっかりと平らげた百合を見て太平が立ち上がる。

「もう無理。ごちそうさま、太平さん。とてもおいしかったですわ」

「はい、おいしいが一番です。この次はもっとおいしい物作りますからね」

どうやらまたくる気のようだ。

それでもかまわない。母がこんなに食べるのを見るのは、五月にも久しぶりだった。

「太平さん。私にもお焦げ煎餅ください」

五月の中にあった棘が、すっと消えた。

石動は戸惑っていた。

今日初めて釣りをし、太平のおかげで鯉を釣った。そして、なぜか太平を交えて食事をしている。百合も五月も、そして太平も実に楽しそうだ。そして自分も、多分楽しい。その事に、石動は戸惑っている。

飯椀に軽く湯を注ぎ、漬け物の一切れで残った飯粒を集めて口に流し込む。飯椀と汁椀を布巾で拭いて各自の箱膳にしまい、お膳としていた蓋を裏返してかぶせる。汚れの強い物は、空となったお釜に水を張って漬けてある。

「お膳はこちらでよろしいですね」

相変らず太平は甲斐甲斐（かいがい）しくよく働く。これはお凛様のしつけの賜物なのだが、お凛様に関してはいずれ後ほど。

板間の片隅に五月と百合の箱膳を重ね、その横に石動の箱膳を置き、その上に自分の箱膳を置く。

「えっ。あの、それはお返ししなくては」

五月たちの箱膳は黒塗りのごく普通の物だが、太平のそれは、朱の本漆に金蒔絵までほどこされている。

「だって、もう使わないっておっしゃるんですよ。だったらここに置いておけば一々取りに行かなくてすみます。ええ、一獲千金というものです」

何が一獲で、何が千金なのかは太平にしか分からない。

この箱膳は、お粂ばあさんが太平のために持ってきてくれた。死んだ旦那の使っていた物だがもう使っていない、と言うのでありがたくお借りした。

「うむぅ」

なぜ太平の膳が自分の膳の上に、しかも太平の膳の方がはるかに偉そうだ。納得はいかないが、今何かを言うのは大人気ない。明日の朝一番で置きかえる、そう決めた。

五月は太平の言う事、為す事にいちいち驚くのをやめた。とにかく、今日は楽しかった。だったら楽しいままに終らせよう。そして、この次は私がご馳走してあげよう。あの悪趣味な箱膳で。

だが残念ながら、太平がその箱膳を使う事は二度となかった。

「お茶入れますね」

五月が土瓶を手に立ち上がる。

「あ、私けっこうです」

「えっ!」

「あらまあ……」

「うん？」

まさか太平が遠慮をするとは、誰も思っても見なかった。

「はい。私、これから石動さんといくところがあります」

「はあぁ!?」

まったく聞いていない。それに、こいつとこれ以上付き合う気もまったくない。

「石動さん、鯉捌（さば）けますか？」

「うーむ」

無理だ。太平が捌くのを見てすぐにそう悟った。

「あー、五月」

「はい、お魚だったら私が」

今日ほどの大物を捌いた事はないが、何度か試せば。

「はい、五月さんならできるようになります。でも、失敗すれば鯉の命が一つ無駄になります。それに、生き肝を取った後の身はどうなさいますか？」

刺身も味噌煮も、今日はお条さんの差配でご近所に配ってもらった。

「ええ、今日は珍しいから喜んでいただけます。でも毎日の鯉は迷惑です」

海近の地だ。鯉には悪いが、もっとうまい魚がいくらでもある。

「確かにそうですね」

五月は釣りを知らない。だから、毎日父が鯉を釣ってくる。そう思ってしまった。

「うむ」

石動は、初めてで釣れたのだから明日も釣れる。そう思っている。食に文句を言う気はないが、毎日が鯉と思うといささかげんなりはする。

「はい、知り合いの料理屋さんを紹介します。釣れたらそこに持っていって、生き肝とお家（うち）で要る分をもらってください。残りはお店の分です。ええ、まさしく一獲千金というものです」

太平が得意そうにふんぞり返る。

「あー、しかし」

いくら料理屋でも、毎日の鯉は迷惑としか思えない。

「大丈夫です。ええ、秀次さんなら何とかしてくれます。だって御家人上がりなんですから」

太平には何の考えもない。どうしようかと思っていたら秀次の顔が浮かんだ。ただそれだけの事なのだ。

「あ、秀次さんは江戸っ子なんですよ。ええ、お江戸で修業してですね、その後京に向かったんです。でも、途中で道に迷ってですね」

「出る」

石動が立ち上がった。太平の話を聞いていたら夜となる。夜になったら、隣りから布団を借りてくるに違いない。

「あ、ちょっとお待ちください」

太平が道具袋をごそごそと探って、石動にも見覚えの割り子を取り出した。

「はい、お茶受けにどうぞ。金団(きんとん)です。おいしいですよ。ええ、作った私が言うんだから間違いありません」

三

紅く染まった空の下を、太平と石動が、長く伸びた影法師を踏みながら歩いていく。前をいく太平の影法師よりも、後ろを歩く石動の影法師の方がはるかに先をいっていた。

「あー、鯉の餌だ」

百合と五月に、鯉の餌を食べさせるのはいささか気が引けた。

「はい、鯉が食べれば鯉の餌です。人が食べればおいしい金団です」

太平に屈託はない。

「うむ」

確かにうまかった。それは認めるしかない。

太平は道具袋を肩に掛け、片手に手提鍋を提げている。

「桶は？」

「はい、お家にあります。ご隠居さんに返してくださいね。どうせ明日も行くんでしょ」

「うむ」

知らぬ間に、あの桶をかついで釣り場にいく事となっていた。

「それにですね、お店に桶を持っていくのは野暮と言うものなんです。ええ、どうしても桶を持っていく時には、まず裏に回ります」

太平が釣った魚を入れた桶を持って、店に入った途端に秀次に怒鳴られた。「バカ野郎！

魚持って客前を通りやがんなッ。この店は素人の釣った魚で儲けてやがる。セコな客がそう思うだろうが」

その後に秀次から、飲み屋の作法をこんこんと説教されたのだった。

「裏に回ってですね。おう、頼んだぜ、って声をかけて、桶を渡してから表に回るんです。ええ、それが粋ってものなんです。あ、そこがお店です」

「鍋は良いのか？」

「はい、お鍋は言われてません。あれ」

太平が少し考え込んだ。

「ええ、ひょっとしたらお鍋もそうかも知れません」

桶が野暮なら鍋も野暮、石動にはそうとしか思えない。

「あ、こうしましょう。お鍋は石動さんが持って入る事にしましょう。ええ、秀次さんは私にはずい分怒るんですよ。でも石動さんには怒らないと思います。ええ、石動さんのお顔を見たらですね」

「入れ」

結局、鍋を持たされた。

「おやまあ、おいしいこと」

まさかまだお腹に入るとは思っても見なかった。

「でも、なぜ黒砂糖なんでしょうか。それに皮まで」

金色のはずの金団が、黒砂糖のせいでくすんで見える。そこに薩摩芋の皮の赤がちらちらと見え隠れしている。

「でも可愛いこと」

百合にはそんな金団が好ましい。決して上品ではないけれど、田舎のお婆ちゃんの心尽くし。そんな風情がある。

「あ、酒粕です。酒粕に間違いありません」

五月が大きくうなずく。独特のコク、その正体をようやく突きとめた。

「金団に酒粕って。どうしてこんな事を思いつくんでしょう」

仕方ない、本当は鯉の餌だ。

「五月、お隣り様にも」

放っておいたら、すべて五月のお腹におさまってしまう。

「はい」

名残りは惜しいが、折角うまくいき始めたご近所付き合い。それを大事にしたい、という母の気持ちも良く分かる。

太平さんの作った金団と言えば、お粂さんも喜ぶに違いない。そう思ったら、お粂さんに会うのも苦にならなくなった。

小鉢に移した金団を持って玄関の腰高障子を開けたら、夕陽を浴びて真っ赤に染まったお粂ばあさんが立っていた。

「ひん！」

「太平、しゃんに、梅干し、持ってきたん。お帰り、やったか」

お粂ばあさんが、肩で息をしながらそう言った。

もちろん太平が帰った事などとっくに承知している。ついさっきまで、長屋の薄い壁にしっかりと耳を押し当てていたのだから。お粂ばあさん、歯はいけないが耳と口はまだ達者だ。

お裾分けを持ってこられたら、この薄暗い部屋で一人で食べるしかない。どうせなら、ずっと聞こえていた楽しさのお裾も分けてもらいたい。

それで、五月の「はい」が聞こえた時に駆け出した。五月が下駄を突っかけた時には、すでに玄関前に立っていた。お粂ばあさん、歯はいけないが足はまだ達者だ。だけど、梅干しを取っている暇はなかった。手には空の小皿だけがある。

「はい、太平さんは帰られました。でも、お土産があったので、今お届けしようかと」

「そうか。それやったら、手間がひゃぶけてよかったやないか」

お粂ばあさんが、暗い口を開けてにっと笑った。

「はい、本当に。どうぞお上がりください。今お茶を入れますね」

今日は楽しいままに終らせる、さっきそう決めた。だったら太平さんのようにできるだけの事をして見よう。お粂さん相手に上手（うま）くいくとは思えないが。

「お茶は熱めと温(ぬる)め、どちらがお好きですか？」

「真ん中。それに、茶やのうて湯(ぶ)ぅ」

「あらまあ、私もお湯。それも真ん中のお湯が大好きですわ。五月も、ねっ」

二人とも、茶を点てる時以外はお湯と決めている。熱くなく、温(ぬる)くもない。その頃合を、ごくりと飲んだ時の喉越しがたまらない。

「はい」

何だかこの長屋が楽しくなってきた。


街道から少し入った横町にその店はあった。

町屋風の二階屋で、提灯も軒行灯(あんどん)もない。店を思わせるのは、軒先にかかった暖簾だけだ。いく分日に褪(あ)せた紺地に、のれんの三文字が白く抜かれている。

「こんばんわぁ」

太平がその暖簾をくぐり、石動が鍋を提(さ)げて後に続く。

入ってすぐの土間に長床几が二本置かれ、右が上がり座敷、左が板場となっている。板場と客土間の仕切りには腰高の板壁があり、その上には幅二尺、長さ一間ほどの飯台が据えられている。(今でいうカウンターのような物だ)

板場では上半身裸の男が体を拭いていた。下半身の方は、仕切りのおかげで見えていない。

「おう、太平！　いやさ太平さん、実にお久しゅうござんした。ここで逢うたが百年目ェー！」

裸の男が芝居口調で見得を切る。

石動は太平についてきた事を真底後悔した。石動はこういうお調子者が大っ嫌いなのだ。

「この方が板前の秀次さん。ええ、時々訳の分からない事を言いますけど気にしないでください。ええ、悪気はありませんから」

太平が、ずい分な言い方で秀次を紹介する。

「秀次さん。こちらは私の釣り友だちの石動さんです」

「うむっ」

「こんな姿でお目通りたぁ、実に無礼千万。平にご容赦を」

ついさっき仕出しを終えて戻ってきて、褌一丁となって吹き出す汗を拭っていた。

上っ調子な物言いとは裏腹に、秀次の顔は苦み走った良い男だ。その体も、細身ながらも筋肉はしっかりと張っている。

「ふむ」

武芸で作った体とは違っている。料理人という仕事がこういう体を作るなら、料理という仕事もなかなか侮れない。そういえば太平も、水と鯉の入った桶を水平に抱えたままで家まで運んだ。しかも、のべつ幕なしにお喋りをしながらだ。

「石動さん。秀次さんはこう見えても御家人上がりなんですよ」

「たくっ。どう見えてんだか知んねえけどよ、そいつを言うんなら御家人崩れってんだよ」

確かに、時折りに皮肉っぽい目を見せる秀次には、崩れの方が似合っている。

「いいえ。刀を包丁にかえて板前になられたんです。これはもう立派な上がりです」

仕方ない。太平の中では、武士よりも料理人と漁師が上となっている。子供の頃には漁船を眺めながら、「ああ、何で私は漁師さんの家に生まれなかったんでしょう。ええ、因果応報っていうやつですね」と身の不運を嘆いていたのだ。

「大変でしょ、太平とつきあうのは」

藍の作務衣に青の前掛け姿となった秀次が、石動に声をかけた。

「うむ」

石動が大真面目に大きくうなずく。

『おやおや。この両刀（りゃんこ）も太平に負けねえ真（ま）っつぐのようだ。真っつぐと真っつぐ、こいつは目が離せねえや』


片岡秀次郎、それが秀次の昔の名だ。

秀次は御家人片岡家の次男に生まれた。日の本で一番偉いのが公方様（くぼう）。二番が旗本で三番が御家人、そう教わってきた。大名よりもおいらが偉い。そう思っていたが、どうやら違った。

旗本は公方様にお目見得（めみえ）できるが、御家人はお目見得以下。よほどの偶然でもない限り、公方様の顔を拝む事は生涯有り得ない。その点ではそこらの町人と何ら変らない。

しかも、そこらの町人の方がよほど良い暮らしをしている。貧乏旗本と言う言葉はあるが、貧乏御家人とは言わない。御家人なら貧乏が当たり前だからだ。

武家の次男、三男は長男の予備だ。長男に何かあるか、養子にならないかぎり自立はできない。長男に何かあって家を継いでも、要は貧乏を継ぐだけだ。養子の口がかかっても似たような家同士だから、こっちの貧乏からあっちの貧乏に引っ越す、それだけの話だ。

俸禄米は降(くだ)されたその日に売って金とし、はるかに安い米を買う。古くて黄ばんで臭い米だ。

「冗談じゃねえ！」

秀次郎、臭くてまずい飯をこれ以上食い続けるのは真っ平御免、と家を飛び出した。そして名の通った料亭に飛び込んだ。料理屋なら、白い飯とうまい物が毎日食える。それだけの理由だ。

料理屋には、そんな料簡(りょうけん)の貧乏人がしょっちゅうやってくる。当然断られた。

「おう、上等じゃねえか！　てめえら公方様のお膝元で商売やってやがんのに天下の御家人の子を断ろうってんだな。おう、旗本御家人八百万騎に喧嘩売ろうってんだな！」

ずい分大きな啖呵(たんか)を切った。日本中の武士を集めても八百万にはだいぶ足りない。旗本八万騎（これも誇大広告なのだが）と八百万(やおよろず)の神々がごっちゃになってしまった。仕方ない、この時秀次郎まだ十二才だ。

板場の若い衆が目配せをする。啖呵に怯んだ訳ではない。店の客には、大名も大身の旗本もいる。御家人なんか最初っから相手にしていない。叩き出すか蹴り出すか、誰がやる、俺がやる。それだけの目配せだ。一人が腕まくりをする。叩き出すと決まったようだ。

「江戸のぼんは元気がよろしおすのぉ。ほな、うちで働いてもらいましょ」

たまたま板場をのぞいた板前の一言で、片岡秀次郎が秀次となった。板前は面白半分で決めた訳ではない。

店の名は京屋と言う。名の通り京に本店があり、奉公人のすべてが京店で雇われた者か、その子らとなっている。これは京屋に限らない。三井、三越の大店も、江戸では滅多に人を雇わない。店の中では京言葉を使うのも共通している。京からの下り物があり難がられた頃の名残りでもある。だがとっくの昔に江戸は、京、大坂をしのぐ大都市となっている。料亭でも百川、八百善と、江戸生まれ、江戸育ちの名店が活況を呈している。

「いずれ、京のお店、京のお味。それだけでは立ちいかん、そう思てます」

そんな話を、店の主人としてきたところに秀次が飛び込んできた。

その日から、秀次は京屋の追い回しとなった。

次から次へと雑用を言いつけられ、追い回されるから「追い回し」。板場で一番の下っ端だ。毎日、怒鳴られこづかれて蹴飛ばされる。だがかまわない。毎日白くてうまい飯が食べられる。それで充分だ。

だけど相手の度が過ぎれば凝っと睨み返す。御家人町内のガキ大将だ、喧嘩は骨の髄まで染み込んでいる。

追い回しの次が「洗い方」。京屋ほどともなると洗い方だけでも「下洗い」「中洗い」「立ち洗い」と三段もある。それを過ぎて「立ち回り」となる。板場のあちこちで、手の足りないところを助けて回る。立ち回りとなって、初めて料理の近くにいける。もちろん職人は何も教えてくれない。だから見て盗む。そして隠れて真似をする。

立ち回りの次が盛り付け。料理を職人の見本通りに並べる、それだけの事がなかなか難かしい。炊き合わせ一つ取っても、人参やら里芋やら、すべてが見本通りの形、大きさとはいかない。それを見本に似せて、そしておいしそうに盛りつける。少しでも失敗れば女子衆が運んでくれない。

見本なしで盛り付けられるようになって、初めて職人の下につく。ここでようやく半人前の料理人と認められて、わずかだが給金も出る。

「焼き方」「煮方」「脇鍋」この三職となって、初めて一人前の料理人として認められる。その上にいるのは「脇板」と、そして「板前」だ。

板場の頂点が「板前」となる。どんなに大きな料理屋でも、板前と呼ばれるのはたった一人しかいない。（現代でいえば総料理長といったところだ）店の主人とも立場は同等、主人といえど、板場の事には決っして口を出さない。主人がいなくても店は回るが、板前がいなければ店は立ちゆかない。

京屋は夕の営業だけだ。だから板前は昼過ぎにやってきて、まず出汁（だし）の味を見る。問題がなければ主人に挨拶に行き、その後は自分の部屋に入る。そして仕込みの終わる頃に板場に出てきて、その日の魚を見て刺身を引く。一人前ほどを見本として引いて、さほど忙しくない日なら後は脇板にまかせて帰る。

その後は、書や茶を始めとした習い事に出かける。板前の一番の仕事である、献立を考えるためにもさまざまな習い事は欠かせない。

秀次は五年で脇板となった。板前の脇に立つから脇板、板前のいない時には板前の代わりを勤める。京屋に二人しかいなかった脇板の三人目となった。料理人の世界は、年功序列よりは実力が物を言う。下手を上に据えれば客がいなくなる。

板前が秀次を引きたてたのは、魚の目利きの確かさと、捌きの見事さを買っての事だ。秀次は魚を見、わずかに包丁を当てただけで、その魚に適した捌き方を瞬時に見抜く。そして誰よりも速く、誰よりも美しく刺身を引く。

料理屋の土台が出汁ならば、刺身はその上に咲く華（はな）だ。だから板前が頂点にいる。

だが、秀次は板前にはなれない。

板前は京から下ってくる。それが京屋の不文律だ。料理が面白くて夢中で過ごしていた秀次、脇板になって三年目にその事を初めて知った。

「冗談じゃねえ！　結局は部屋住みってこっちゃねえか」

それで京屋を飛び出した。

「おうよ。京ってえのがどれほどのもんか、この目と舌で確かめてやらぁ」

もちろん、店には一言も告げずに飛び出した。仕方ない、そういう性格なのだ。

「旦那さん。わては後三年ほどで板前を降ります。そん時には秀次を板前に据えたい。そう思うてます。秀次は京屋の将来を背負って立つ男、そう思うてます。旦那さん、ぜひお願いいたします」

そう言って深々と頭を下げた。

「やめてや板前はん。頭を上げとくなはれ」

この板前が居たからこそ京屋の暖簾を守ってこられたのだ。

「分かりました。わても腹を括ります。京と喧嘩してでも、秀次さんを板前にして見せます」

京屋の主人の部屋でそんな話がされている頃、秀次は品川の茶店で、五本目の団子にかぶりついていた。


結局秀次は京にはたどりつかず、なぜか伊勢に行き、そして、今ここにいる。

江戸屋、屋号はそうなるはずだった。

伊勢の料理旅籠で働いている時に伊勢醤油と出会った。京の薄口と違って、濃くて素朴な味に母を思い出した。母の作る物はどれもうまかった。おかげで、臭くてまずい飯も何とか食べられた。その母が死んで、まずい飯とまずいお菜だけとなった。だから家を飛び出した。

「お袋だったら、こいつをどう料理したろう」

秀次の目の前には、母が一度も目にした事も、口にした事もない魚や貝が並んでいる。京屋の修業できっぱりと洗い流した母の味を、伊勢の醤油が思い出させてくれた。だが、今の店でその醤油は使えない。京屋の脇板、その腕と味を買われたのだ。

「冗談じゃねえ！　今作んなきゃおっ母ぁの味が消えちまう」

それで、女房お文の実家の近くで店を始めた。

「と言ったって、江戸前の修業なんざあしちゃいねえ。うすらぼんやりの、お袋の味が頼りの俺前よ」

その俺前が受けた。まず賀龍かきたちが客についた。街道が稼ぎ場の彼らは街道から離れられない。だが街道筋の店は、大なり小なり京の流れのお上品だ。その上に値も張る。

それが横町を一本入っただけのところに、伊勢醤油を真っ向から使った店ができたのだ。しかも飯台と座敷には、醤油の入った徳利がでんと置かれて『好きに使いやがれ』の張り紙がしてある。口づてに広まって、港の人足やら漁師やらが客となった。

「俺(お)いらが作ったもんはそのままでうめえぜ。だけどよ、俺いらとあいつらじゃ汗のかき方が違う。だったらよ、うめえもんをてめぇの勝手で、もっとうまくして食いやがれってんだ」

　体を使っていないお上品な客には、京屋仕込みのお上品も出す。いつの間にか、秀次の店には褌一丁から、法被、半纏、羽織りまで、実に雑多な客が集まるようになった。


　そんな客の一人。近くの料理旅籠、香良洲屋の番頭が真っ青な顔で秀次を頼ってきた。

「板前が、料理人全部連れて出ていきよった。今日の客に料理が出せん。どうしよう」

　文政のお陰参りの時には、伊勢街道に参拝客が引きも切らずに連なったというが、それはすでに昔語りでしかない（多い年には、一年間で四百万人ほどが伊勢神宮に押し寄せたという）。その頃に、雨後の筍のごとくにできた店の多くはすでにない。

　昔からの店も廃業が続いている。中でも、料理を売りにした料理旅籠が厳しい。理由の第一が人件費で、板前と職人に払う給金が大きい。景気の良い頃に、店の顔だからと高い金を積んだ。そのつけが、今店の首を締めている。

　香良洲屋の主人が板前に、「もう少し景気の良くなるまで給金を」と相談したら、「わての腕に不満ちゅうこってすな。ほな辞めさせてもらいましょ」そう言って板場の全員と、仕込んであった料理まで持って出ていったと言う。

　その板前は、仲の良い板前のいる久居屋に入って、しばらくはそこにいる、と伝えてきた。主人が頭を下げてくれれば戻ってやる。そういう脅しだ。

　今日の客は十人。多くはないが、御師がついての伊勢講だから絶対に失敗れない。御師は、全国の伊勢講を取り仕切る旅行代理店のようなものだ。ここを失敗れば次から客を回してもらえない。香良洲屋だったら、年に千人ほどの客がふいとなる。

青ざめた主人が謝りに行こうとするのを、番頭の長介が必死で止めて秀次のところにきた。

「冗談じゃねえ！」

秀次の血相が変わった。

「客が来るのに板場をおっぽるだと。一体どういう料簡してやがる。おう、俺にまかせろ。十人だったら今店にあるもんで何とかならぁ。お文。そういう訳だ、ちっくら行ってくるぜ」

「あいよ。きっちりやってや、秀ぽん」

お文の眉も吊り上がっている。

その板前は店にも何度か顔を出した。酒は頼むが品は滅多に頼まない。たまに頼んでも、連れに料理の能書きを垂れながら箸でぐちゃぐちゃとこね回す。

昔の秀次ならとっくに喧嘩になっている。だが秀次、この年になって大事な物が二つできた。女房のお文とこの店だ。この二つを守るためならどんな我慢だってできる。

「うわああ！　何や、われぇ！」

そのお文が、板前の頭にぐちゃぐちゃをかけていた。仕方ない、そういう性格だ。

秀次が板前のところに行って頭を下げる。もちろん謝る気はない。

「どうぞお好きに」

そう言って頭を突き出した。

「うちの亭主がお好きに言うてるんや！　ど突くなと蹴るなと好きにせんかい！」

お文が代わりに啖呵を切ってくれた。

それ以来、店にはきていない。

「七日だ。そのあいだは十四、五人を目途に客を取んな」

自分の店もある。二十人、そこが限界だ。

「七日？　ああ」

長介が柱暦を見て納得した。三十日までが七日だった。どんなに馴染みの客でも晦日にには代を請求する。板前の連れて出た十二人、その泊り賃と飲食代の七日分、これは大きい。

「あの馬鹿の尻は長さんが拭け。あの馬鹿、金を払わずにばっくれる」

「はい、もちろんです」

主人と自分に見る目のなかったせいで、同業に迷惑はかけられない。

「いいなあ。長さんのそういうすっぱりしたところが俺いら大好きだぜ。それとだ、若ぇ奴らは長さんが迎えにいってやんな」

板前の言葉には誰も逆らえないのだ。

「三職は似たような馬鹿だろうから要らねぇ。若ぇ奴らは俺いらが仕込み直してやる。そうすりゃあ客の五十や六十、屁でもねえや」

「あ、ありがとうございます。秀次さん」

長介が声を詰まらせながら、秀次に手を合わせる。

「よせやい、長さん。俺いらを拝んだって何の御利益もねえぜ」

「いえ」

御利益はもういただいた。今日の安堵と、明日の希望をしっかりといただいた。

七日を待つまでもなかった。秀次がたった一人で板場を守った事を知った板前は、次の日の夜明け前に一人で逃げた。

そこから始まった仕出しが、すぐに一軒増えた。あの板前の泊まっていた久居屋だ。今では秀次、自分の店以外に三軒の旅籠の板場をあずかっている。

「何てこたあねえ。ちゃんとした場を作ってやりゃあ、若え奴らは勝手に育ちやがる」

四

「お、乙だね。こいつあいいや」

秀次が、鍋の中の一切れを口にして誉めた。

「うん、でもちょい甘だな。俺らだったらもうちょいぴりっと仕上げるな」

「あ、だってですよ」

秀次の言葉に太平の口がとんがる。

「女の方お二人なんですよ。しかもお一人はご病人なんですから」

もちろん、石動は数に入っていない。

「なある。確かにこいつは女子供には受けそうだ。さすがに太平さん、抜かりはござんせんてか」

秀次の言葉は時々意味不明だ。だが、どうやら誉めているらしい。そう受け取って太平が笑顔に戻る。

「さすがに鯉こくは思いつかなかったぜ」

仕方ない。目の前に豊かな海の広がるこの地で、夏の鮎以外に川魚を見る事はまずない。

「鯉こく？」

「何だよ、知らねえで作ったのかよ。恐れ入谷の鬼子母神だぜ。普通は内臓（はら）ごと筒切りにして煮込むんだ。内臓（はら）はどうしたい？」

「はい、塩茹でにしました」

「お、いいな。酢で良し、醤油と鷹の爪でいい肴（さかな）にならあ」

秀次は京屋で何度となく鯉を捌いている。

中国で皇帝の魚とされる鯉は、身分のある武家の祝い事には欠かせない。その時には客前で、真魚箸（まなばし）（鉄箸）と包丁を持ち、鯉には一切手を触れずに捌いていく。要は縁起物だ。

「こいつぁ山ん中の連中には受けるぜ」

秀次、京への旅は料理修業の旅でもあったから、それなりの宿に泊まり、それなりの食事をした。だが天下の東海道で、それなりの格を張る宿の料理はどこも大して代わり映えがしなかった。

「毎日、刺身と京のお上品。似たり権兵衛(ゴンベ)の種ほじりよ」

しかも、毎日十里（約四十キロ）近くを歩いてのお上品。

「そんなところへ味噌たっぷりの鯉こく。俺いらだったら嬉しくって座り小便だってえの。しかも日持ちするから仕出しにゃあぴったりだ。どんどん持ってきてくだせえよ、先生」

「うむ、あー、ここはのれん屋、で良いのか？」

石動はこの地には詳しくない。迷った時のためにも、店の名ははっきりとしておきたい。

「参ったなあ、またその話ですかい。いえね」

口ぶりは迷惑そうだが、顔は満ざらでもない。常連ならとっくに聞き飽きている、秀次の十八番(おはこ)が始まった。

「いえね、店には暖簾がいる。だけど、どんだけ探しても暖簾屋が見つからねえ」

仕方ない。毎日のように店ができては消えていく、江戸や大坂だから暖簾屋という商売も成り立つのだ。

それで秀次、染物屋に飛び込んだ。何代も続く老舗といった店構え。藍の長暖簾に、「そめもの」と白く抜かれた文字の佇(たたず)まいも気に入った。

中に入ると、店よりも古そうな小さな婆さんと、婆さんの半分はありそうな、でぷりと太った三毛の二匹が、いや、一人と一匹が舟を漕いでいた。それで、猫じゃない方に声をかけた。

「白河夜舟の最中にすまねえが婆さんよ、婆さん。婆さん！　おい、婆あッ！」

「ふへえ。いらっしゃいまふえ」

どうやら耳は聞こえるらしい、口もきけるらしい。ありがたい事に、生きてもいるらしい。

「おうさ。今度よ、江戸屋ってえ店をやるんで暖簾を一丁こさえてくんねえ」

「こんどや、ああ近藤屋ひゃん。ふぁい、何商売でっひゃろ」

「近藤じゃねえ、江戸屋の暖簾！」

「うろん屋ひゃん。そら嬉しい。わしも歯（ひゃあ）がのうなってからは、うろん頼りで生きてます」

「うどんじゃねえ。の、れ、ん！」

これでは埒（らち）が明かない。それで婆さんの前の帳面と矢立（やたて）を手に取った。

「ちゃっ！」

動く筆先にちょっかいを仕かけたでぶ三毛を叱った。

「すまねえ、今日は急いでる。次は遊んでやっから許してくんねえ」

不貞腐れて大の字になった三毛の腹を、二、三度掻きながら律儀（りちぎ）に謝った。紙に大きくのれんの三文字を書き、横に三つ裂きの暖簾の絵まで描いて置いてきた。

店の造作も終わりかけ、そろそろ店開きの段取りを、と考えた頃に男がやってきた。

「はあ、やっとで見つけましたわ。注文だけしといて、名も町も言うていかんて、何考えてますのん」

ひょろりと背の高い、のっぺんだらりんとした顔の中年男が、風呂敷包みを抱えて店先に立っていた。

「造作の音だけを頼りに探しましたんやで。はい、ご注文の品」

風呂敷包みを解いて、丸く巻かれた紺色の布を取りだした。

「あっ。ひょっとして、暖簾か？」

すっかり忘れていた。道理で玄関が淋しく見えていたはずだ。

「はい、暖簾です」

のっぺんだらりんが得意そうに暖簾を広げると、鮮やかな紺地にくっきりとのれんの三文字が浮かんでいた。

「のれん？」

「はい、暖簾です」

そう言えばあの時、紙にはのれんとしか書かなかった。肝心を書かなかった秀次も馬鹿だが、そんな書き付け一枚で仕事をして届けにくる。この男の馬鹿は秀次の上をいく。

「江戸屋や」

「へっ？」

「うちの屋号は、江戸屋や」

「あちゃん！」

のっぺんだらりんが、額を手ではたいて天を仰いだ。

帳面に書かれたのれんの三文字、それが妙に気になった。上手ではないが、下手とも切り捨てられない。勢いがあるのに、どこかふわりと愛嬌がある。見れば見るほど気になって仕事場に持ち込んだ。

下手を削って、でも上手にはならぬように整えて、徳一自ら型紙を切った。そして、染め上げた布を婆さんが暖簾に仕立てた。

一徳屋は本来染めだけで、型紙も仕立てもやらない。他の職人の仕事を奪う事になるからだが、今回は特別だ。注文主の名も知らないのだから外には回せない。

まさか屋号その物が違っているとは思いもしなかった。これで半月ほどの手間がふいとなった。

「いい。実にいいや。何だか見てるだけで元気が出てくるぜ。兄(にい)さん、字ィうめえな」

「何言うてますのん。それ兄(あん)さんの字ですやん」

徳一も工夫はつけたが、元は秀次の字に間違いない。

「俺いらの？　あっ、あん時のかよ」

秀次、京屋で脇板になってからは、書や茶やらをみっちりとやらされた。それなりに頑張って、下手くそからくそが取れるくらいには上達したが、下手のままに江戸を飛び出した。

　まさか自分の字に感動する日がくるとは思っても見なかった。

「うん、気に入った。今日からうちはのれん屋だ。ありがとよ兄（にい）さん。あの婆あとあのでぶ猫にも礼言っといてくんな」

「お袋とちびです」

　徳一がほっと胸をなでおろす。どうやらお代の取りっぱぐれはまぬがれたようだ。さっきは自分の阿呆さに呆れたが、目の前の兄さんの阿呆は自分の上をいく。

「ご祝儀といっちゃ何だがよ、一杯やってってくんねぇ」

　こうして一徳屋の徳一が、のれんの常連第一号となった。

「粗忽（そこつ）と粗忽で生まれたのれん屋ってわけよ」

　いつもならここで大笑いとなるのだが。

「うむ。相分かった」

　その一言で終ってしまった。

　今日は珍らしく客の出が遅い。

　目の前の飯台には石動一人だ。太平はといえば、秀次が話し始めた途端に板場に入り込み、秀次の後ろでごそごそとやっている。見れば、合わせて炊くつもりだった小蛸と里芋に、勝手に串を打っている。

「照り（焼き）か？」

いつもの事だから今さら驚かない。

「いえ、塩です」

太平も気にしない。

「いや、塩だと蛸が固くなりすぎる。それに蛸のダシがもったいねえ」

タレなら、蛸のダシを受けてうま味が増すのだ。

「はい、そうですね。じゃあ両方やって見ましょう」

これもいつもの事だ。太平は返事は素直だが、自分の思いつきは決っして捨てない。しかもそれがけっこううまくいくから腹が立つ。

「大将、今日はあれないの。ほら、こないだ太平さんが作ったやつ。あれ楽しみにきたんやけど」

本当に腹が立つ。

料理人は腕と勘。秀次はそう思っている。腕は修業で作れるが、勘は経験だけではできない。秀次は腕では太平の上をいく。だが勘に関しては、時々太平が上をいく。

「て、こたあよ。太平はそこらの板前より上ってこった。素人のくせにだぜ。だけどよ、太平が本当に凄えのは釣りよ。釣りに関しちゃあ俺いらなんか逆立ちしたってかなわねえ」

五

秀次は、太平とは釣りで知り合った。

秀次、ガキの頃から釣りが大好きだ。今日のお菜と思えばなおさら力も入る。毎日のように、近所のガキどもを引き連れて釣りと喧嘩に明け暮れた。仕方ない、子供の足で行ける釣り場は限られているから、他町内のガキたちとの縄張り争いとなる。いずれ劣らぬ貧乏人の餓鬼同士だ。意地と喰い意地の張りっくらとなる。

修業時代は釣りに行く余裕はなかったが、給金をもらえるようになってまた始めた。今度は子供の頃からの夢だった舟釣りだ。釣った魚は板場に持ち込んで料理した。店の魚を使えば怒られるが、釣った魚をどうしようが自分の勝手だ。

東の空がわずかに白む頃。

秀次は一徳さんの馴染みの舟宿、椿屋に着いた。すでに一徳さんが来ていて、宿先で誰かと話していた。

「あ、秀次さん。こちら相客の太平さんです」

一徳さんと話をしていた若侍が、ぴょこんと秀次に頭を下げた。町人に頭を下げる侍など初めて見た。

「ごめんなさい。はい、私、明日の打ち合わせにきたんです。ええ、明日はですね」

何だかわんころみたいな、くりんとした目の若者が嬉しそうに話しかけてきた。

「太平さん。そこ要らん思います」

一徳さん、さっき一度聞いている。太平の話は一度で充分だ。

明日、釣り御用がある。今回は大人数なので椿屋に足りない舟と弁当を頼んだ。

ここ二日ほど強い風が続き、舟が出せるかどうか太平は気をもんでいた。だが夜明け前に小便に起きたら、風はすっかりやんでいた。

「あ、舟出せます」

嬉しくて、半分寝ぼけたままに家を飛び出した。（もちろん小便をすませ、着替えもしてからだ）途中で、しっかりと目がさめて気がついた。

「あ、御用は明日でした」

今を急ぐ必要はなかった。昼過ぎで充分だった。

「ええ、でもついでですから」

椿屋に着くと、主人の源兵衛が舟を店先の船溜りに回していた。

「おや、太平さん。この分なら明日も大丈夫やで」

「はい、明日なんです。ええ、今日じゃないんです」

太平がよだれを流さんばかりに舟を見詰めている。

「乗るかい」

「え、いいんですかあ！」

源兵衛の言葉に、太平の顔がへへへの字となった。

「ええ、お客さんが鰻さんだなんて、思いませんでした」

「鰻さん」

秀次が、思わず一徳さんの顔をまじまじと見る。確かに、のっぺんだらりんと掴みどころのない顔は鰻そのものだった。

「鰻さんはですね、キスとか皮ハギとか、小さいお魚を釣るのはお上手（じょうず）なんですよ。でも、鯛とかスズキはお下手（へた）なんです。仕方ありません。ええ、人には得手不得手がありますから」

秀次は武士が大っ嫌いだ。武士が町人を相手にした時の傲慢さは、自分が町人になってなおさらよく見えた。

だから相客が武士と分かった時にはそのまま帰ろうと思った。だけどせっかくの久々の釣りを、たかが武士のせいでやめるのも業腹（ごうはら）だ。この野郎とは口をきかないで釣りをする。そう決めた。

「じゃあ、お武家さんの得意は？」

聞いてしまった。仕方ない、秀次の知っている武士とはだいぶ毛色が変っている。

「おぶけ？　あ、私ですか。はい、私はすべて得意です」

何の気負いも照れもなく、ごく当たり前のように言い切った。

「あ、私はおぶけじゃなくてですね。天賀太平、天賀は天下の天に」

朝の内、ぽつりぽつりと釣れて、昼に差しかかる頃にサバの群れに当たった。

秀次も手釣りには自信があったが、太平の手返しは呆れるほどに速かった。にんまりと幸せそうな顔で、次々に上げてはサバ折りにしていく。

サバは痛みが早いから、釣ったらすぐに頭と胴を持って、首筋を折って締める。そのくらいは秀次もしている。だが太平は、さらに尾の根に包丁を入れて血抜きまでしていた。それでも釣った数は秀次より多い。今日の竿頭はこいつで決まりだ。そう秀次が思った時に、太平が仕掛けを舟縁に置いた。

「ひと休みか、余裕だな」

秀次も手を止めた。秀次は大の負けず嫌いだ。といって、相手のすきを突いてまでは勝ちたくない。

「いいえ、もう充分です。これ以上は食べられません」

その言葉に秀次が目をむく。入れ食い、釣れ盛りの真っ最中に釣りをやめる釣り人など初めて見た。

「ええ、これがおばば様でこれが楓様で、これがみい」

何やらぶつぶつ言いながら、サバを開いて海水で洗っては、船首の干し台の上に並べていく。

「いつもすみませんねえ、太平さん」

一徳さんの魚の処理までしている。一徳さん、釣りは好きだが料理はまったくしない。

「はい、人には得手不得手がありますから」

秀次から見ても惚れ惚れするような包丁使いで、次から次へとサバを捌いていく。

「なっちゃねえや」

秀次が自分につぶやいて仕掛けを上げた。釣るのに夢中になって、魚のその後を忘れていた。

「太平さんよ。この後、店にこねえか」

生まれて初めて、両刀を飲みに誘った。

「はい、喜んで」

それ以来の釣り仲間で料理仲間だ。


「はい、どうぞ。おいしいですよ。ええ、代わり番こに食べてください」

太平が石動の前に出した皿には、塩で焼いた里芋と、結局タレで焼いた小蛸の串が一本ずつ乗っていた。

「だろ！」

秀次が得意気に鼻を膨らませる。

太平が初めてのれんにきた日。板場に入った秀次の手元を、太平は飯台に乗りかかるようにしてのぞき込んでいた。『あ、こいつ入りてえんだ』それは分かったが、板場は料理人の結界だ。素人を入れる訳にはいかない。

太平もその事は知っているのだろう。おあずけをくらったわんころみたいに、黙って必死でのぞいている。その口からは、今にもよだれが垂れそうになっていた。

「入えんな」

そう言ったら、「きゃいん」と吠えて、尻尾を振りながら飛び込んできた。そして徳利やら壺やら、あちこちをくんくんと嗅ぎ回り出した。本当にわんころだ。

秀次が〆サバと味噌煮の準備にかかると、後ろで太平も何かを始めた。ちらっと見ると、半日干しのサバをぶつに切って串を打っている。

人の板場でこうも勝手に振る舞う奴は初めてだ。一瞬怒鳴そうと思ったが、太平が釣った魚を自前の包丁で料理しているだけだ。それで勝手にさせる事にした。

途端に客が入ってきた。まだ暖簾も出していないのに、次々と勝手に入ってくる。舟疲れで、座敷で寝ていた一徳さんまで起きてきた。

「何かちょうだい」

いつもの飯台の前に座って、そうのたまった。

「ちょい待てや」

〆サバはこれから酢に通すところだし、味噌煮の鍋は今火にかけたばかりだ。そこにぷんと良い匂いが漂ってきた。

「はい、どうぞ。サバの蒲焼きです。絶対においしいですよ」

太平が出した皿には、鰻の蒲焼きよろしく、二本串を打たれたサバがいい照りといい匂いをさせていた。

る。

「あ、てめぇ！　まず俺に食わせろ！」

思わず吠えた。ここは秀次の店だ。まず秀次が味を見て、客に出すか出さないかを決め

「駄目です、順番です。もう少し我慢してください」

秀次が吠えたのは、勝手に料理を出された事だけではない。「おいしいですよ」太平の

その言葉が引っかかった。料理人が、決して言ってはいけない言葉と京屋で教わった。

「これ、おいしいです。それゆうたら次はどうする？　もっとおいしいです、先よりは

ちょっと、そう言うんか。おいしい、おいしくないはお客はんの言葉や。ええ物つこうて、

ええ仕事したつもりです。お客はんの口におうたら嬉しおます。料理人がゆうてええのん

はそこまでや。料理人は店の味を守ればよろし。それが分からんお客はんは要りません」

太平はさらに「絶対」までつけたのだ。

「あら、おいし。太平ちゃん、もう一皿」

一徳さんが、あっという間に一皿を平らげた。

「あ、俺も、その太平ちゃら言うのくれ」

「わしも太平ちゃら」

匂いに釣られて次々に注文がくる。

「太平、七味や。いや山椒が合うか」

結局太平一人では手が足りず、秀次も蒲焼きを焼かされた。仕方ない、ここは秀次の店

だ。

「えー、七味ですかあ」

太平、苦いの次に辛いが苦手だ。

「ええ、七味と山椒はお客さんにまかせましょう」

そう言って、小鉢にそれぞれ七味と山椒を山盛りにする。

「おい、山椒もかよ」

山椒はけっこう値が張るのだ。

「おうよ。客にまかせよう」

秀次が引きずっていた京屋の尻尾が、この日ぷつりと切れてなくなった。


「うむ」

太平が石動の酒と肴の世話をしながら一人喋り続け、時折、石動が「うむ」と言う。

「何だか、長く連れそった夫婦みてえだな」

秀次にはそう見えた二人が、いざ払いとなって揉めた。

「うむ」

太平が懐に入れようとした手を石動が押さえ、「いえ」石動が懐に入れようとする手を太平が押さえる。

「はい、誘ったのは私なんですから、ここは私が払います」

太平には、誘った方が払うか、ある方が払う。この二道しかない。幸い今日は持ち合わせがあるのだ。

「うむう」

石動は目上が払う、それ以外を知らない。浪人とはいえ、どうしたって太平よりは目上だ。それに、これ以上このお調子者に借りを作りたくはない。

秀次はどちらが払ってもかまわない。元々太平から代を取る気はない。女房のお文から、太平のお代はきっちり取るように、そう言われているから取るだけだ。

太平から受け取った金は、すべて『太平』と書いた赤福餅の空き箱に入れてある。

「太平に侍が勤まるはずがない。絶対にしくじる。そん時のために貯っといてやろ」

お文の言葉に、秀次もなるほどとうなずいた。足の引っ張り合いが仕事のような武家の世界で、太平のような真っつぐが勤まるはずがない。

「何かの足しにしな」

そう言って赤福の箱を渡して、「太平、うちにこねえか」「太平ちゃん、うちの子におなんなよ」そう言うのが、秀次とお文の夢だ。

だけど赤福の箱はもう二つ目になったのに、太平はまだ失敗ってくれない。

「じゃあ、代わり番こにしましょう」

「かわり、ばんこ？」

「はい。今日は言い出しっぺの私が払います。次は石動さんで、その次は私。その次は石動さんでその次が私。あ、一回飛ばしでもかまいませんよ。ええ、私の次が私で、その次が石動さんで、その次も石動さん。その次が」

「払え！　いや、馳走になる」

石動、生まれて初めて目下に奢られる事となった。しかもそれは、この先ずっと代わり番こに続くらしい。

外に出るとすでに日は落ち、昼の暑気を払うかのように涼やかな浜風が吹いていた。街道に出れば二人の道は逆となる。

「お寝みなさい、石動さん。あ、五月さんと百合様にもお寝みなさいとお伝えください。あ、もうお寝みでしたら明日でけっこうです。あ、でも朝にお寝みなさいは変ですね。ええ、でしたらですね」

「ふむ」

石動の背後で、太平の声が小さくなっていく。

代わり番こも、まあ悪くないかも知れない。

第三章

太平、命がけの釣り修行

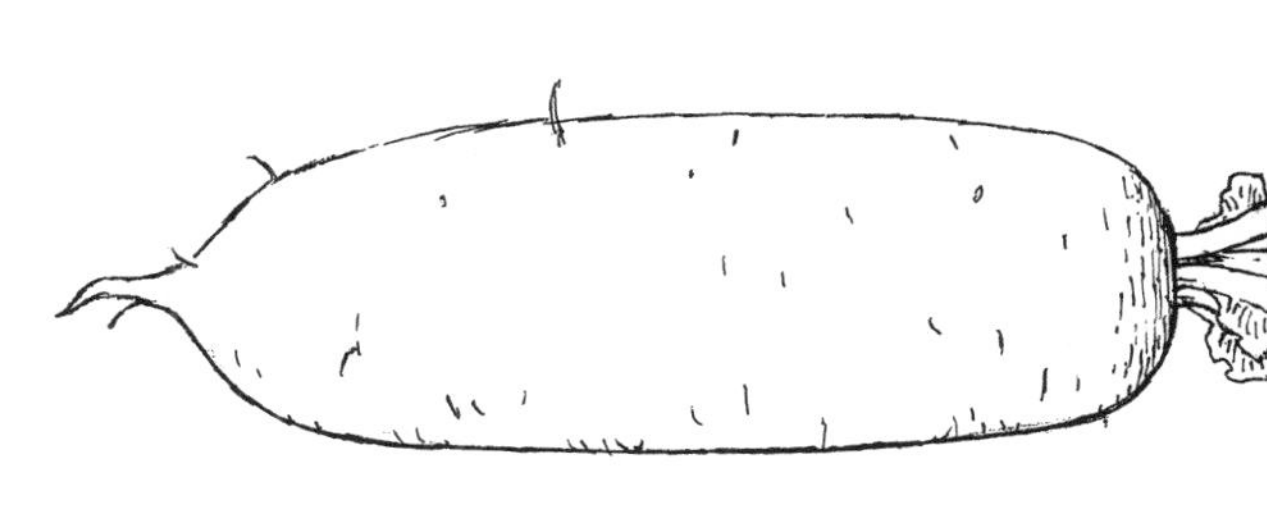

一

石動を一言で言えば努力の人だ。

石動は普請方清水家、三十石の次男に生まれた。下に妹の五人家族だった。三十石は表高で、四公六民、十二石が実収入となる。

成人男子が一年で食う米が一石とされる。だが人は米だけでは生きていけない。だから米を金に換えて一年を暮らす。武家としては最下層に近い。

そんな暮らしの中でも、父は石動を学問所と剣道場に通わせてくれた。それがどれほど大変な事かは、子供心にも良く分かった。だから必死で励んだ。

石動には、剣の才も学問の才もあった。だが両方を追う余裕は家にはなかった。それで剣を選んだ。並外れた体格と力、子供とは見えない厳(いか)つい顔でギロリとやれば、気の弱い相手はそれだけで戦意を失う。

十四の時には初心の指導をまかされて月謝が免除された。それで学問所にも戻り、そこで百合と出会った。

十五の時には、藩の試合で五番となった。一番から四番は中士以上の対戦で決まる。下士の石動が五番より上にいく事はない。石動はそれでかまわない。下士が上士に勝っては武家の社会が成り立たない。

「下は上のために死し、上は下のために生きる」

そう父に教わった。戦国の世に、上が死ねば負けとなる。だが、上が生きていれば次がある。そう教えた父は、上役の罪をかぶって腹を切った。

三年連続五番。その腕を買われて出仕した。寺社奉行所下役、切り米二十俵。切り米は手取りだ、一俵が一石で二十石。父よりも八石多かった。

二十三の時に、当時の上司だった西川の肝煎りで養子となった。絶家となっていた石動家七十石、港奉行付け補、というお役までついての養子だった。

実際は港奉行付けが本筋で、養子は格を整えるための物だった。港奉行付けは激務でなかなか人が居つかない。長くて半年、早い者は三日で音を上げて病気届けを出してくる。

それで石動に白羽の矢が立った。

「おやまあ、石動。良い名ではありませんか。清水よりは、よほどあなたに似合ってます」

百合と、二才になったばかりの五月を連れてやってきた。

港番所の仕事は港内の安全と管理。それと帆持銭（港の使用料）の徴収が主で、日常的には大した仕事はない。

だが、いったん嵐となれば様相は一変する。大名船（藩船）、大型回船。小前回船に、鮪船や鰹船。近くにいた船たちが一気に押し寄せ、少しでも良い場所を取ろうと血相を変える。

そんな船頭、船主、権柄（けんぺい）づくの役人との応対も港番所の仕事だ。並の神経なら胃を病む。

それで石動が抜擢された。

「あの顔やったら、相手もきつくは出んやろ」

石動の上役、西川が石動を推した理由は顔以外にもある。試合の時の石動の負けっぷりだ。三年目辺りから、石動が中士と当たると石動に不利な判定が増えていった。ある試合では明らかに一本を取った、と見えた。石動は一本を取っても取られても、竹刀をおさめて一礼をする。だが石動の一本は取られずに、石動の下げた頭に一本が決まった。石動は何も言わずに自分の座に戻り、端然と座り続けた。

港番所は藩の外交の最前線でもある。簡単に刀を抜かれては困る。それで無難を選んでいたら、皆胃を病んでいなくなってしまった。

「あいつは胃も丈夫そうや」

それで奉行付け補となった。港奉行は体を壊していて滅多に出てこない。二人いる奉行付けの一人は辞めて空席であり、もう一人は、嵐が近づけば腹を下して厠（かわや）にこもってしまう。

結局、嵐の時には石動が指揮を取るしかない。嵐となれば、出船をやめた船と、駆け込んでくる船で港はすぐに満杯となる。そんな時には番所の小舟で海に出て、来る船に指図をする。

「浜に乗せられよ‼」

近づく大船に、風雨に負けぬ大音声で叫んだ。今、船を止められるのは港の奥の浜しかない。だが大船を浜に乗せれば、次の満潮までは身動きが取れなくなる。

「我が七十万石を何と心得る！　他の船をどかせいッ！」

船上の、陣笠、陣羽織の役人が怒鳴り声を上げる。藩船に乗る役人は藩の名代でもある。だから、藩の石高を己れの価値と勘違いする。

「できぬ！」

この嵐の中でそんな事をすれば、余分の事故が起きかねない。

「船を救うか沈めるか！　ご決断されよ！」

船を見上げてぎろりと睨んだ。

「お奉行。このままやとこっちが危ない」

高まる波の中で、小舟は大きく揺れていた。

「御武運を祈る！」

そう告げて舟を回させた。

「ま、待て！　浜に乗せる。案内してくれえッ！」

陣羽織りが悲鳴のごとくに叫んだ。

「あー、惣助殿。わしは奉行ではない。奉行付け補である」

「へい、お奉行、ほっ」

仕方ない、嵐の時に頼りになるのは石動より他にいないのだ。

十年後に石動は港奉行となった。

そして、そこが石動の出世の頂点であり、終点ともなった。ある男のせいで、石動はお役も緑も家も失って、今ここにいる。

「お帰りなさいませ」

百合と五月、二人で迎えてくれた。五月はともかく、百合まで起きているとは思わなかった。

「大丈夫です。あの後、少し横になりましたから。で？」

「で、どういうお方なのですか、太平さんて？」

五月が身を乗り出してきた。それを聞きたくて待っていたようだ。

「あー、良く知らん」

「良く知らん、て」

百合が呆れたように石動を見る。

「家に連れていらして、一緒に飲みに出られて。それで良く知らん、はないでしょう」

「うむ」

本当に良く知らないのだ。太平の話といえば釣りと魚と料理、それだけだったのだ。だがそう言って許される雰囲気ではないようだ。

「あー、そもそもはだ」

太平のように、一から順に話してやる、そう決めた。要点も結論も「良く知らん」で終っているのだからそうするしかない。途中で、もうけっこうです。そう言われても最後まで話してやる。

「おやまあ、太平さんが？」

「それで太平さんは？」

「あー」

太平には敵わない、何だかそんな気がしてきた。

二

「あ、やっぱり起きてらっしゃいます。いつもならとっくにお寝みなんですよ。ええ、虫の報せってやつですね」

この刻限、表門はとっくに閉めてあるから裏に回った。長い塀にはさまれた路地をいくと裏木戸に突き当たる。木戸の向こうは深入川で、木戸の下は石積みの護岸となっている。足元に掛けられた五段ほどの梯子を降りると、二尺ほど、下の石積みが張り出している。そこを左手に行くと天賀家の舟手門となる。

舟手門の下は当然川だが、手前に脇戸があり、そこに木槌がぶら下がっている。その木槌で戸を叩けば徳造が戸を開けてくれる。夜釣りも夜遊びも好きな釣雲の工夫だ。

門の下は堀となっていて、直接舟で入られる。その先には船が回せるだけの大きな池もある。門を入ると二階建ての舟屋があり、一階は船が通り抜けられるようになっていて、天井の太い梁には釣り御用で使う屋根船が吊るされている。二階は物置きだったが、今は徳造と船猫たちが暮らしている。

徳造に戸を開けてもらって中に入り、堀に掛けられた板を渡る。池の脇の釣雲の離れを過ぎて、母屋の中ほどの沓脱（くつぬ）ぎ石で草鞋を脱いで縁側に上がる。

「あっ！」

いつもここで声を上げてしまう。太平の部屋は表玄関脇の元中間部屋だから、そのまま庭を進んで突き当たりの厠（かわや）の前で縁側に上がればすぐなのだ。なのに、いつもここで縁側に上がっては「あっ！」と声を上げてしまう。

「仕方ありません。だって沓脱ぎ石なんですから」

真っ暗な中に、一部屋の障子だけが薄っすらと妖しく光っている。おばば様の暮らす仏間だ。あそこを無事に突破できれば幸せな眠りにつける。

抜き足、差し足、忍び足。息を殺して、慎重に縁側を進んでいく。

「ひゃん！」

「みい」

みいが長い尻尾を立てて、太平の足元にまとわりついていた。みいは、口元とお腹と後足の先だけが白で、後は真っ黒だから、夜に、しかも上からではまったく気づかない。

「うわあ。びっくりさせないでくださいよ、みい。気づかれたらみいのせいですからね！」

「太平様！」

「太平殿！」

障子が開いて、上下に二つの顔がぬっとこちらを睨んでいた。

「うわあ、両方です」

決してみいのせいではない。みいの声よりは、酔った太平の声の方がはるかに大きいのだ。

「そこでは話が遠うございます。もそっと近くに」

仏間の十二畳間、縦(たて)流れの畳の真ん中に、おばば様と義母の楓が並んで座っている。太平はその前に、障子に背がつかんばかりに座っている。

「でしたら私どもが」

「いえ、けっこうです。はい、私が」

二人が膝を進めるのを見て、自ら一膝を進めた。二人との間にある畳の縁の黒い線。それが太平を守ってくれる結界だ、決っして破られる訳にはいかない。そして懐の中から、長い尻尾を垂らしているみいだけが唯一の味方だ。


ご隠居と伊兵が狸と狐ならば、義祖母のおばば様と義母の楓、この二人は狐と狐だ。大狐と小狐、古狐と大古狐。太平よりも背の高い楓が大狐で古狐。太平よりも小さいおばば様が小狐で大古狐だ。

「いかなご酒(しゅめ)を召されました」

大狐が優しく聞いてきた。

「あ、はい。最初は老松だったのですが、途中で善じいが別のお酒を進めてくださいまして、名は確か」

「酒の名など聞いておりません！　どこのどなたと、どんなご用でどこで飲まれたかと聞いております」

だったら最初からそう聞いて欲しい。

「はい。石動さんと、鯉の事で、のれんで飲みました」

自分でも驚くほどすっきりと答えられた。もちろんそれで許されるはずもなく、本格的な取り調べが始まった。

「つまり。釣り場で知り合った、どこの馬の骨とも知れぬご仁と」

楓が、時折りにこめかみを押えながら話を整理していく。

「いえ、馬のような、です。ええ、馬には似ていますが、人は人なんですから、骨は人の骨だと思います。ええ、だってですね」

「太平様。あなたには天賀家の当主としてのご自覚がおありなのですか」

楓が背筋をきっと伸ばして太平を見据える。隣りのおばば様の背も一寸ほど伸び上がった。

「そうですとも。世間から天下太平などと呼ばれて恥ずかしくはないのですか」

おばば様の言葉に太平の口がとんがる。

「あ。だってですよ。私だって、まさか天賀になるなんて知らなかったんですから」

天賀太平になったから天下太平と呼ばれる訳で、断じて太平の責任ではない。

「だまらっしゃい」

おばば様が一喝した。

「太平殿、あなたの実家は安楽ではないですか。安楽太平、こんな太平楽な名がありますか」

だが、これも太平の罪ではない。安楽家では、男子には「太」の一文字を必ずつける。太平が生まれた時に、父の太一郎がたまたま「太平」を思いついた。それだけの話なのだ。

「そもそも我が天賀家は戦国乱世の世に」

おばば様の十八番が始まった。

太平も、もう何十回も聞いている。楓は百回以上を聞いている。おばば様の話が始まった途端に太平の目が輝き、楓の目が閉じる。

戦国期。

花房家は、九鬼水軍に合力する船大将の一人に過ぎなかった。自前の戦船（いくさぶね）と脇船、船侍と水夫（かこ）を引き連れて戦場（いくさば）を転々とし、働きに応じて報酬を得る。

後に花房の御三家と呼ばれる、安楽、祝（いおり）、天賀も、そんな船大将の一人だった。そして戦場で顔を合わせる内に仲間となり、いつしか一つの船団として働くようになった。

九鬼家からは大事な客将として遇されていたが、ある時袂（たもと）を分かった。織田についていた九鬼を離れて徳川についた。先見の明があった訳ではない。

「わし、何や信長って好かん」

「うん、何や偉そうや」

「うん、人遣いも荒い」

「わしも嫌いや」

その結果として花房藩ができたのだが、おばば様の話はそこは素通りする。

「七月七日の重陽の節句。三代憲久公御前での釣り試合。この日こそが、我が天賀家、天下分け目の大決戦たる黒鯛大一番の大勝負！」

おばば様の語りに太平が身を乗り出し、みいと楓は健（すこ）やかな寝息をたてている。

戦国乱世はとうに昔となり、藩士がともすれば安寧怠惰（あんねいたいだ）に流れる。それを憂えての釣り試合。そう伝わっているが、なぜ釣りなのかが太平には分からない。

「ええ、しかも黒鯛の大一番は絶対に無茶です」

その日の釣り物は黒鯛、そして大一番勝負。一番大きな黒鯛を釣った者が勝ち。実に分かりやすい。

「これでは試合になりません。目を瞑（つむ）って矢を射て、的に当たった者の勝ち。ええ、そういう事ですから」

いつもここでそう言っては、おばば様に睨まれる。だけど試合というからには、せめて釣ったうちの上三尾の型か重さで競うべきだ。そうでなければ下手のまぐれが勝ってしまう。

何度も聞いて、天賀が勝つと知っていてもいつも心配になってしまう。

午九つ（正午）の鐘で始まった釣り試合は、暮六つ（午後六時頃）の鐘で終わりとなる。仄暗くなった浜に張られた陣幕の中では篝火が焚かれ、その明かりを目当てに、次々と釣り自慢の藩士たちが戻ってくる。

陣幕に入った藩士は、奥の床几に腰掛けた憲久公と重役に一礼をしてから、中央の陣台の上に黒鯛を置く。次の一人がその横に自分の大一番を置き、検分役が見て、小さい方を持ち帰らせる。

陣台に残るのは常に一尾。だが、最後に二尾が並んだまま残った。いずれ劣らぬ図抜けの大一番。見た目だけでも二尺はある。釣り人なら誰もが、死ぬまでに一度は釣ってみたい、そう願う、堂々たる黒鯛が二尾並んでいた。

釣り人は天賀平八郎と祝十一郎。天賀平八郎の釣り上手は、ここにいる誰もが知っている。だから天賀の黒鯛を見た時には、「やっぱり天賀か」と誰もが納得した。だがその後に、まさかの大一番が並んだ。

祝家は江戸詰めの家で、祝十一郎は今回が初めての国入りだった。その初顔が、初めての海で天賀と並ぶ大物を釣り上げてきた。江戸対国元、そんな景色も見える中で計測が始まった。

検分役が慎重に、湿らせた太糸を口から尾に沿わせていく。これによって、黒鯛の膨らも長さの内となる。そして、両手でぴんと張った糸を鉄尺（かねじゃく）に当てる。

「祝十一郎、二尺二寸ー（約六十六センチ）」

「うおーっ！」

見守る藩士たちからどよめきが上る。糸で釣り上げた二尺など、誰も見た事も聞いた事もない。

「天賀あ平八郎ーっ」

おばば様の声で、楓が薄っすらと目を開ける。もうそろそろ終るはずだ。

「二尺二寸と二分ぅー!!」

おばば様の前に、太平が大声で叫んでいた。大好きなところだからすっかり覚えている。毎度の事だからおばば様も気にしない。

「その時に憲久公。天賀平八郎、その釣り技天っ晴れ（あっぱれ）なり。よって釣り役に任ずるものなり。かくして、花房藩釣り役天賀家が始まったのです」

祝十一郎は太平の義父、釣雲の先祖である。元をたどれば、瀬戸内の海人が信奉する大三島の大山祇（やまづみ）神社、その神官を代々勤める大祝（おおいおり）家に行き着くという。安楽も天賀も瀬戸内にはある名だから、元は瀬戸内の海賊だったかも知れない。花房も元は英（はなぶさ）だったと言うから、大陸か半島に祖があってもおかしくない。

安楽、祝、天賀。何だかめでたい名の三家が花房藩を支え、そして今、太平がその尻尾に連なっている。

「本日、釣り御用が降されました。釣りは参の釣り。明け四つ（午前十時頃）過ぎに登城せよとの事です」

お前がどこかの馬の骨とほっつき歩いている間に、こういう大事があったのですよ。そう言わんばかりに、楓が太平を睨みつける。

「何ですって、参の釣りですって！　なぜそれを先におっしゃいませんか。ええ、こんな無駄話をしている時ではありません。すぐに釣雲さんにご相談をせねば」

みいを懐に部屋を飛び出した。

「一の釣り」は川か磯、「二の釣り」は船。そして「参の釣り」は。

「何でしょう？　ええ、聞いた事があるような、ないような」

まったく見当がつかない。だから、釣雲に聞くしかない。

「だからまず御用のお話をするべきだったのです。それをお前が色々と聞き始めるから」

大古狐が古狐に咬みついた。

「何をおっしゃいますか。母上が釣り試合の話などなさるから」

古狐も後には引かない。

「など！　釣り試合などとは何ですか！」

「などはなどです！　釣り試合の話など聞き飽きました」

「何ですと!!」

「何ですか!!」

仏間の薄暗がりの中で、二匹の目が吊り上がっていく。


「参の釣りぃ？　そいつぁ剣呑だぜ」

離れで干しイカをあぶりながら、釣雲が長い顎をなで上げる。部屋の真ん中に据えられた七輪は竿の火入れに使う物だが、七輪は七輪なのだから魚を焼くのに何の問題もない。

「参は三、みつは密。つまりは秘密の釣りってぇこった。そいつぁあん時に話したよな？」

話したはずだが確信はない。

「はい。確かに聞いた、ような気もすれば、聞かなかった、ような気もする。ええ、実に玄妙のところでありまして」

こちらはもっと危うい。

釣雲が隠居をして太平が当主となった時、二人であちこちに挨拶に回り、あちこちで酒を進められた。釣雲は進められた酒を断るような野暮は決っしてしないし、太平は進められた酒と料理を断るような、そんな失礼は決っしてしない。

その後で、ここで七輪をはさんでさらに飲んだ。その時に、天賀家の当主に伝わる大事を、話したはずなのだが。

「あ、思い出しました！　ええ、カマスでした。私が釣ってきて干物にした物です。五枚しかない内の三枚を釣雲さんが食べちゃったんです。それも大きい方をです」

太平が恨めしそうに言う。カマスは思い出したが、話は思い出せない。

「しゃあねえ。もう一度とくと語ってやっから耳の穴掻(か)っぽじって聞きやがれ。まずは釣り試合のからくりからだ」

花房藩の御前釣り試合は、二代晴久公の時に始まった。花房、安楽、祝、天賀。四家の安宅(あたか)船を中心に、藩内すべての船が、ほら貝、陣太鼓を打ち鳴らしながら進んでいく。

「それじゃあお魚が逃げちゃいます」

「かまわねえ。要は船戦(ふないくさ)の鍛練だからよ」

徳川の下に乱世は終わった。だが、その平穏がいつまで続くかは誰にも分からない。船があってこその花房藩だ。だが、船戦の訓練を大っぴらにやれば謀反(むほん)を疑われる。それで釣り試合とした。陸戦の訓練を兼ねる鷹狩りの海版だ。だが、そんな小細工を許さぬほどに幕府の権威は増し、諸藩への締めつけも厳しくなっていった。

結局花房藩でも、安楽家を船手組として残し、他の船団はすべて解体した。だが、世の平穏を信じ切った訳ではない。常に非常に備える。そんな戦国の血はまだ脈々と残っている。万が一の時には、殿様と家族を江戸から落とす。そのための釣り役だった。

釣り好きの殿様のために藩屋敷の近くに釣り船を置き、釣り役を詰めさせる。三代憲久は、江戸詰めだった祝十一郎を釣り役にするつもりだった。だが、断られた。

「舟番ならお受けします。ですが釣り役となると、国元で臍(へそ)を曲げるご仁(じん)がおりましょう」

祝十一郎が、長い顎をなでながらにやりと笑った。

「なるほど、あいつに臍を曲げられては国での釣りができんな」

憲久もにやりと笑う。

江戸で祝十一郎、国元で天賀平八郎。憲久にとって、この二人との釣りほどの楽しみはないのだ。十一郎も、平八郎が参府した時には一緒に釣りをしている。互角、わずかに自分が上。二人ともにそう思っている。

「十一郎、次の国入りには供をせよ」

二人の本気の勝負が見たくなった。釣り役は祝でも天賀でもかまわない。それで御前釣り試合が、形を変えて復活した。

「でもですよ。もしお二人以外が勝っちゃったらどうするんですか」

太平にはどうしてもそこが気になる。

「てめえ、バカか？」

「あ、はい。いえ、でも、たぶん」

太平が下を向く。賢くはない、それは知っている。でも、バカと言われると傷つく。

「勝ったら釣り役なんて殿さんは一言も言っちゃいねえ。祝か天賀、どっちかが勝つまで釣り試合を続けりゃあいい。それでも尻（けつ）がつかなきゃ、国では天賀。江戸では祝。それですむこった」

太平には正直良く分からない。だけどそのおかげで太平も釣り役になれたのだから、二百年も昔の話に文句をつける気はない。だけど。

「太平さんよ。二尺二寸二分、こいつは間違(まご)うことのねえ本当のこった」

「あ、そうですよね！」

太平の顔が再び輝いた。

「二尺二寸二分、ええ、ぜひともいつか釣って見たいものです」

太平の目が、いつかを見つめてとろんとなる。

「つまりだ。参の釣りは、殿さんを江戸から落とす。そん時の符丁(ふちょう)だった訳だ。当然今日まで一度も、あ、待てよ。そうだ先々代の時に一度あったって聞いたな」

釣雲がへちまの尻のような顎をなでながら、記憶を探っていく。

「にょ、にょこでなにゅを釣ったんですかあ？」

イカ下足をくわえた太平が、身を乗り出した。

「花のお江戸の吉原で、ずい分と良い花魁(おいらん)を釣ったそうだ。俺いらの知る限りじゃあ、参の釣りはその一回こっきりだ」

「はあぁ……」

太平の全身から力が抜けていく。二百年以上の中でのたった一度が、殿様を吉原へ連れていくためだったとは、あまりに情けなくて涙が出てきた。

「それじゃあ万祝(まいわい)流は何のためだったんですか！」

釣雲に詰めよったら、落ちた涙が干しイカの横でじゅっと湯気になった。

「まいわいりゅう？　何だそれ」

「あ、あー！　万祝流ですよ。殿様のお命を守るために、祝家に代々伝わる万祝流。ええ、あの修業は何だったんですか」

「ああ、あれか」

修業の言葉で、ようやく釣雲も思い出した。太平との修業は本当に面白かった。

「太平さんよ、引き出しが違ってねえかい。あの修業は殿さんのためだったっけ」

「あっ」

そうだった。殿のお命うんぬん、などはだいぶ後の話で、そもそもは釣りが上手くなるための釣り修業だった。


太平が高須堤（づつみ）に釣りにいったら先客があった。初めて見る顔の上に、格好もこの辺りの釣り人とはずい分と違っていた。

柿渋色の菅笠に紺の筒袖、紺の裁着袴（たっつけばかま）の裾に脚絆を巻いて革足袋に草鞋履き。腰には脇差があるから、これで刀と羽織りがあれば武家の道中姿と見えなくもない。

首からは雲水のような頭陀（ずだ）袋を前に下げ、背には玉網を斜（はす）っ交（か）いに背負っている。腰に餌桶を下げて、右手の竿を海にかざしながら堤を歩いていく。

「ああ、自分が釣り座なんですね」

普通なら釣り座を決めて荷を広げ、そこを拠点に釣りをする。だがその男は釣りに必要な物をすべて身につけ、潮に合わせて釣り下がり、また潮上に戻るを繰り返している。潮に乗って移動する黒鯛には実に有効な釣り方だ。

「ええ、竿が短いです。それにとても軽そうです」

この地で黒鯛に使う竿は真竹の三間（約五・四メートル）ほどだから、とても片手で持っては歩けない。

その男の竿は二間ほど（四メートル弱）で、材は布袋竹でかなり細身となっている。竿も仕掛けも太平が初めて見る物だった。黒鯛には棒浮子を使うものだが、男の糸に浮子はついていなかった。かわりに、川釣りで使うような目印が一定の間隔でついていた。山吹の茎で作った目印のついた糸が、ゆったりと弧を描いて海に沈んでいる。糸の途中には、あちこちに小さなビシ（錘り）を咬ませてあるようだ。

「ええ、もう糸自体が浮子であって、錘りでもあるってことですね」

太平が一人言を言いながら男の後をついていく。

釣雲は子供が嫌いだ。たいていの子供は馬鹿だしうるさい。追っ払おうかとも思ったが、その子供は釣雲の邪魔になりそうなところまでは決っして近づかない。しかも途中からは、水面に影を落とさないように四つん這いでついてくる。まるでわんころだ。

それに、のべつ幕なしに喋る言葉もなかなか的を射ている。子供と思えば腹が立つが、釣りを良く知っている犬だと思えば腹も立たない。

「あ、食い上げてます」

沈んでいた目印が二つほど浮いて、糸もわずかにふけていた。餌を口にした魚がそのまま上に泳いでいる。

「これは難しいですよ。ええ、糸が長すぎます」

普通、道糸は竿と同じくらいか、腕の長さ分を余分につける。だが男の糸はさらに一間以上の長さがある。これではどんなに背伸びをしたって魚の口には掛からない。

「ガキ。よく見てやがれ！」

釣雲が素速く竿を立てながら、手元にきた糸を、竿を持った右手の人差指と親指で輪を作って中に取り込む。さらにその糸を左手の親指にかけると、「ふんっ」気合いを込めて横一杯に振ると同時に、全身を一直線に跳ね上げた。

すべてが、一瞬、と思ううちに行われ、「がっ」と鈎が喰い込み竿がしなる。指は糸にかかっているだけだから竿の邪魔にはならない。

「この引きだと尺はありますね。あ、玉網(タモ)をお持ちします」

「要らねえよ、持ってらあ」

釣雲が二手三手と糸を巻き取り、糸と竿を左手に持ち換えて右手を背に回し、背負った玉網の尻を持って前に回す。くるりと下を向いた玉網が、自身の重さで、つっつっと伸びていく。

「わっ！　えっ、振り出し竿ですか」

そういう物があると話には聞いていたが、見るのは初めてだった。

「おうよ。竿にはまだまだだが、タモには充分使えらあ」

釣雲が得意気に振り返ると、太平が四つん這いのまま地面に頭をこすりつけていた。

「お願いです。弟子にしてください」

ガキと付き合う気はないが、釣りを良く知ってるわんころなら飼ってもいい。

「厳しいぜ」

「はい」

その日から、太平の釣り修業が始まった。


釣雲は祝家の三男に生まれた。

江戸生まれの江戸育ちで、三度の飯よりも釣りが好き。特に黒鯛には工夫に工夫を重ねて、誰もが一目置く存在となっていた。

その釣り技を、江戸に来ていた天賀の先代に見込まれて口説かれた。

「毎日釣りをしてても誰にも文句は言われん。海は江戸より豊かで、魚の数も型も良え。それに、娘の楓は親から見てもええ女や」

それでこの地にきた。

おやじの話に嘘はなかった。海は豊かで、楓も本当にいい女だった。だが、どうにも言葉と味が合わない。釣りと楓、この二つがなければとっくに江戸に帰っている。

「俺の修業は厳しいぜ」

「はい、頑張ります。あ、もちろん、できる事はです。ええ、どんなに頑張ってもできないものはできない訳でして、たとえばですね」

「黙れ」

「はい？」

「俺が黙れと言ったら黙れ。そのくらいはできるな」

「はい、もちろんです。でもですね、その黙れがどこまでなのか。ええ、今はまだ黙れなのかな、それとももう終ったのかな。ええ、そこのところがですね」

「黙れ」

「はい」

「名は？」

「太平です。安楽太平です、安心の安に」

「黙れ」

飼い犬に名字は要らない。太平。それで充分だ。ようやく、釣りと楓以外の楽しみが見つかった。

太平十才、釣雲三十三才の夏だった。

「太平だ。弟子にした。これからちょくちょく遊びに、いや、修業にくる」

家に連れていかれて、きれいなおばさんと、優しそうなおばあさんに紹介された。

「はい、安楽太平です。よろしくお願いします」

「あ、安楽」

二人の顔色が変わった。

安楽はかつての御三家の筆頭であり、今も船手奉行を勤める家だ。そこの子が釣雲の弟子となる。どう考えても、養子縁組、それを見据えての話としか思えない。

「ようこそ天賀家へ」

二人が深く頭を下げる。

「えっ、えっ、えー！　て、天賀様ですかあー！」

太平の目が真ん丸のの字となった。

天賀と言えば釣り役。釣り役と言えば藩で一番釣りの上手(うま)い人。太平はそう思っている。代々釣り役を勤める天賀の名は神様の名と変らない。

「うわあ、大きな池です！　あ、川の上に家があります！　あ、船が下がってます！　あ、猫です！」

神様の家に入ったのだ。見る物すべてに興味が尽きない。際限のない一人言が始まった。

釣雲は太平と会うのは今日が初めてだ。まさか一人言とは思わない。

「堀だ」「舟屋だ」「屋根船だ」「船猫だ」「竹だ」「雨戸だ」一々に返事をした。

そして雨戸で思いついた。

何日か前の大雨でぐずぐずに濡れたのを、縁側に立てかけて干していた。

「乗ってみな」

その雨戸を池に放り込んで声をかけた。

「え、なぜですか？」

池に浮いた雨戸と釣りの修業が結びつかない。仕方ない、釣雲だってたった今の思いつきだ。何だか面白そうだ。それ以外の理由はない。

「あー、舟だ。そいつを舟だと思え」

「あ、舟釣りですね。はいっ」

喜んで雨戸に飛び乗った。途端に雨戸がずぶんと沈んで引っ繰り返る。元々深い池は上げ潮も流れ込んで、大人でも背の立たないほどの深さとなっていた。

泳いで池端に向かったら頭をぺしんとはたかれた。

「修業だぜ」

釣雲の手には二間ほどの延べ竿が握られていた。

「はい」

戻って雨戸に取りつき、這い上がろうとするが、やはり沈んでしまう。

大の大人が寝っ転がれる大きさだから子供一人くらい、と思ったが、所詮は薄っぺらな板の寄せ集めだった。

「やっぱ、無理か」

十度目くらいで、釣雲が残念そうにつぶやいた。だが収穫はあった。太平は泳ぎが達者で、このくらいでは音を上げない。

「よし。今日はここまでだ。上がんな」

「はい、先生」

助かった。濡れた着物が体にまとわりついて、最後の方は立ち泳ぎで顔を出すのがやっとだったのだ。

「先生じゃねえ、師匠だ。それと、今度からは着替えを持ってきな」

さすがに、ずぶ濡れで帰すのは可哀そうだ。

「あ、師匠。刀がありません」

褌一丁になった太平が、脇差の鞘だけを手にしている。池に落ちた時に抜け落ちたようだ。取ってこいと言いかけたが、太平の疲れ切った顔を見てやめた。もちろん自分が行く気もない、たかが刀だ。とはいっても、武士の子を無腰で帰す訳にもいかない。

「しゃあねえな。こいつを持っていきな」

自分の脇差を、鞘ごと抜いて太平に渡した。


「あ、家宝の脇差を!!」

「何と!!」

仏間から様子をうかがっていた、楓とおばば様から悲鳴にも似た声が上がった。

釣雲が太平に渡した脇差の鍔(つば)には黒鯛の姿が刻まれている。天賀が釣り役となった時に憲久公より賜わった物で、代々天賀家の当主に引き継がれてきた。それが太平の手に渡った。

「ついに、天賀家に跡取りができましたぞ！」

おばば様の声が明るく弾んでいる。

「そのようですね」

楓の声が暗く沈み込む。

釣雲と添って十年ほどになるが、まだ子には恵まれていない。まだ十年、とは思うが、すでに十年とも思う。三年子無きは去れ。そんな言葉が重く胸に響く。

「天賀の名に恥じぬように育てねばなりませぬぞ。楓、決して甘やかさぬように」

「はい、母上。ええ、安楽がいかほどのものですか。天賀には天賀の家風がございます」

仏間の中で二人の目が妖しく光り、ここに、太平の天敵二匹が誕生した。

三

「太平、その刀はどうしました？」

こんな事には目敏いお凜様が、脇差の違いにすぐに気づいた。

「はい、天賀様にいただきました。ええ、天賀様への弟子入りがかなったのです」

太平も、釣雲と同じく刀なんて邪魔なだけと思っているから、借りた、ともらったの区別はない。

「ええ、釣雲様は黒鯛の大名人で、しかも天賀様なんですよ。ええ、これはもうですね」

「わかりました」

太平の母のお凜様は、太平の余分な話は聞かない。お凜様の「わかりました」は、釣雲の「黙れ」と同じ意味となる。

「太平は天賀の養子と決まりました」

その夕。主人の安楽太一郎に、お凜様が満面の笑みで報告した。

「天賀！　そうか釣り役か。うん、実にめでたい」

日頃は謹厳実直。滅多に表情を変えない太一郎が、珍しく相好(そうごう)を崩していた。

三男の太平の将来(さき)には心配を重ねていた。太平がお役に付けるとは思えないし、付いたとしても勤まるとは思えない。役人の世界とは、人の落ち度を拾い足元をすくう、それを仕事と心得る者たちの巣窟だ。

だから太一郎は、お城では無駄は一切言わない。言わずにやるべき事をやる。そうして生きてきた。思う事をすぐに口にしてしまう、そんな太平に役人が勤まるはずがない。

「そうか、釣り役か。それがあったか」

正しく、太平に唯一勤まりそうなお役だった。

「天賀殿、良くぞ太平を見つけてくださった」

思わず涙しかけたが、お凛様の得意気な笑顔を見て、一抹の不安がよぎった。

「正式、の話か？」

「私の勘です」

不安は的中していた。

「お凛。向こうより何か言ってくるまで、そなたは決っして動くな」

お凛様が勝手に動けば、まとまる話も必ずこじれる。

「まあ。明日訪うつもりで、もうお菓子も購いましたし、着ていく着物も決めました」

間一髪だった。

「あー、菓子は皆で食べれば良い。着物は……そうだ、明日は松風で食事としよう。その時に着ていけばよい」

太一郎も必死だ。一つを間違えば、太平の釣り役が吹っ飛んでしまう。

「あら、松風。久しぶりだこと。だったら着物を選び直さなければ、それに呼ぶお客様も考えねばなりません。明日に間にあうかしら？」

お凛様の艶やかな眉間に、皺が一本刻まれる。

「身内だけで良いではないか」

「駄目です。あなた方は着物の良し悪しがわかりません」

安楽家の女は、お凛様と長男の嫁の二人だが、この嫁はおっとりした性格で、嫁としては申し分ないのだが世辞が使えない。誰かに賞められるのが生き甲斐のお凛様にはいささか物足りないのだ。

「そうだ、松風には小夏がおるではないか」

「あら、小夏！」

お凜様が両手を打って顔を輝かせる。松風のお女将小夏とだったら、着物やら帯やら、ついでに誰彼の悪口で話の尽きた事がない。

「太平。すぐに松風に行ってお昼の予約をしてきて」

夕では小夏も忙しい。昼にいって夕まで話そう。お菓子はその時に食べればいい。だったら気合を入れて、着物と帯を選び直さなくては。

「本当に、たろさんはいつも急に決めるんですもの。お凜はいつも振り回されて大変です」

そう言って、弾む足取りで出ていった。

「ふうーっ」

太一郎が大きく息を吐く。

もう三十年ほどが経つのに、お凜様は、初めて会った十六の時からまったく変わらない。いつも振り回されるが、おかげで退屈もしない。

「うん？　太平、着物が濡れておるように見えるが」

そういえば、太平も退屈をさせてくれない。

次の日。雨戸の裏には物干竿が一本、釘で打ちつけられていた。

釣雲、最初は縄で括りつけたのだが、その縄が丁度良い手がかり、足がかりになりそうに見えて釘にした。おかげで、まだ左手の親指が痛い。

「立てました！」

太平が嬉しそうに叫んだ。雨戸は太平の踝の辺りまで沈んで止まっていた。

もちろん脇差は差していないし、着物も変わっている。深い赤茶の筒袖に細身の筒袴、坊主の作務衣とも、忍び装束とも見える。

これは釣り御用の時に着るお仕着せで、柿渋で染めてあるから水を弾いてくれる。もちろん子供用などないから、楓とおばば様の二人が、一晩かけて仕立て直した（この二人、ああ見えて裁縫は得意なのだ）。

これで太平、着替えを持ってこなくても安心して沈できる。そして、果てしなく沈した。雨戸につけた物干竿は真ん中に縦に通っている。立てた。と思った瞬間にわずかでも形を崩せば容赦なく引っ繰り返る。

まだ夏の名残りの中で、水飛沫を上げて沈する太平。それを見てにやりとする釣雲。

その二人を、縁側でおじじ様とおばば様がお茶を飲みながら見ている。その二人の膝の上を寅次郎が（みいの父親だ。多分）不公平のないように行ったりきたりしている。

実にほのぼのとした景色の中で、太平一人が命がけだ。

「おもろいなあ、太平は。釣雲もおもろいなあ。こんなあほな事に、ようあんだけ一心になれる」

おじじ様。釣雲の義父、栄三郎は町人の出だ。釣り仲間だった先代に口説かれて養子となった。

町人から見れば、釣り役など殿様の道楽の相手でしかないし、他の藩士からも「釣り侍」と軽侮されるお役でしかない。それでも養子の話は山ほどくる。釣りをするだけで百三十石、こんなおいしい話はない。釣りをした事のない者まで手を上げてくる。

「たかが釣りや。だからこそ、一心に釣りを面白いと思う男、そんなあほにしか釣り役は勤まらん」

釣り御用は毎日ある訳ではない。それでも毎日工夫をする。そこにあるのは、釣りが好き。その一心だけだ。

「栄三郎さん。あんたみたいな、飛びっ切りのあほにぜひとも跡を取って欲しい。それに、娘の蕗（現おばば様）は親から見てもええ女や」

そして栄三郎が釣雲を選び、釣雲が太平を選んだ（？）翌年の二月、栄三郎は中風を患い、寝たきりとなった。

それでも陽気の良い日には、釣雲と太平で布団ごと縁側に運ぶ。おばば様はとっくに飽きて、仏間で楓とお茶を飲んでいる。

「太平、今日は沈すなよ。水、冷たそうやで」

縁側で布団に寄りかかり、綿入れをかけられた栄三郎が太平に声をかける。懐では寅次郎が、懐炉がわりに丸まって寝ている。

「はい。今日は大丈夫です、おじじ様。ええ、夕べ夢の中でいい事を思いついたんです」

いつもそう言って、そしてやっぱり沈をする。

「はいーっ、また落ちたあ！　本日五度目の沈！」

目と耳の弱ってきた栄三郎のために、釣雲が声を張り上げる。

「はは、釣雲、間違えた。今日はまだ四度や。最高が七十二回やった。それが今日はたったの四回や。大したもんや。太平も、太平を見っけてきた釣雲も、本当に」

栄三郎の声が途切れ、口の端に白い泡が流れる。懐で丸まっていた寅次郎が、伸び上がって栄三郎の口元を優しく舐めていく。「おもろい、なあ」その言葉は、寅次郎がしっかりと聞き取った。


太平は相変らず必死だ。

たかが池だが、中潮、大潮の時にはちょっとした海となる。引き潮に巻かれて川に持っていかれそうになった事は何度もある。それでも無我夢中で体と勘を働かせているうちに、池の中よりは雨戸の上の方が長くなった。

そうなると釣雲は面白くない。別に太平を沈させるために始めた訳じゃないが、沈がないと何だか物足りない。

「おらよ」

目に入った、二間（約三・六メートル）ほどの物干し竿を太平に放った。

「えっ、あ、はい」

太平が雨戸の上で見事に受け取って、そして沈した。

「釣り修業だ。やっぱ竿がなくっちゃな。だろ？」

そうだった。これは釣り修業だった。太平、雨戸に立つ事と命を守る事に必死で、すっかり釣りの事は忘れていた。

「えーと、何を釣るんでしょうか？」

物干し竿だから竿の形にはなっていない。それに、舟釣りなら手釣りで充分だ。どう考えても二間の竿は必要ない。

「そりゃあ、まあ、いずれ分かる。嫌なら返え（け）せ」

たった今の思いつきだ。そう言うしかない。

その思いつきが太平に味方した。竹の重さの分は沈んだが、中ほどを持って水平にすると平衡が取れる。雨戸が傾いたら池底を突いて立て直す。実にあり難い一本だった。当然、釣雲は面白くない。

「何やじろべえしてやがる。釣り竿なんだから振りやがれ！」

確かに、竿なら振らなきゃ始まらない。太平が物干し竿を、釣り竿よろしくかまえて振り上げる。途端に雨戸が傾いて、再び沈した。辛うじて釣り合っている雨戸の上で、二間の物干し竿を振ろうとすれば当然そうなる。

にやり、とする釣雲の方が無茶苦茶だ。

だが釣雲の無茶苦茶を、太平の無我夢中が上回った。振る前に沈していたのが、振ってからの沈となり。三度に一度の沈が十度に一度となり、最後には、一度も沈せずに物干し竿を振れるようになっていた。

当然、釣雲は面白くない。かといえば。

「大したもんだぜ太平。おめえは本当に面白えや」

自分だったら雨戸に立つ事すら難かしい。まして、その上で物干し竿を振るなんて絶対にできっこない。

釣雲、この遊びは長くて三月。秋に入って水が冷たくなった辺りで、太平が音を上げて逃げ出す。そう踏んでいた。それが、気づけば足かけ五年ほどになろうとしていた。

一年おきの半年、釣雲が勤番で江戸にいた時を抜いても三年以上になる。もっとも、釣雲がいない間も太平は時々やってきて、「ええ、夕べいい方法を思いついたんです」そう言っては、一人で沈していたというのだから恐れいる。

もっとも、いつもこんな馬鹿をやっていた訳ではない。朝に釣りをしてからの釣り修業、昼に釣り修業をしてからの、夕まずめの黒鯛。それがあったから太平も続いたし、釣雲も続いた。

「今日からはこいつを使いな」

釣雲が、三間ほどの釣り竿を太平に放った。雨戸の上の太平が、揺らぎもせずにその竿を受け取る。四本継ぎの磯竿だった。しかも、糸と鈎もついていた。

「こいつを引っ掛けて見な」

釣雲が、沓脱ぎ石の上に大根を置く。実だけでも一尺以上はある丸々と太った大根だった。これは今の思いつきではない。三日ほど考えて、夕べ思いついた。

太平から大根までは大よそ六間（七、八メートル）。竿が三間で糸が三間、届く距離ではある。だが、糸に錘りはない。付いているのは鈎だけだ。

釣雲も自分で試して見た。もちろん雨戸じゃなく地上でだ。距離を五間にまで近づけて、ようやく鈎がかすった。

こいつは無理だ。そうは思ったが、ひょっとして太平なら、そうも思った。もし、鈎が大根に当たれば上等だ。

その時には「太平、てめぇには敵わねえ」そう誉めてやる。そして、長かった遊びの終わりとする。太平と会えなくなるのは淋しいが、仕方ない。何にだって終わりはあるのだ。

「あっ。名吉（なよし）のぶっこ抜きですね」

太平の目が輝いた

名吉は、ボラのこの地での呼び名だ。ボラは冬を迎える頃、体に貯め込んだ脂肪が目をおおって視力が落ちる。それで、餌をふんだんに使って匂いで群れを寄せて釣る。

頑丈な竿に太い糸、先に錘りをつけた糸の途中には、幾つもの碇鈎（いかりばり）（三、四本の鈎を碇のようにまとめてある）が連なっている。それを群れの中に落とし、上下に揺すってボラを引っ掛ける。そしてぶっこ抜く。冬ならこその豪快で、大雑把で、そして乱暴な釣りだ。釣雲に言わせれば「釣りじゃねえ！」となるのだが、太平がそう思うのは勝手だ。そもそもあの大根がぶっこ抜けるはずがないのだ。

だが冬の名吉は酢味噌が大好物の太平は、すっかりやる気になっていた。

「ええ、名吉は酢味噌が一番です。えい、やーっ」

竿を大きく振りかぶって、そのまま後ろに沈した。久々の沈だった。四度目の沈で釣雲がやめさせた。

「何が、えい、やーだ。てめぇ剣術家(やっとう)か。竿は刀じゃねえんだぜ」

いつものように七輪をはさんで魚をあぶりながら、釣雲は酒を、太平は湯を飲んでいる。太平、なかなかおねしょが直らなくて茶を禁じられた。おねしょはもう二年以上していないが、念のために湯を飲んでいる。

「はい。私、剣術なんかにまったく興味ありません。釣りが上手くなればそれでいいんです。あ、料理もです。でも、料理に釣雲さんは何の役にも立ちませんから」

「黙れ」

「はい。でもですね」

「今日は大丈夫です。ええ、夕べ凄くいい事を思いついたんです」

「そうかい。良い夢が見えて何よりだ」

太平がいつものように雨戸に乗り、釣雲がいつものように、物干竿で池の中に送り出す。

「はい、昨日は鈎を飛ばそうとして力みました。ええ、鈎じゃなく糸を飛ばすんです」

太平が糸を池に投げて、竿先を水面にもぐらせる。池の上に漂う糸が、水を含んでわずかに沈んでいく。

「ええ、こんなもんでしょう」

太平が竿を跳ね上げる。腕は斜め上に、肘から先は真っ直ぐに天を向き、竿はわずかに後ろに傾く。糸は飛沫(しぶき)を散らしながら後ろに飛んでいった。

太平は目を閉じて、静かに竿を聞いている。後ろに伸びた糸が、穂先を「くん」と引く。

「はい、今です」

太平が竿を前に振ると、後ろに一直線に伸びていた糸が、根元から順に竿を追い越していく。最後に鈎が竿を超え、糸を追い抜いていく。

「かっ」

腕と竿と糸が一直線となり、微かな音を立てて、鈎が大根の背に突き立っていた。

「嘘だろ！」

釣雲の、いつもはねぼけたような目が真ん丸のの字に開かれた。あと一月(ひとつき)くらいはあるだろうと思っていた太平との遊びが、たった二日で終わってしまった。

「あーっ、全然駄目です！」

太平が竿を立てると、鈎は大根の肌をわずかに裂いて太平の手に戻った。

「はい、でもわかりました。ええ、今度は大丈夫です」

太平が再び竿を振り、鈎が大根に向かって飛んでいく。

「高けえ！」

釣雲が思わず叫んだ。さっきは大根すれすれだった鈎が、今は二寸ほど上を通り過ぎた。

「え？」そんな長さはないはずだ。

見ると太平は、雨戸の上に片膝をつき、上体を思いっ切り前に倒していた。

「はい、丁度です」

太平が立ちながら竿を跳ね上げる。大根を抱くように落ちた鈎が「かしっ」と大根の下腹に喰らいつき、大根を啣(くわ)えたままに飛び上がる。そしてくるくると、糸を巻き取りながら太平目がけて飛んでいく。

大根を見つめる太平の目がへへへの字となっている。こうなる。とは思ったが、こんなに上手くいくとは思わなかった。

「あっ！」

飛んで来る大根を胸で受け止めて、そしてそのまま沈した。そして、これが太平の最後の沈となった。

「本気で、ああなるって思ってたのかよ？」

大根を抱えて泳ぎ寄る太平に、釣雲が珍らしく手を差し伸べていた。

「はい。でも全然駄目でした。ええ、これじゃあお魚が可哀そうです」

太平の抱えた大根には、一筋、深い傷がえぐれていた。

「跳ねが早すぎました。ええ、次はですね」

「次はねえ」

長いようで短かかった遊びは、ここで幕となる。

「太平。てめぇは、本日ただ今をもって免許皆伝だ！」

「あ、ありがとうございます！」

太平の真ん丸のの字の目に涙が浮かんでくる。足かけ五年の命がけの釣り修業、その結果の免許皆伝。こんなに嬉しい事はない。

「あの……、何の免許でしょうか？」

「うん」

できっこないと思っていたぶっこ抜き。それを目の当たりにして感動した、そのついでに出た免許皆伝だった。

「あー、万祝（まいわい）流だ。祝（いおり）に伝わる水軍兵法万祝流の免許皆伝だ。文句あんのか」

太平に文句はない。釣雲の実家、祝家の本貫は大三島の大山祇（おおやまづみ）神社、そこの神官の大祝（おおいおり）家と聞いている。大祝家は神官と言いながらも、常に海戦の先頭に立ってきた家だ。そこから伝わる万祝流。

あっておかしくないし、何より名前がいい。

万祝と言えば、漁船の揚げる大漁旗の事でもある。こんなにめでたい名はない。

「万祝流ってのはよ、海の上での戦いの流儀だ。海は千変万化だ。陸の上みてえに、皆で並んで一斉に突撃いー！　なんて事はやってらんねえ。一人一人が己れで考えて働く、だから技も型もねえ。十人なら十っ通り、百人なら百っ通り、修業もそれぞれだ。万人が万人なりに修業してそれぞれに会得する。それが万祝流だ、恐れ入りやがれ！」

もちろんすべて嘘っ八だ。たった今、思いつくままに喋っている。

「で、まあ、今の俺は釣り役だからよ。まあ、船の上で殿さんを守るのも、まあ、仕事ってこった。だろ？　まあ、それでだ」

茄子びの尻をなでながら話す釣雲に、さっきまでの勢いがなくなってきた。どうやら話の先を見失ったようだ。

「あ、だから雨戸が船だったんですね。竿が刀で、お殿様を守る。そういう事ですね」

「おうよ。そういうこった」

太平の助け船にちゃっかりと乗り込んだ。

「あれ、でも竿は竿です。刀の代わりにはなりません。ええ、相手がお魚なら竿で充分ですけど、お魚は殿様を狙いません。ええ、こっちがお魚を狙ってるんですから」

「太平」

「はい」

「嫌なら返せ」

「嫌です！」

生まれて初めての免許皆伝だ。死んだって返すもんか。

「まあ、この先はきたきゃこい。来なきゃこねえでかまわねえ。そいつはてめぇが、あ、おい、太平……」

話の途中で太平が駆け出した。

「何だよぉ、冷てえなぁ」

長年の師匠と弟子だ。もう少し、しみじみとした別れになると思っていた。

「おばば様！　お寅様！　私、本日免許皆伝をいただきました‼」

縁側のおばば様と寅次郎の前を太平が駆け抜けていく。太平の弾んだ声は、仏間の掃除をしていた楓にも届いた。

楓は太平とは滅多に顔を合わさない。嫌っている訳ではない。だが太平を認めれば、自分が母にはなれなかった事、それを認める事にもなってしまう。

「ふーう」

大きく息を吐いて仏壇に手を合わせた。

「父上。今日より、楓は太平の母となります」

そう言ってから、その両手で両頬をぱしんとはたく。明日からは、母としてびしびしとしつける。そう決めた。

「ええ。安楽の教育（しつけ）はまったくなっておりません」

「お凜様！　私、免許皆伝を許されました！」

家に駆け込み、真っ先にお凜様に報告した。

「でかした、太平！」

お凜様の膝に頭を預けて耳掻きをしてもらっていた太一郎が、大きく叫んで立ち上がった。

太平と釣り役。太平が太平らしく、しかも武士として生きるにはこれしかない。だからこの四年間、何度も何十度も、天賀に行こうとしては必死に思いとどまった。上士である安楽が、中士の天賀に頭を下げればそれは脅しとなる。

四年間我慢したところに、太平が自らの手で免許皆伝を勝ち取ってきた。

「あー、何の免許だ？」

「はい、万祝流です」

まったく聞いた事がない。だが古い家ならば、外に出さないお家流があってもおかしくはない。

「はい、舟でお殿様を守るお流儀です」

「なんと、殿のお命を！」

いつもは横に一筋の太一郎の目が、しっかりのの字となった。

正直のところ、釣り役などは殿の遊び相手、将棋やら茶道やらの宗匠程度に見ていた。

まさかあの瓢箪（ひょうたん）なまずが、殿のお命を守る。その一心を持って奉公をしていたとは。

「不覚！」

だったら四年かかっても仕方ない。太平に殿の命を預けられるか、それを見極めるための四年。そして鍛えるための四年。親から見ても頼りなかった太平を、よくぞ四年で仕上げてくれた。太一郎の目に涙がにじんでいく。

「そんな大事をなぜ今まで黙っていたのですか！」

お凜様の目が吊り上がっていた。この四年、太平の口から出るのは釣りと水遊びの話ばかり。さすがに養子の話は自分の早とちりと、とっくにあきらめていた。

「だって、私だって今日初めて知ったんですよ。釣りが上手になるようになって、がんばっていたらお殿様でしょう。ええ、これはもうですね」

「分かりました」

太平を黙らせて太一郎に向き直る。

「うむ。これより天賀に参る」

脅しと思われてもかまわない。太平とお凜様のためなら、こんな頭何度でも下げてやる。

着替えて玄関に行き、お凜様から刀を受け取って腰に佩（は）く。

「良きご首尾を」

凜と言うお凜様の横には、天賀のお仕着せを着たままの太平が嬉しそうに座っていた。

「あー、太平。その大根は何だ？」

「はい、免許皆伝です！」

太平が大事そうに抱えていた大根を持ち上げて、得意そうにそう言った。

「あー」

何だか、今日は行かない方が良い。そんな気がしてきた。

「たろ様！」

お凜様にきつく睨まれた。

「行く、行きます」

下駄を履いて、「吉報を待て」式台で見送る二人に、厳かにそう告げた。

「たろ様」

「うん？」

「耳掻きがお耳に」

「明日にする」


翌日話が整い、太平は天賀家の養子となり、天賀太平として元服した。太平、十四の春だった。

そして三年後に釣雲が隠居。太平、十七で天賀家当主。晴れて花房藩釣り役、天賀太平となった。


釣雲は釣り役を辞めたくてたまらなかった。

釣りは心底好きだが、それは自儘に釣るのが好きなのであって、人の世話はわずらわしい。相手が殿様でもだ。

そしてもう一つ、最大の理由がある。

船酔いだ。

誰にも言っていないが、釣雲は船に酔う。それも酷く酔う。

岸壁、桟橋での黒鯛釣り。そこで栄三郎と知り合って口説かれた。栄三郎は船に酔った事がないから、釣雲が船に酔うとは思ってても見なかった。

釣雲は黒鯛一本槍で、舟釣りなどした事がなかったから、自分が船に酔う事すら知らなかった。

釣り御用で船に乗って、初めて船酔いを知った。『いっそ沈んでくれ！』本気でそう思った。御用の間は必死で耐えた。無口となり、不機嫌極まりない顔となっても『人に弱味は見せねえ』その一心で耐えた。

だから太平が養子となってからは、「船の時は太平が勤めます。船釣りはみっちり仕込んでます」十四才の太平に御用を丸投げした。

「太平です。よろしくお願いします」

「うむ、信久である」

花房藩主、信久は釣雲をとがめなかった。釣雲の仏頂面とつきあうよりは、幸せそうに海の匂いを嗅いでいる、この子供の方がよほどいい。

もちろん、決して口にはしないし、顔にも出さない。どんな時にも好悪は口にするな。そう教えられてきた。すべてのお役には、それにたずさわる役人とその家族がいる。信久が一人で着物を着ただけでも、女中たちや衣紋方の仕事をないがしろにした事となる。もし食事をまずいと言えば、台所方の誰かの首が飛ぶかも知れない。だから黙って食べる。親代々の台所奉行や台所方がそろっていながら、どうして毎度これほどまずい物が作れるのか。呆れながらも黙々と口に流し込む。それが殿様の「勤め」。そう教わってきた。だから、餌が盗られたと分かっていてもそのままにする。いつもなら釣雲が「ちっ」と小さく舌打ちをして餌を付けかえる。

「信久さん。釣りはどのくらいやってるんですか？」

太平が不思議そうに聞いてきた。

「うむ、けっこう長くやっておる」

「ですよね。餌がなくなったのも分かってますよね。なぜ餌をつけないのですか？」

太平がのの字の目で、信久を真っ直ぐに見詰めていた。

「それが釣り役の仕事であろう」

屋根船の座敷に座っていた、小姓頭の原が諭すように言う。

「釣らない人は黙っててください。今は釣り人と釣り人の話です」

原の精悍な顔の、太い眉の下の大きな目が点となる。信久公の小姓として勤めて二十年、人に黙れと言われたのは初めてだ。殿にだって言われた事はない。

「だってですよ。もし私がつけた餌でお魚が釣れたら、お手柄は私と信久さんの半分こですよ。それでもいいんですか信久さん？」

「うむ、自分でやる」

言って仕掛けを手繰（たぐ）り上げた。元々そうしたくてたまらなかったのだ。これでようやく好きに釣れる。

「天賀、餌桶をくれ」

「あ、太平です。太平って呼んでください。ええ、私、天賀には成りたてですけど、太平はもう生まれた時からですから」

「うむ、以降は太平と呼びおく。あー、わしの事はせめて信久様と呼べ。ただし、余人のおる時には殿と呼べ」

そのくらいができなくては、役人としては生きていけない。

「はい、四人の時は殿ですね。あ、引いてます、信久さん。ええ、無駄話してる時じゃありません」

三年後、釣雲、めでたく隠居した。

第四章　大スズキと鬼カサゴ

一

天賀家は、百三十石の他に三人扶持と猫二匹扶持を受けている。天賀家は江戸にも屋敷と船を持っているから、小者二人は江戸に常駐している。国元には徳造と、その養子のやじろがいる。徳造は天賀家から三十石を受ける家士だから、もう一人扶持がどこでどうなっているかは誰も知らない。

猫二匹扶持金一両は、太平が当主となってから降されるようになった。

天賀の登城は五日に一度。明け四つ（午前十時頃）に城にいって帳面に名を書く。その後は寄り合いの間に行って一刻ほどを待ち、お呼びがなければそのまま帰る。

だが太平の代となってからは、必ず信久と中食（なかじき）を取る事となった。だから太平は昼の少し前に城に行き、帳面に名を書いたらそのまま信久の居室に行く。その時には、たいてい弁当の入った風呂敷包みを抱えている。

「何をどうすればこのようになるのでしょう。ええ、これならお凜様の方がましです」

ぱさぱさの焼き魚に、醤油の味しかしない煮物。ご飯も、天賀の米よりも質が悪い。まともなのは漬け物だけだった。

お城の食事を口にして以来、太平は自分と信久、原の三人分を持参するようになった。

たいした物ではない。たいていはお結びと味噌汁、魚の干物か煮付け、そのくらいの物だ。それを、庭に面した縁側に七輪を置いて、あぶるか温める。

その匂いに釣られて、信久の側室のお吟様も加わるようになった。庭のすぐ向こうが奥向きなのだ。嫌でも匂いは伝わる。

「船猫？　普通の猫とは違うのですか」

信久の隣りに座ったお吟様が、少年のような顔の少年のような目を、少年のように輝かせて身を乗り出す。

「はい、お吟様。船猫さんたちはみんな尻尾がぴいんと長いんです」

猫はそんな物と思っていたが、江戸で見た猫も、道中で見かけた猫もみんな尻尾は短かかった。

「南蛮船が航海に出る時には、必ず猫を何匹か乗せたんだそうです」

長い航海の中で、荒れる海の次に船を悩ませたのが鼠（ねずみ）だった。貴重な食料を食い荒らす上に病気を運ぶ。しかも、船底に穴を開けて船を沈めかねない。

それで船猫を雇った。飼うのではなく雇った。当時の船員名簿の一番下には、乗組猫の名もきちんと記されていたという。ちなみに、職業猫としては英国の酒造所のウイスキーキャットや、図書館猫が有名だが、わが国では青大将を猫の代わりとしていた、そうだ。大きな港には船猫専門の店もあったという。毛色が暗くて尻尾の長い猫が人気だったそうだが、理由は分からない。

ただ、真っ暗な船倉の中で、積まれた樽やら木箱の上を、低い天井に長い尻尾を擦りつけながら、目だけを光らせて巡回する船猫たち。いかにも鼠をたくさん獲ってくれそうだ。戦国の時代にはるばると大海原を渡ってきた船猫たち。その子孫が、今、天賀家でのんびりと怠惰に暮らしている。

「船猫。ぜひ見とうございます。いえ、欲しゅうございます。太平、一匹連れてらっしゃい」

丁度、二月ほど前に生まれた仔猫たちがいた。仔猫が近づくと母猫が逃げ出す頃合だから、養子に出すのにもちょうど良い。

その中でも、一番尻尾が長くてぴんと立った真っ白と真っ黒。どちらにしようかと迷っているところに、おばば様と楓が押しかけてきた。殿様の御側室への献上猫、地獄耳で聞きつけたようだ。

「お白様です！」

「お黒様です！」

二人が同時に言って、その後に果てしのない議論が始まった。

結局、二匹を連れていった。

お吟様は一目で白が気に入って、その場で「ゆき」と名付けて抱き上げた。

黒は信久が抱き上げて、「うん、玄武と名付けよう。幼名は五郎八だ」

「ずるうございます。だったらゆきも幼名です。大人になったら……そうです、白虎と名乗らせます」

二匹ともに献上となり、ずい分と大人になった今も、ゆきと五郎八のままだ。

その年の暮れから、猫二匹扶持金一両が降されるようになった。二匹の親へのご祝儀、どうやらそういう事らしい。おかげで、天賀家ではずいぶんと上等な鰹節を使っている。


太平は、大手門前の桜の巨木を見上げていた。

樹齢二百年ほどのその彼岸桜はとっくに花を終えて、今は青々と若葉を繁らせている。昼の陽差しが若葉を色々に透かしながら、太平の上に優しく降りそそぐ。

「長命寺の桜餅、本当においしかったです。ええ、これだけの葉っぱだったらいったい幾つ作れるんでしょう」

何百個もの桜餅が頭上で揺れている。思わず太平の口元から、つっと一筋、よだれが流れて落ちた。

この桜は三代憲久公（天賀を釣り役にしてくれた殿様だ）が晩年にお手植えしたものと伝わっている。その桜が、今では大手門の前で通せん坊をするかのように、大きく根を張り枝を張っている。

城から撃って出るのにこれほどの邪魔はない。すわ合戦、となれば真っ先に伐り倒される。

「何年、何十年も、この場で花を咲かせてくれよ」

平穏を信じないが、誰よりも平穏を願った憲久公の桜は、その後の二百年、毎年花を咲かせ続けてきた。

花房城。

花房がこの地に封ぜられる前は深入城だったのだが、今も昔も、皆「お城」ですませている。

大手門は戦国の威風を残した堂々たる物だが、天守も本丸もとっくに焼けて今はない。その跡を石垣ごとに取り払い、役向きと奥向きの屋敷が、中庭を囲んで連なっている。だから正しくはお館なのだが、皆「お城」ですませている。

中庭には池があり、その池に突き出るように作られた建屋が、信久の昼の居室となっている。縁側から竿を出せば釣りもできる。よほどに釣り好きの殿様の時に建て増したらしい。もっとも、いるのは鯉と鮒、それと石亀くらいだから信久は釣りはしない。たまに、浮子や仕掛けの具合を見たい時に竿を出す、その程度だ。

その庭の向こうが奥向きで、生垣で仕切られているのだが、背の高いお吟様が背伸びをすると顔が出る。

「信様、元気。今日、くる?」

そう言って、にこやかに手を振ってくる。信久の寝間は、お吟様の寝間でもあるのだから行かないはずがない。信久に来客があっても関係ない。目が合えば必ずそう言う。

信久は殿様になんかなりたくなかった。

幼い頃に、たった一度だけ父と釣りをした。舟で、父の膝に座って釣りをした。

「そうじゃ。そうやって、持った糸から海を聞くのじゃ」

突然、ぐんと糸が引き込まれてうろたえる信久に。

「お前があわてんで良い。今びっくりしておるのは魚の方じゃ」

透き通った、真珠のような白ギスが釣れた。

「うむ、良い型じゃ。良うやった！」

髪が崩れるほどに頭をなでられた。

その三日後に、病いで伏せていた兄が亡くなった。

信二郎から、兄の名だった信久となり、父との釣りもその一度で終わった。藩主と世子が同じ船に乗る事は許されない。藩主と世継を同時に失う訳にはいかないのだ。

そして六年後に父の武久が亡くなり、信久は十二才で藩主となった。それ以来、大人たちに囲まれ、言われるままに生きてきた。

唯一のわがままが、時折りの船釣りだった。人目を逃れて海を前に釣りをする。それがなかったら、とっくにつぶれていた。


「あんたが釣り役か？」

薄暗い廊下を進む太平の前に、大きくて四角い顔がぬっと現れた。

「ひゃん！」

思わず一歩後退さった。

信久の居室に続く廊下の両側には、重職や表女中の部屋が並んでいる。女中部屋は障子だが、それ以外は襖を閉め切ってあるから昼でも実に暗い。しかも廊下は畳敷きだから足音もしないのだ。

そんなところに、平目のような顔がぬっと現れたのだ。太平ならずとも悲鳴が上がる。

「釣りはどこでやる？　相手は誰や？」

背丈は太平と同じくらいだが、顔は倍ほどの中年男がぬめりと聞いてきた。口ぶりも偉そうなら、着ている物も偉そうにてかてかと光っている。多分、本当に偉い人なんだろう。

「はい。それをお聞きに、まかりこし、奉った、訳でありまして」

「それはそやな。ほな、帰りに部屋に寄ってや。京下りのお茶とお菓子でも進ぜましょ」

言いながら、太平の横を過ぎると暗がりの中に消えていった。

「はあ、名前も部屋も知らない人のところに、どうやればいけるんでしょう」

信久の居室と勘定方の三木の部屋、それと台所。それ以外のお城の中は、太平にはすべて謎のままなのだ。

太平に声をかけた男の名は片桐監物。

花房藩の五人の家老の一人であり、近いうちに筆頭家老となって藩の実権を握る。いや、すでに握っていると噂されるほどの実力者だ。

太平以外の藩士なら誰でも知っている。釣雲だって知っている。「ああ、監物か。あいつは飛びっ切りの下手くそよ。あいつに釣れんのは、世を儚(はかな)んで命を捨てにきた魚くらいのもんだ」その程度にしても、知ってはいる。


「太平、船猫たちは元気か？」

釣りから帰って船を入れると、あちこちでぐうたらしていた船猫たちが一斉に駆け寄ってくる。そんな船猫たちに、釣ってきた雑魚を投げてやる。それも信久の楽しみの一つなのだ。

「はい。えー、釣り御用は、実にお久しぶりにでありまして。えー、船猫様たちも、実に尻尾を、長く、奉っております、次第でありまして」

太平も登城となれば裃を着る。そしてなぜか、裃を着た途端に体も口もしゃっちょこ張(ば)ってしまうのだ。

「゛みゃーご」

五郎八(いろは)がどすの効いた声を上げて、信久の膝から太平の膝へと向かっていく。小太りの太平の、ふっくらした膝がお気に入りなのだ。全身真っ黒だから精悍に見えるが、実はかなり太っている。尻尾をぴんと伸ばして、のたりのたりと歩いていく。

「あ、これは五郎八様。ご健勝、まことに恐悦至極、ごもっともで、あらせられまして」

「原、脱がせてやれ。許す」

その言葉で太平が両手を横に広げて立ち上がり、原が肩衣を脱がせてやる。五郎八は、太平の膝が降りてくるのをじっと待っている。

五日に一度、これが決まったように繰り返される。


「客人がある。その事を余人には、あー四人ではないぞ。人に知られたくない」

だから「参の釣り」なのだ。

「なぜ隠すんですか。釣りは恥ずかしい事じゃありません。そりゃあ釣れなかった時は少し恥ずかしいですけど」

「釣りではない。客を知られたくない」

今回の件を知っているのは、原と側用人の牛丸、その二人だけだ。牛丸はこの大事に太平を加える事に反対したが、信久が誰にも知られずに人と会うとすれば、海の上以外にあり得ない。

「客人は前日に椿屋に入る。翌朝船を回し、客を乗せて海に出る。分かったな」

原がじっと太平を見る。お家の将来のかかった大事だ。段取りは信久と二人で念入りに立てた。

「お弁当はどうします？」

「べ、弁当っ⁉」

思わず原の声が裏返る。

話がすめばすぐに椿屋に戻り、客は椿屋の船で送ってもらう手はずとなっている。当然、弁当の事など考えもしなかった。

「だってですよ。弁当を受け取る以外に、信久さんの船が椿屋に行くわけなんてないじゃないですか」

椿屋は船宿だが、弁当、仕出しもやっている。

「お弁当を船に積み込んだ人が、そのまま船に残るだけですから」

「なるほど」

思わずうなずいてしまった。信久の身辺は、常に監物の監視下にある。屋根船の動きも見張られる事は間違いない。

「それにですよ、朝はそれぞれに取ったとしてもですよ、沖之島での鯛釣りとなったらどうしたってお昼が要ります」

「待て太平。どうして沖之島の鯛釣りとなる」

客と船で話す。それが目的だから、釣り物も釣り場もまったく考えていなかった。

「だって白ギスは無理じゃないですか」

旬を迎えた白ギスは浅場で釣れている。浜に近いし、キス釣りの小舟もたくさん出ている中に、殿様の屋根船が入っていけば嫌でも目立ってしまう。

「ええ、この時期の鯛ですから難かしいですよ。私は何とか釣ったとしても、信久さんとお客さんは坊主（何も釣れない事。殺生を禁じられた坊主と、殺生をせずにすんだ、の洒落）を覚悟してくださいね。何度も何度も、仕掛けを上げ下げしても何もこない。ああ、私はこんなところで何をやってるんだろう。ああ、くるんじゃなかった。ええ、そうなります」

「うん」

その気持ちは信久にも良く分かる。だがその先が分からない。

「お魚は釣れない。ずうっと船に揺られてお腹はぺこぺこ。そんな時にですよ、目の前に椿屋のお弁当ですよ。青い空、輝く海、そこに椿屋のお弁当ですよ。ええ、もう、ああ、来てよかった。絶対にそうなります」

何かをうっとりと見つめる太平の口元から、よだれが一筋流れていく。

「太平」

「はい」

「弁当を頼め」

やはり太平を加えて正解だった。自分と原だけだったら、海の上で空きっ腹を抱えていた。今回の件は、一歩を間違えば藩を二つに割りかねない重大事だ。これしかない。そうは決めたが、相手がどう出るかはまだ分からない。

「うん、鯛釣りか。楽しみじゃな」

釣りには人が出る。まだ会った事のない継虎という男がどんな釣りをするか。それも楽しみになってきた。

「で、ですね。お弁当には、菊、牡丹、椿の三つがあってですね。椿はお結びが三つとお漬け物です。ええ、これもとてもおいしいんですよ。でもその上の牡丹は松花堂でしてね」

「太平、菊にせよ」

「ええっ！　菊は二段重ねのお重で、お値段だってですね」

「太平。お主はよく忘れるようだが、こう見えてもわしは殿様だぞ。苦しゅうない、菊にせよ」

信久が微笑み、太平の顔が、これ以上ないへへへの字となっていく。

一緒に釣りを楽しめば良い、信久はそう決めた。楽しく釣りのできない相手なら、話をする必要もない。たったそれだけの事だった。

「太平、晴れると良いな」

「はい！」

いつものように、太平が原の手を借りて裃を着ける。（太平は衣紋掛けのごとくに、両手を真っすぐ横に伸ばして立っているだけなのだが）

「五郎八様。ご健勝、祈り奉つって、おりまする」

五郎八の眉間を一掻きしてから、太平がしゃっちょこ張ったまま出ていった。

「わしらには挨拶もなしか」

信久が苦笑する。

「五郎八様、信久さん、原さん。私どもは五郎八より下のようですね」

主従二人が笑みを交わす。だが、原の笑みはすぐに消えた。

「先ほど、監物が太平に声をかけていたそうです。いかがいたしましょう？」

監物が信久に目を光らせているように、原も監物からは目を離さない。

原は十二で信久の小姓となって以来、信久一筋で勤めている。

誰もが認める、信久の腹心中の腹心なのだが、その原よりも太平の方が殿に近い。そんな噂（うわさ）が城内に飛び交っている。

殿を信久さんと呼び、御前で裃を脱いだりは普通ではあり得ない。殿の膝の上に座っていたという噂まである（多分、五郎八とごっちゃになったのだろう）。

監物の息のかかった女中か誰かが、盗み視た事を監物に報告をし、ついでにあちらこちらに吹聴する。聞いた方は、自分の気に入ったところを面白おかしく次に伝えていく。かくして、太平は殿の隠し児説、殿のお稚児説。果ては隠密説までが、実（まこと）しやかにささやかれている。

「戸惑（とまど）うであろうな」

「確かに」

主従二人に笑みが戻る。

監物の遣り口は承知している。金で釣るか出世で釣るか、それで釣れなければ弱味を握って脅すかだ。だが、太平を釣るには釣りしかないし、脅すには釣りを取り上げるしかない。

「さぞかし、戸惑うであろう」

二

「うわあ、竿を持ってくるんでした」

少しだけ傾いた陽が、まだ青葉を透かせていた。

「そうだ、堀溜に行ってご隠居さんの竿を借りましょう」

今朝、お城に行く前にご隠居さんのところに寄って頼み事をしたから、ご隠居さんが堀溜に行くのは間違いない。それで鯉が釣れたら、また五月さんと会える、かも知れない。

「太平、久しぶりだな」

勇んで堀留に向かおうとしたら、爽やかな声に止められた。見ると太平より少し年上で、太平よりずっと背の高い若者が、爽やかな笑顔で立っていた。

「あ、はい。実に、お久し、ぶりでありまして、ええ、多分、いつぞや、以来でありまして」

まったく何も浮かんでこない。一度でも釣りをしていれば、魚のついでに顔と名も出てくるのだが。

「堀江だ、堀江卓馬。ほれ、換章館で一緒だったろう」

堀江が苦笑しながら名を告げる。

堀江は、藩校でいじめに遭（あ）っていた太平を助けてやった事がある。まさか、その自分の顔を忘れているとは思わなかった。

「片桐様の部屋にいかなかったそうだな」

堀江も監物の部屋で太平を待っていた。だが太平がそのまま帰ったとの報せを受けて、慌てて追ってきたのだ。

「けんもつ？」

そういえば、平目のような顔の人に声をかけられた。

「あ、京のお菓子！」

「まさか、監物様を知らんのか？」

「はい、あのお方とは、お釣りをしては、おりまりませぬ」

そういう問題ではない。家老の片桐監物の名を知らずに藩士として生きている。堀江にはそれが信じられない。

「あ、一度釣ってました。はい、六年前の七月九日、おいさんは白ギス二尾メゴチ三尾、ヒトデを一枚釣りました」

とても嫌な釣りだった。それで忘れていた。

「あの時、信、ええ、お殿様は、白ギスを十八、メゴチ八尾に虎ギスを二つ、キューセンを」

「待て太平。お主、六年前の事をそこまで覚えておるのか？」

魚の事は覚えているのに、堀江の事は覚えていない。

藩校に入ったその日から太平は有名人となった。講義の最中に、先生の言葉に相槌を打ち返事をする。「ええ、敵を知り己れを知る。お魚を知って竿と糸を知る。ええ、そうでなければ釣れません」

太平の一人言に何人かの先生が眉をひそめ、それを見た生徒たちのいじめが始まった。

換章館では八才から十六才までを、初級、中級、上級に分けて教える。十才で入校した太平は当然初級だ。十三才だった堀江は本来は中級なのだが、その優秀さを認められて上級にいた。だから、変てこな新入りの事は噂で聞いた。

「あれが、太平というやつか？」

見慣れぬ子供が何人かに囲まれていた。そして次々に質問を浴びせられている。

「はい、それはですね」「ええ、そうとも言えるのでしょうが」「でも、私としてはですね」

太平が何かを言うたびにどっと笑いが湧く。だが太平は、律儀に真面目に答えていく。

「媚（こ）びない。諂（へつら）わない。驕（おご）らない」

堀江の中に、儒学の教授の言葉が浮かんできた。

「堀江君、君は本当に優秀や。わしはそれが心配でならん。優秀な者（もん）のところには、必ず媚（こ）びると諂（へつら）うが寄ってくる。そして驕（おご）りが生まれる。気いつけてや。そや、今度けったいな子が入ってきたんや。ほんま面白い子やで」

それが太平とはすぐに分かった。

「放っといてやれ」

気がついたら太平のところに行き、そう言っていた。藩校きっての秀才であり、同年代で一番の剣士でもある堀江は、下級生たちの憧れでもある。その一言で太平へのいじめは終わり、無視へと変った。

太平一人がいじめを知らなかった。色々と聞かれて、答えるたびに皆が大笑いする。何がおかしいかは分からないが、皆が楽しいなら、それはそれでかまわない。

誰も話しかけてこなくなったのは実に助かった。おかげで、講義が終ったらすぐに釣雲のところに行けるし、釣り場に行けば釣り仲間が大勢いる。学校では口を利かない山際も、釣り場で会えば大きく手を振ってくる。そして必ず、「ごめんな」と言う。もちろん、太平には何が「ごめん」なのかは分からない。

「師匠。釣りと学問の両立は難しゅうございます」

「じゃあ、どっちかやめな」

「はい」

結局、換章館は二年でやめた。

堀江は換章館でも道場でも首席を通し、十六の時には藩費での江戸遊学も許された。

国元に戻ってからは、寺社町方奉行所の町方を自ら志願した。今は奉行所与力となっているが、実際は片桐監物の命を受けて動いている。

「太平、いや天賀殿。少し付きあってくれんか」

「は、はい。カマ、かまいません、です」

思わずカマスさんと言いかけて、ようやく堀江の事を思い出した。昔の堀江は、顔も体付きもサヨリのようにすっとした少年だった。だが今見る堀江はどこか険を帯び、サヨリよりは、はるかに獰猛（どうもう）なカマス。そう見えた。

「どちらへ？」

今日の釣りと五月さんをあきらめた。仕方ない、偉い人と賢い人には逆らうなと、おば様と楓に散々言われているのだ。

「うむ、飯でも食いながら話そう」

堀江が監物から命じられた事の一つが、御三家を取り込む事だった。祝は江戸で手が出せない。上士で船手奉行の安楽にはとても手が届かない。残るは天賀、つまりは太平を取り込むのが目下の仕事だ。

花房と御三家が力を合わせて花房藩となった。交渉事は主に花房が担っていたから、傍目（はため）には花房水軍と見られていたが、四家は同格であり、何かを決っする時には必ず四人で合議した。

「ええよ。花房の兄貴の思うようで」

「わしも花房にまかせる」

「うん、俺もそれでええよ」

それで花房藩となった。

だが、世が太平と定まれば水軍ほど厄介な物はない。維持するだけでも莫大な金を食うし、存在だけで謀反を疑われる。それで、船団はすべて解体し、一部を船手組として残した。今では安楽に関船二隻、小早が六艇。天賀が国元に小早を二艇、江戸に二艇。これが、かつての花房水軍の持ち船すべてだ。

水軍を解体する際に御三家の家禄も削られた。安楽が八千石から三千石に、祝と天賀がともに八千石から二千石。ずい分と乱暴に見えるが、それまでは船と人の掛かりを各家で持っていたのだから、それがなくなった分だけ、実は増収に近い。

戦国期には金に糸目をつけずに戦人を雇っても、勝って敵の領土を収奪すれば元は取れた。だが戦国バブルが弾ければ、子々孫々に受け継がれる家禄が、藩の首をじわじわと締めていく。

花房藩も例にもれず、財政は火の車となり、燃え尽きる寸前となった。そしてその火を消すために商人を雇った。

それが片桐監物だった。

花房藩の藩米をあつかっていた、大坂の豪商、米澤屋。そこの次男で番頭をしていた直次郎を、勘定方の片桐家の養子として藩に入れた。片桐家では、代々当主は監物を名乗るから米澤屋の直じろはんが、この時より片桐監物となった。

藩内に異論はなかった。藩の財政が逼迫（ひっぱく）している事は知っているが、どうしていいかは見当もつかない。米澤屋の子が藩士となれば、少なくとも米澤屋からの借金はチャラになる、かも知れない。その程度の認識でしかない。

片桐監物となった直じろはんは本気だった。

一つの店がつぶれただけで、どれほどの悲惨が生まれるかは大坂で散々（さんざん）見ている。国一つがつぶれるところなど絶対に見たくない。

「八千石」

二月半（ふたつき）、寝る間も惜しんで調べ上げた結論がそれだった。六千石を削れば当座はしのげる。八千石を削れば新たな事業もできる。

だが家禄を削られて喜ぶ者など誰もいない。それで、まずは御三家に的をしぼった。御三家から三千石、いや千石でもいい。御三家がそれを呑（の）めば他も文句は言えない。当時の御三家にはまだそれだけの重さがあった。

「役料。それで押し切るしかあらへん」

お役と家禄は込みで世襲だった。だが、それでは時として無能がお役につく。お役のほとんどは多少無能でも何とかなっていくのだが、無能では困るお役もある。

例えば江戸の町奉行だ。今でいえば東京都知事と警視庁長官を兼務しているようなものだから、とても無能では勤まらない（当時は）。それで有能を抜擢するのだが、不思議と有能は家禄が低い。

そこで、お役にふさわしい金を役料として支払う、そういう仕組を作った。これだと、その人間がお役に就いている間だけ払えばすむ。


「つまり。御三家の家禄には、水軍の長としての役料がいまだに入っております。その分は返じて、いえ、返上するのが筋やないかと」

御三家を前に片桐監物が、大きなおでこに汗を浮かべて話していく。

もちろん詭弁だ。三家の家禄は、自前の船で船大将として、命を賭けて勝ち取ったものだ。それを役料と言うのなら、殿様の禄もだいぶ返上しなくてはならない。しかも三家は水軍解体の時に、合わせて一万石以上を返上しているのだ。

詭弁な事は監物自身が百も承知している。だが、この詭弁を正論として通す以外にこの藩を救う道はない。米澤屋の直じろはんが、今は勘定方の片桐監物として命がけで御三家と対峙している。といって、むざと命を捨てる気はない。

まずは、江戸詰めの祝を国元に呼んでもらった。そして大広間に主だった藩士を集めて、殿の御前での対決とした。

一か八かだ。御三家が反対し、藩士が同調すれば自分にできる事はもうない。その時には米澤屋の直じろはんに戻って、とっとと大坂に帰るまでだ。少なくともこの場で斬られる事だけはないだろう。

「うん、まったくだ」

安楽が、悠然とそう言い放った。

「へっ、え⁉」

監物が自分の耳を疑う。

「ああ、ご先祖さんは頑張ったかも知んねえが、俺いらは頑張ってねえし頑張る気もねえ」

祝が、鼻をほじりながら軽く言う。

「うん、釣りをして二千石はもらい過ぎだな」

天賀が他人事のように言う。

「すべては殿の思われるがままに」

安楽が殿に向き直って深く頭を下げる。

「殿の良きように」

祝と天賀も続いた。

安楽は三千石から五百石へ、ただし、役料二百俵が付く。祝と天賀は二千石から三百石となった。（天賀はその後に、ご先祖様の失敗(しくじ)りがあって百三十石となった）これによって藩財政の建て直しがなった。

だが手柄を上げた片桐監物に称賛は向かわず、御三家の潔(いさぎよ)さの方が今に語り継がれている（当然ではある。御三家のおかげで自分たちのお禄はだいぶ助かったのだから）。

「昔話や。しょせんわしより下やないか」

今の片桐監物が吐き捨てる。御改革を成功させた片桐家はしっかりと加増を重ね、元の五百石から、今は千二百石となっている。これは藩で三番目の高禄だ。

その監物が約束をすっぽかされた。監物が後で部屋に、と言えば命令に他ならない。それを無視された。だったら敵となる。

「天賀は、殿に忠義立てっちゅうことか」

「いえ、太平にそんな深い考えはないでしょう。ただ忘れただけかと」

「忘れたあ⁉　わしとの約束を忘れたやと！」

それこそ腹が立つが、まだ御三家を敵に回す時ではない。

「堀江、追え。松風や」

あんな若僧に松風はもったいない。そうは思うが、一応は天賀の当主で、しかも安楽の子だ。このくらいの出費は止むを得ない。

「玉井、松風の続き部屋や」

用人の玉井を松風に走らせた。

隣り部屋で堀江に相手をさせる。釣れそうなら一緒に食事をしてやる。そうでなければ、茶だけで追い返してやる。

三

松風の二階に心地良い潮風が吹き抜け、青々とした松の向うには、銀色に輝く海がのぞいていた。

「どうしてこちらが上座なんでしょう」

太平が不満気につぶやく。堀江にうながされるままに床の間を背に座ったのだが、これでは客のために用意された花も掛け軸も見えない。

入った時に見たら、知らない花と読めない字だったからそれはかまわないが、ここからでは海が見えない。堀江の座ったところなら振り向けば海が見える。松風で海が見えるのはこの二階だけなのだから実に残念だ。

「監物の客が太平って、どう言うことなん？」

お女将小夏の、形の良い小鼻がぴくんと大きく膨らんだ。

今日は松風には珍らしい暇日(ひまび)で、夕の客は二組四人しかいない。それでのんびりと湯に浸り、帳場に戻ったところで、女中頭のお梅から報告を受けた。

太平と松風の付き合いは長い。太平が釣雲と出会うより前、太平が八つの時に遡(さかのぼ)る。

その日。太平は横入川河口の船着け桟橋で竿を出していた。船人足たちのいなくなった後で夕まずめの半刻（約一時間）ほどを釣るのが、その頃の太平の日課となっていた。

「はい、中潮の上げ時なんですから釣れないはずがありません」

その日は大物の予感があったから、糸と鈎も太く大きい物にしていた。そして、予想をはるかに超える大物を掛けてしまった。

水面を爆(は)ぜて飛び上がったのは、太平の初めて見る大スズキだった。鈎を外そうと、何度も鰓洗(えら)いを繰り返すスズキと、無我夢中で無限とも思えるやり取りを続けた。

最後は桟橋に腹這いとなり、片足を杭に絡ませて河の上に身を乗り出した。そして、最後の鰓洗いに跳ねあがるスズキの鰓蓋(えらぶた)を、がっちりと片手で掴んで、ようやっと釣り上げた。

スズキの鰓蓋から口に紐を通して担ぎ上げると、尾鰭(おびれ)が完全に地に着いていた。背丈四尺（百二十センチ）ほどの太平とほとんど変わらない。両手でしっかりと紐を持ち、道具袋を首に掛け、竿は腰に差して意気揚々と家路に就いた。

「はい。早くお凜様にお見せしたいです」

だが一歩を進むごとに、魚の重みが、ずしり、ずしり、と手と肩に喰い込んで来る。三日月にわずかに照らされた夜道を太平が、自分と同じくらいのスズキを背負って、とぼり、とぼりと歩いていく。

暗がりの先に小さな灯りが見えてきた。近づくとその灯りの中に松風の文字が浮かんでいた。

「あ、蛇の道は蛇が通ります！」

夏の盛りとあって玄関は開け放たれていた。両手の塞がっている太平には実にあり難い。涼やかな宇金色の麻暖簾を頭で掻き分けて中に入った。

玄関奥の小部屋で帳付けをしていた小夏の耳に、「ごめんなさあい、あのお、どなたかいらっしゃいませんかあ？」と子供の声が聞こえてきた。今日の客は皆入った後だから玄関には誰もいない。

小夏が玄関に行くと、全身汗みずくの子供が立っていた。しかもその肩口から、大きな魚の頭が小夏を睨んでいる。

「生臭しょって何の真似や。行商か嫌がらせか。行商なら裏に回りい、嫌がらせならうちが相手したる。子供かて容赦せえへんで！」

小夏の小鼻が、ぴくんと大きく膨らんだ。

「あ、違います。ええ、今日は潮まわりがいいからきっと黒鯛が釣れる。ええ、そう思ったんです」

「それスズキやん」

「はい、こんなに大きなスズキが釣れるなんて、思ってなかったんです。ええ、いきなりガツンときてですね」

「そんな話いらん。何でうちやねん」

小夏の小鼻が再びぴくんと膨らんだ。

「はい。こんな大物初めてなんです。だからお凜様には絶対に食べて欲しいんです。ええ、でも、お凜様の料理はあれですから」

自分が料理をするしかない。だけど、これだけの大物をどうすればいいのか見当もつかない。

「そんな事知らん。何でうちにきたんやって聞いてんねん！」

母子ほど年が離れた相手にも小夏は容赦がない。

「だって仕方ないじゃないですか！　ええ、どうすればいいんだろうって、そう思った時に松風って書いてあったんですよ。あ、松風ってあの松風だ。だったらもう行くしかないじゃないですか！」

口をとがらせる太平を見て、小夏の小鼻がぴくんとなる。

松風のお女将、小夏の小鼻が一つぴくんとすれば、興味を持ったかいらだっている。二つぴくんとなれば怒っている。そして、三つ目のぴくんで爆発する。その時には、松風の全員が小夏の前から姿を消している。

「玄関に生臭は迷惑や。続きはお勝手で聞こ」

どうやら、今回は爆発はなしのようだ。

「何やの、あんたと同じくらいやないか」

草履を突っかけて玄関土間に降りた小夏が、太平の背負ったスズキの大きさに目を見張る。

「ほんまにあんたが釣ったんか。どこぞで拾うたんちゃうのか？」

小夏もたまには釣りをするから、この大きさを子供が釣ったとはとても信じられない。

もちろん、こんな立派なスズキが道に落ちていない事も知っている。

「ちゃんと私が釣りました！」

しかもここまで運んできた証拠に、スズキの尾鰭はずい分と擦り切れている。

「で、どうしたいん。買うて欲しいんか？　それやったら板場に聞かんならん」

勝手場に続く通り土間を進みながら、小夏が太平に聞く。

「あ、違います。私、残念ながら漁師さんじゃないのでお魚は売れません」

もちろん、残念なのはお魚を売れない事じゃなくて、漁師さんじゃない事の方だ。

「ほー、何とも立派なスズキやないか」

脇板の猪二が、一目見て嘆声を上げた。

「こんだけのはざこ場でも滅多に出んで」

雑魚場は魚市場の事で、雑魚は多種多様の魚を意味する。当然、鯛や平目もその中に含まれる（ちなみに、雑木林も貧相な林ではなく、多種多様な木のある林、そういう事だ）。

巨漢の猪二がスズキの口の紐を持ち上げたら、ついでに太平も持ち上がった。

「ぼん、手え離しいな」

つるりと剃り上げた頭に薄い眉、目はぎろりと大きくて、見た目は怖いがその声音は優しい。

「はい、私もそうしたいんですけど」

ここまでを必死に紐をつかんでいた手が、どうしても開いてくれない。

猪二がにやりと笑って、太平の小さな手に自分の大きな手を重ねてぐっと握り込む。

「よう頑張った。もうええで。後はわしにまかせてや」

そう言って、握った手をゆっくりと開いていく。それにつれて太平の手も開いていく。開いた太平の手の平には、紐の跡に薄っすらと血がにじんでいた。

「へー、久々にやったけど、この呪(まじな)いまだ効くんやな」

板場の若い衆が、忙しい最中(さなか)に必死となり夢中となって包丁を使い続けると、時として今の太平のようになる。そんな時には、先輩や同輩の誰かが今みたいにしてくれた。

「ゴン。鯨油と塩麦や」

鯨油は傷に塗る。塩麦は麦茶に塩を加えた物で、夏場でも火を使う板場には欠かせない飲み物だ。

「ぼんがやったんか?」

まな板に乗せたスズキの、首筋と尾の根に切り込みが入っていた。活け〆(じ)めをして血抜きもする。とても七、八才の子のする技ではない。

「うん。身がしっかりしとる。これなら刺身でいける」

冷蔵庫も氷もない時代だ。魚の鮮度は釣った直後の処理で決まる。

「ぼん、竿見せてや」

猪二も釣りをする。だから、これだけのスズキを竿で釣った事が信じられない。しかも釣った魚と同じくらいの背丈の子供がだ。

「はい」

太平が腰に差していた竿を抜いて猪二に渡す。三尺、四本継ぎの二本仕舞い、子供の物としては立派な竿だ。

「うわ、もう弾(はじ)けとるやないか」

竿の何ヶ所かが細かく縦に裂けて、両側から押すと茶筅(ちゃせん)のように膨らんだ。折れなかったのが不思議でしかない。

「ぼん、あんたたいしたもんや。この竿でこのスズキ、わしにはよう釣らん」

猪二がやかん頭をなでながら、素直に感心した。

猪二を見上げる太平からはやかんは見えない。いかつい顎と、赤ん坊のように血色のいい頬、そして、ぐりんとした大きな目玉が見えている。

「はい、ありがとうございます。鬼カサゴさん」

つい出てしまった。仕方ない、そう見えたのだから。

「あ、ほんに鬼カサゴ！」

小夏がぽんと手を打つ。

この日から、脇板の猪さんが鬼カサゴとなった。

もっとも、面と向かって鬼カサゴと呼ぶのは小夏だけだ。太平は、ちゃんと「鬼カサゴさん」と呼んでいる。

「頭と片身はうちでもろうて賄に使う。手間賃がわりや。残りは柵にして明日届けさす。ぼんはもう帰りい、家の人が心配してるで」

「冗談じゃありません。それでは次の時にどうしていいか分かりません」

そこは絶対にゆずれない。

「これから忙しなるねん。ゴン、これ井戸に吊るしといて」

手早く鰓と腹を抜いたスズキを追い回しのゴンに渡す。井戸の中は涼しいから一晩くらいは充分にもつ。

「じゃあ、朝一番にきます」

「寝とる」

「じゃあ、朝二番」

「何やねん、二番て。そやな、五つ（午前九時頃）過ぎにおいで。昼の仕込み前やから相手したる」

「はい、五つ一番に参ります」

「二番でええ」

「あ、それとですね。私、ぼんじゃありません。太平です。安楽太平ですけど太平でかまいません。ええ、安楽太平と言うと、それだけで笑い出す人がいるんです。ええ、何がおかしいのか分かりませんけど、だってですね」

「ゴン。太平さんを勝手口に案内したって」

こうして、太平の松風での料理修業が始まった。二年後には釣り修業も始まるのだから、太平の少年時代はなかなかに忙しい。

それ以来、それなりの魚が釣れると勝手口に行って中をうかがう。ゴンが気づいて手招きをするか、両手で×を作る。忙しいか、意地悪な職人の残っている時だ。

そんな時は魚だけゴンに預けて、外から職人たちの動きをながめる。そうしていると、そのうちにいつが忙しいかも、仕事の流れも大体飲み込めてきた。

そして、いつ行っても鬼カサゴは必ず板場にいた。

猪二は子供の相手をする気も暇もない、はずだった。猪二は京にある老舗料亭、松籟で、三人いる脇板の一人だった。

松風はその松籟の主人の弟の松次郎が、三十年ほど前に女房お喜久の生地であるこの地に開いた店だ。主人であり板前でもある松次郎を筆頭に、お女将のお喜久、松籟から借りてきた職人、番頭の力も得て店は順調だった。

だが小夏が生まれて八年後に、お喜久が板場の若い衆とともに出奔した。それが原因となってか、松次郎が体と気を病んだ。そして娘の小夏とともに京に戻った。

松風は松籟の送り込んだ番頭、板前のおかげでそれなりに続いていた。だが、京生まれ京育ちの二人とも、こんな田舎に骨を埋める気はない。それで、二人が京に戻るのを機に松風を終う事となった。

「嫌や！　松風は終らさへん。お父はんが作ってうちが生まれた店や。うちがやる！」

松籟で女子衆として働いていた小夏が、伯父の松一郎に涙ながらに訴えた。

そして、脇板の猪二を借りて松風にやってきた。小夏が十六、猪二が二十三の時だった。

それから五年、松風はかつての賑わいを取り戻しつつある。そして今年の暮れには、五年間を貸してくれた番頭と板前が京に帰る。

次の板前は猪二だ。そんな大事な時に子供と遊んではいられない。だがその子は船手奉行の子で、しかも魚を持参でやってくる。

「ぼん、そこ違う。もそっと皮目ぎりぎりに引くんや」

「太平です。ぼんではありません」

意外と太平の相手は面白かった。何より良いのは他の職人の癖がついていない事だ。職人の世界は階級社会だから、一番上が一番下に教える事はあり得ない。猪二の下にくる頃には他の職人の癖がついている。

それは当たり前の事だからかまわないのだが、太平という、真っ白を教えるのは実に新鮮だった。

その上に、「どうすればいいんですか？」「どうしてですか？」実に素直に聞いてくる。

下からの質問には拳固で答える。それが板場の決まりだが、さすがにお武家の子は殴れない。教えながらやって見せる。

「あ、なるほど。こういう事なんですね」

太平は飲み込みがいい。もちろん、一度教わったくらいで上手くいくほど技は簡単ではない。太平は上手くいくまで、一人ぶつぶつ言いながら繰り返す。魚がなくなっても繰り返す。

「あ、できました。鬼カサゴさん、見てください」

見てもまな板の上には何もない。だけど太平の得意そうな顔を見れば、頭の中の魚はきれいに降されているのだろう。

技は盗んで覚えろ。そう言われそう信じてきたが、どうやらそれだけでもないようだ。

「どうして引くんですか？」

太平に言われて、生まれて初めて刺身を押して切って見た。

「あ、いけません。舌にざっときます。ええ、鉄の匂いがします」

「何でやの？」「それ、変とちゃう？」

太平が来るとなぜか小夏もやってきて、板間から、太平よりも容赦のない質問を浴びせてくる。

小夏が現れると、猪二と太平を冷やかな目で見ていた職人たちも姿を消す。

静かになった板場に残っているのは、いつも板場のすみから三人を見詰める四人の子供たちだけだ。

「ゴン、こっちこい」

追い回しのゴンは、四人では一番年上の十二だが、今年入ったばかりの一番下っ端だ。

当然、包丁には触らせてももらえない。

「ちょろ、松、政。お前らもや」

洗い方の三人も呼んだ。三人とも、野菜の下ごしらえに店の包丁を使うのは許されているが、当然自前の包丁などは持っていない。

その四人を前に、猪二がまな板の上に包丁を並べていく。この包丁は、太平が道具袋に詰めて持ってきたものだ。

「何でこんなに包丁持っててんねん。ここかてこんなにはないで」

太平が持ち込んだ十数本の包丁を見て猪二が呆れた。しかも一本一本が、銘まで切られた本職の使う包丁だった。

「はい、お凜様はお料理が大好きなんです。でも、作る方はいささかでして」

太平の母のお凜様は凝り性で、そして飽き性だ。一時期料理にはまって包丁も一式をそろえたが、なかなか思った物ができない。

「ええ。これは道具がいけません。良い道具が良いお料理を作るのです」

それでまた一式を買いそろえる。それが何度か続いたところで結論を出した。

「ええ。私の作る物は私の舌には合いません」

それで料理は終わったが、二十本以上の包丁と、さまざまの鍋やら色々が、今も安楽家の台所で眠っている。

「そやけど、こいつは子供には贅沢や」

猪二の言葉に太平が咬みついた。

「だって、良い道具が良い職人を育てるって、そうおっしゃったじゃないですか！」

だから台所の隅で眠っているよりは、良い職人を育てた方が包丁も幸せ。そう思って重い荷を担いできたのだ。

「うん、確かにゆうた」

だがそれは、自分の稼いだ金をどれだけ道具に注ぎ込めるか、それによって、職人としての将来も変わってくる。そういうつもりで言ったのだが。

「まあ良えか。あるんやし」

ないよりはあった方が良いに決まっている。

「ちょろ。お前は菜っ切りと剝き包丁や。お前は魚には向いとらん。そやけど里芋のこしらえはたいしたもんや。野菜で一番になりいや」

不思議なもので、包丁を選んでいると子供一人一人の良いところが見えてくる。

ちょろは包丁を受け取った途端に泣き出した。包丁も嬉しいが、雲の上の人の脇板さんが自分の事を誉めてくれた。その事がもっと嬉しい。

「背中に目えがついて、やっとで半人前やで」

脇板になった時にそう言われた。見なくても板場がどうなっているか、それが分かって半人前。誰に何を、見ないで指示が出せて一人前。

もちろん、猪二の背中にまだ目は付いていない。だから時折りに、ちらりちらりとあちこちを見ている。

「あのぼんはしゃあない。何せお奉行の子や、案定遊ばせたり。そやけど、若い者甘やかしたらあきまへんで」

板前からはそう言われているがかまわない。良い道具が良い職人を育てる。猪二はそう信じている。

「ただし、その包丁はお前らのもんやない。太平さんからの借りもんや」

生まれて初めての自分の包丁。うっとりとながめていた四人の顔が一気に曇っていく。

「ありがたくお借りして目一杯使いいや。そんで、研ぎに研いで、ちびてしもうて、葱の一本も切れんようになったら」

猪二が四人の顔の一つ一つをゆっくりと見回していく。

「そん時には、ありがとうございました。そうゆうて太平さんにお返しせえ」

「へい！」

四人の声が明るくそろった。

「太平、それでええな」

「はい、助かります。ええ、小っちゃくなった包丁なら持って帰るのも楽ちんです」

十数本の包丁は本当に重かったのだ。

「ちゃう！　研ぐ時はこうやって箸一本分浮かせるんや。見て分からんなら箸持ってこい。

あほか、天婦羅箸持ってきてどうすんねん！」

いつの間にか、松風の板場が料理の指南所となっていた。

何だか知らぬ間に太平の思うようになっている。そんな気もしたが、それはそれでかまわない。子供たちの輝く顔を見るのも悪くない。

そのうちに、それぞれが料理を工夫して競い合う。そんな事まで始まった。もちろん審査するのは鬼カサゴ。ではない。

「やっぱ太平のが一番やな。二番はゴンか鬼カサゴやな」

小夏に容赦はない。

この時の四人と、その後に加わった若者たちが今の松風を支えている。あの日太平が、自分の背丈ほどのスズキを背負ってこなかったら今の松風はない。小夏は本気でそう思っている。

四

「堀江様。今やったら昼の御膳、夕の御膳、どちらでもご用意できますけど、どないいたしましょ？」

何とか笑い出さずに言い終えた。

部屋に入って、太平をちくりと睨んだ途端に吹き出しそうになった。

太平の裃姿なんて初めて見た。床の間の前にちょこなんと畏まり、くりんとした目で小夏を見る姿はまるで福助人形だった。床の間の前よりは、床の間の上の方があっている。

「あ、私、お昼は、いただいて参られました。では、夕かと申しますと、これが、玄妙であらせ、られまして」

松風の夕膳は実に食べたい。だけど堀江さんと、さらにあの平目さんとは、できれば遠慮をしたい。

「はい。でありますから、ここは、お茶とお菓子を、奉つりまする」

お茶だけで話がすんだら、台所に行ってゴンさんに何か作ってもらおう。いや、自分で作ればいい。今日の松風にはどんなお魚があるんだろう。そう思ったら、やっとで楽しくなってきた。

「はい、かしこまりました。あ、お客様。お頭に虫が」

小夏がすっと太平に近づき、頭をぺちん、とはたいて「後でちゃんと話しいや。さもないと」耳元にささやいて、小鼻を二度ほどぴくんとさせた。

「裃があんだけ似合わん侍初めて見たわ」

階段を下りる小夏の眼尻に、わずかに涙がにじんでいる。「太平に裃を着せると本当に面白いのよ」お凜様の話を思い出した。その頃お凜様はしつけに凝っていて、しょっちゅう太平に裃を着せては、礼儀作法を厳しくしつけた。「その内にね、裃を見せただけでぴたっとかたまって動かなくなるの。面白いでしょ」怖るべし、お凜様。

「さて、誰にしよ」

太平が、松風との関わりを伏せておきたい、らしい事は分かった。だが松風の女子衆(おんなし)は皆太平とは馴染(なじ)みだ。太平の裃姿と、あの喋り方で笑い出さないはずがない。

「そうや、五月や。五月呼んだって！」

新入りの五月は太平を知らない。変った客だ、それですむだろう。

「あ、あかん！」

隣り部屋は監物と玉井だった。

玉井は若い娘の困った顔が大の好物。監物は、誰であれ人の困った顔が大の好物だ。そんなところに新入りの若い娘は出せない。

「しゃあない。うちとお梅やな」

お女将の小夏と、一番の古手のお梅で二階を持つしかない。幸い今日は暇日(ひまび)だ、下を空けても何とかなるだろう。

「何でしょうか、お女将さん？」

玄関脇の小部屋に駆けつけた五月が、開けてあった障子の間に顔を出した。

「あかん！　座ってから喋りい。相手はんが座ってたら自分も座って、相手はんと目えそろえてから口きくんや。それに順番が違う。何でしょうかお女将はんやない。お女将はん、何ぞご用でしょうか、や。お客様、何ぞご用でしょうか、や」

　小夏が真剣な目で五月を見据える。

「は、はい。お女将さん、何のご用でしょうか」

座った五月が、両手をついて聞き直す。

「そうや、それでええ。ええか、五月。あんたとからちみたいに背えの高い女子(おなご)は、相手はんが立っててもまず腰を落としてから口をきく。そのくらいの心がけがいるんや」

背が高いのは五月の責(せい)ではない。だが客の中には、「何や、女のくせに偉そうに上からもの言いやがって」そんな客もいる。客の、それも酔った客の理不尽には容赦がない。

その事は、九つの時から女子衆として働いて来た小夏の身に染みている。

「桐の間の払い（後片付け）終わったら表座敷に詰めとって」

表座敷は玄関を入ってすぐの上がり座敷の事で、いつもなら小夏かお梅、客を見知った古手が詰める。

だが今日は女子衆の大半と、下足番の善助も休ませてある。それにこの後の二組は常連だから、入って十日目の五月でも充分に勤まるはずだ。

その小夏の油断が、松風始まって以来の大危難。松風が潰されるか潰されないかの危急存亡の刻を呼ぶのだが、それはもう少し先での話。

「やっぱ大きいな」

仕事に戻る五月の後ろ姿に、小夏が小さくつぶやく。大きな体と鈍い動きから、他の女子衆が陰で「牛娘」と呼んでいる事は、すでに小夏の耳にも聞こえている。

「ええ娘(こ)紹介してくれた。恩に着るで」

小夏の言葉に、八兵衛が小さな目を嬉しそうにしばたたかせる。

八兵衛は紹介した奉公人のところを、必ず三日目に訪ねて話を聞く。その後は十日目毎(ごと)に訪ねて、心配ないと見極めても月に一度は必ず訪ねる。今日は五月の三日目だった。

「でしょう。五月ちゃんに会ってすぐに、ああ、やっとで小夏さんに紹介できる娘さんがきてくれた。そう思いましたわ。お武家の娘さんやから行儀もできてるし、大きな体で鈍(どん)臭い。そんだけでも財産やのに、あの愛らし顔。小夏さんなら、絶対に大きく育ててくれる。そう思いましたん」

「がっかりやなあ。豆狸(まめだ)はんはもうちょっと人が見えたる、そう思うてたのにな。その小(ち)んまい黒いんのは、やっぱ目やのうて節穴やったんやな」

「え、ど、どこがです？」

仕事柄大勢を見てきた八兵衛だ、人を見る目にはそれなりの自負もある。

「五月は鈍やない。料理をこぼさんとこ、器を壊さんとこ、慎重に動いとるだけや」

そこが小夏には好ましい。料理と器をぞんざいに扱う女子衆は許せない。料理と器は店の顔なのだ。

「仕事覚えて自信ついたら、松風(うち)の看板になる娘(こ)やで」

小夏の言葉に八兵衛の目が大きく（小さいなりに）瞠(ひら)かれる。入って三日目の女子衆を、小夏がここまで誉めるのは初めて聞いた。

「それにな、五月の困った顔には何とも言えん愛嬌があるんや。知らん間に大きゅうなってしもて、どうしてええか分からん仔犬。そんな顔すんねん」

ごめんなさい、大きくて。そう言いたげな五月の顔を見ると「大丈夫やで、あんたはそれで丁度なんやで」そう言って頭を撫(な)でてやりたくなる。

「愛想は作れるけど、愛嬌は作られへん」

もちろんこの先の事は分からない。期待した女子衆が崩れていく姿も何人か見ている。

「五月、変な男に惚れなや」


「ふえっくしょーん！」

板場に、鬼カサゴの大きなくしゃみが響き渡った。

「かなんなあ、風邪かいな。わし帰る。ゴン、後は頼んだで」

「本当は釣りでしょ」

ゴンの言葉に、鬼カサゴの目がにやりと垂れ下がる。

「まあな。こんな日やないと夕まずめなんて狙われへんさかいな。実は昨日、チョロや松もさそうて椿屋に舟頼んどいたんや。海風に吹かれながら、気の知れた連中と竿を出す。こんな極楽ないでぇ。ま、お留守番の脇板さんには申し訳ないこっちゃけど」

帰りかけた鬼カサゴが足を止める。

「そうや。久しぶりにゴンさんの包丁捌き見て勉強させてもらおか」

「いじめんでください」

ゴンがまな板に乗せた鯛に包丁を入れる。少し首を傾げたが、すぐに三枚に降ろし、柵にして三切れほどを刺身に引く。

「やっぱ、そやったか」

刺身はいつもより、わずかに厚めに引かれていた。

「はい、思ったより柔かったんで」

やっぱり鬼カサゴには敵わない。ゴンが包丁を入れて気づいた事を、一目見ただけで見抜いていた。

「そやな。これくらいでないと歯応えが淋しいわな。そやけどまだ柔い。どうするゴンさん」

一切れを口にした鬼カサゴが楽しそうに聞いてくる。

「軽く酢で締めてから、梅醤油で出そうかと」

「へえ、昆布はせえへんのか？」

身の柔らかい魚、味の薄い魚は昆布で締めるのが定番だ。

「そやけど、味は充分や思います」

身が少し柔らかいだけで、鯛のうま味はしっかりと持っている。

「大したもんやゴンさん。わしやったら昆布でごまかすとこやった。そやな、お伊勢さん（伊勢醤油）と梅やったら上手にくるんでくれるわな」

「あっ」

「何や、京（淡口醤油）使う気やったんか。それやとお上品すぎて口が身の柔さに気いつくで。ごまかす決めたらきっちりごまかさんかい。何や感心して損したわ、権太郎さん」

「ゴンです、板前さん」

「鬼カサゴや」

猪二がにやりと笑う。

「何や久々に太平塾みたいやったですね」

ゴンもにやりと笑う。太平が釣ってきた魚を使っての料理塾、いつの間にか、皆が太平塾と呼んでいた。

「失礼な話やで。わしが先生やのに何で太平塾やねん。ほんま、腹立つわ」

そう言う猪二の目が、優しく昔を見ている。

「そう言えば、太平の顔ずい分と見とらんな。どこぞにええ女でもできたんかいな」

「それはない思います」

ゴンが即座に言い、鬼カサゴがうなずく。

「しょっちゅう惚れては、しょっちゅう振られよる。顔はわんころみたいに可愛いし、気も優しい。身分もあんのにあんだけ持てんいうのが不思議やで」

もちろん、釣りと魚の話しかしない男に女は食いつかない。それは分かっている。

「惚れる相手が悪すぎます」

ゴンの言葉に鬼カサゴが大きくうなずく。

「そや、最初が小夏やもんな。そら、悪すぎる」

もっとも、太平の初めてのほのかな恋心。それを振られた初回に数えるのは、いささか太平に厳しすぎる。

五

「太平、今回のお世継のことをどう思う」

堀江が話を切り出した。

「どなたのです？」

太平の言葉に堀江が目を剥く。

「殿に決まっておろう！　他に誰がおる！」

今年二月。信久の世子、良久が急な病で亡くなった。元服を終えたばかりの十五歳だった。

江戸に置いてある大名の妻子は幕府への人質に他ならない。それで、国元のお吟様との子、七歳になったばかりの竹千代を急遽江戸へ送る事となった。

気候も安定した五月一日に、竹千代は数人の家臣とともに江戸に発った。順調にいけば今月の下旬には江戸に着き、来月には将軍にお目通りを果たし、花房藩の正式の世継となる。

だが竹千代は七歳と、あまりに幼い。

それで信久の弟、和久の名が次期藩主として取り沙汰されるようになった。竹千代は側室の子だが、和久は先代の直系である、うんぬんと、それらしい理屈はついているが、要は権力争いにすぎない。片桐監物と江戸家老の村上仁右衛門、この二人の対立が元にある。村上が江戸藩邸で必要な金を送れと申しつけても、何やかやの理屈をつけて良くて半分、ひどい時には三分の一も送ってこない監物は村上にとって敵でしかない。

監物にとって、国元の財政を知ろうとする村上は目ざわりでしかない。そんな村上に竹千代が取り込まれる事は避けたい。

それで和久の名を出した。だがここにきて、今の花房藩を根底から引っくり返すような噂が飛び込んできた。

「はあ、竹千代君、さまさまで良いので、ないんではなかろうかと」

和久とは江戸で一度釣りをしている。

「太平。和久が、たなご釣りをしてみたいと言ってきたのだが、どうする」

花房藩の下屋敷で、信久が実に楽しそうに聞いてきた。

「たなご、ですかあ……」

太平、信久のお供で一度たなご釣りをした事がある。その時は、さる大藩の下屋敷に造られたたなご釣り用の堀で竿を出した。広大な庭園の中に水深は二尺ほどでさしわたしは一間（一・八メートル）ほどの、堀というよりは田園を流れる小川といった風情のものが、半町（約五十メートル）ほどの長さで二本、二間ほどの間隔で清らかに流れていた。たなごが隠れられるようにヨシやら色々の水草も生えているのだが、今は釣りの邪魔にならぬように一定の高さで切りそろえられている。

その日の客は三十人ほどだったので、一本の堀をはさんで釣りをした。堀にはところどころに板橋がかけられているから、小者たちが茶やら酒やらを持って往来するのに不便はない。

客は大名が、主人と信久のほかに二人。他は留守居役（家老格）旗本、商人と雑多ではあるが、一様に裕福そうな客たちであった。

そして、釣りの前に道具自慢が始まった。いかにも大名道具といわんばかりのうるし塗りやら金蒔絵のほどこされた釣り箪笥。中から出された竿の一本には螺鈿（らでん）細工までほどこされていた。

「はあ……何のためにあんな竿がいるんでしょうか」

幸いこの時の太平のつぶやきは「太平、仕掛けを取ってくれ！」の信久の声に消されて、誰にも聞かれずにすんだ。

「ええ、確かに面白い釣りではあります」

繊細なまでに巧緻に造られたたなご竿は、一寸にもみたないたなごの小さなアタリを

「ぷるん」と、目にも手にも大きく伝えてくれた。

だが釣ったたなごは後で水に返すという。そこがどうしても太平には納得がいかない。

「ええ、そもそも食べない魚を何のために釣るのでしょう」

釣りあげた魚を見れば「うわぁ、ぷりっぷりです。早く食べたいですね」、あるいは「うわぁ、やせすぎです。ええ、これは海に返してあげましょう。ええ、もっとおいしくなった頃にまた釣られてくださいね」。

もちろんたなごは食べられる。限られた淡水魚しか獲れない土地では貴重なタンパク源となってきたのだ。だが小さな魚は三枚におろせない。骨ごと食べるには煮込むしかない。たっぷりの砂糖と醤油で。

「ええ、私も甘露煮は大好きです。でもあれって、魚は何でもいいと思いませんか？」

幸いたなごの季節は終っていたので、船での五目釣りとした。

そして和久は見事に良形の皮ハギを釣り上げたのだが、気味悪そうに見るだけで触れようともしなかった。

竹千代とはまだ釣りはしていないが、食事は何度か一緒した。

「いろはもどうぞ。太平のお弁当はおいしいですよ」

信久の膝に座り、自分の膝に五郎八の頭を乗せる。体を乗せるには、竹千代の膝は小さすぎるのだ。

五郎八は腰を落としたまま、首を伸ばして竹千代の膝に頭を乗せる。苦しそうな姿勢に見えるのだが、当人（猫）は至って幸せそうに、竹千代におでこを掻いてもらっていた。

「ええ、やっぱり竹千代さんでいいです」

「竹千代君。それが殿のご意向か？」

堀江が、隣りの部屋に入った監物にも聞こえるように声を少し張り上げる。

「さあ」

太平の返事は頼りない。

「我らは、和久公こそが次期藩主にふさわしい。そう考えておる」

太平を相手に駆け引きは時間の無駄。そう悟った堀江が単刀直入に切りだした。

「竹千代君はあまりに幼い。殿に不慮があった時、この不穏の時勢を乗り切れるのは和久公よりおらぬのだ」

つまりは、裏で和久を操る監物しかいない、そう言う事だ。

「分かるであろう、太平」

「でも、肝ぱんぱんだったんですよ」

あんなにおいしそうな皮ハギは滅多（めった）に釣れないのだ。

もちろん不穏の時勢というのが、異国船があちこちに出没している事らしい、とは太平にも分かるが興味はない。異国にはどんな魚がいて、どんな釣り方をするのだろう。その程度の興味でしかない。

これは太平に限らない。当時の日本人のほとんどがそうだ（魚と釣り方ではなく）。そもそも日本国という発想がない。藩が国だから、「どこか他所の国に、他所の国の船がきたらしい」

その程度だ。まさかアメリカという国が、鯨を獲るために開国を迫る。そんな日がくるとは誰も想像もしていない。

「近頃妙な噂が流れておる」

堀江が、真剣な面持ちで身を乗り出す。ここからが今日の本題だ。

「はい、実に、遅いであります」

お茶を置いていったきり、誰も顔を出さない。さっき隣りの部屋でお梅さんの声がしたからそちらの相手もあるのだろうが、それにしても遅い。

「あ、葛切りです。ええ、ですからこんなに遅いんです」

脇鍋のちょろさんが作る葛切りは絶品なのだ。夏の盛りに、薄切りの西瓜を浮かべた葛切りを、何度もお代わりをして小夏に怒られた。その時を思い出したら、つっとよだれが一筋落ちた。

「太平！」

太平の幸せそうな顔を見ると無性に腹が立ってくる。

「殿が海堂藩から養子を迎える、そういう噂だ。何か聞いておらんか？」

「うーん」

太平が考え込む。興味のない話は耳を素通りする。それでも、耳のどこかに引っかかっている時もある。必死で思い出すが何も浮かんでこない。

「それは、大事な話、でござりまするか」

「もちろんだ。我が藩の将来に関わる重大事だ」

「なあんだ。だったら絶対に聞いておりられません。ええ、そんな大事な話を、私にするはずが、ないのでござりまする」

太平が笑顔で断言し、堀江も納得した。

「いつ、どこで、誰と、何を釣る」

聞いた堀江が赤面する。だが仕方ない、太平相手では、このくらい直接に聞くしかない。

「はい。そこが実に玄妙で、あらせられまして。ええ、鯛を釣りたいのは、海ほどであらせられますが、時期を考えますれば、白ギスであらせられまして、だってで、ござりますよ」

堀江には興味のない話が、次から次へと続いていく。

「何日だ！」

「はい。次の大潮の、前か後でござり奉ります」

「大潮？」

堀江は釣りをしないし海に馴染みもない。

「はい、次の十五日が、大潮で、ござり奉りまする」

当時の暦は月の動きに合わせているから、一日は新月、十五日は満月と決まっている。そしてその頃が、潮が最も大きく動く大潮となる。大潮の後が中潮、次が小潮、長潮と満ち干の差が小さくなり、若潮、小潮、中潮と大きくなって、半月で再び大潮となる。

「あ、こんな無駄話をしている時ではあられません。ええ、徳造さまに、お会い奉らねば」

徳造は三十年近くも釣り御用の船を漕いできたのだ。この辺りの海を知り尽くしている。

「はい、失礼します！」

勢いよく立ち上がった太平が、すぐに崩れて落ちた。

「あ、じん！」

慣れない正座のせいで、足がすっかり痺れてしまっていた。（ちなみに太平、裃を着けると正座以外ができなくなるのだ）

腹這いになろうとしたが、脇差が畳につかえて邪魔をする。仕方ないから尻をついたまま、手と踵で後退さりをした。

「はい、さようなら、でありまする」

堀江の顔を見ながら、裏返しの這い這いでにじっていく。その姿を見て堀江が立ち上がり、廊下口の襖を開けてやる。

「あり難く、ござり奉りまする。はい、実に助かり、奉りまする」

無言で襖を閉めた堀江の口から、「くっ」と小さな声がもれた。「あいつ、階段はどうする」まさかあの格好で降りはしないだろうが、太平ならやりかねない。

さすがに、階段にたどり着く頃には足の痺れもだいぶ解けてきた。手摺りを頼りに足を一歩降ろしては、「あ、じん」もう一歩を踏んで、「あ、じん」そのじん、が何だか心地よい。

「ええようにあしらわれたな」

盃を口に運びながら、仏頂面の監物が堀江に言葉を投げる。

「ほんま、肝心の事は何一つ聞けんかった」

玉井が言葉をかぶせる。

小柄で四角い顔の監物に対して、片桐家用人の玉井は大柄で恰幅（かっぷく）も良く、顔も体も丸々と福々しい。知らないで見れば玉井が主人としか見えない。

「ですが、太平は釣りにしか興味のない男」

だから我々の邪魔にはならない。そう続けたかったのだが。

「つまりは、あっても無（の）うてもええお役の、おってもおらんでもええ男。そういうこっちゃな」

監物がにべもなく決めつける。

「友だち相手でやりづらいんなら、後は私がやりましょか」

玉井が意地悪く目を光らせる。

「いえ。太平は、単に昔の知り合いにすぎません」

友だちだったとしても、この国のためなら斬って捨てる。

日本を異国から守るには尊王と攘夷しかない。堀江はそう信じている。花房藩を尊王にまとめるには片桐監物の力が必要だ。だから監物に近づいたのだ。

監物は己の利しか考えない男だ。だから堀江が、京の同志と連絡を取るのも許してくれている。要は尊王が大きな流れとなった時に乗り遅れないためだ。その潮流を作るためならば、自分は草莽の士となって野に倒れてもいい。堀江は本気でそう思っている。

だが、海堂藩の子が藩主となれば話はまったく変わってくる。

海堂藩三男の継虎が英明な人間とは聞いているが、問題は海堂藩そのものだ。隣りに桑名松平家、その奥には尾州徳川家、さらに反対側には紀州徳川家と、親藩にはさまれている。

もちろんそれは花房藩も同じだ。だが海堂藩三十三万石とくらべればあまりに小さい。幕府の目の届かぬうちに朝廷とよしみを通じ監物を取り込む、それは可能なはずだった。

堀江は尊王と攘夷の先には倒幕しかないと考えている。だがその時に海堂藩が倒幕に動くとはとうてい思えない。

だから、海堂継虎は海に沈むしかない。だから、

「私が最後までやります」

太平は、些事にすぎない。

監物は尊王にも攘夷にも興味がない。だから否定する気もない。

「商いゆうもんはどこに転がっとるかわかりまへん。そやから小さな動きをつぶさんと、気ぃかけて目えはって、もし大きゅうなりそうやったら、そん時にごっそりいただけばええんどす。そんだけの力があったらそれができる。金持ち喧嘩せず、ゆうのんはそういうことやとわては思うてます」

監物の盟友、大野屋の番頭、利平の言葉だ。

監物にとって花房藩主が信久であろうと竹千代であろうとかまわなかった。すでに藩の実権は自分が握っているのだから。信久の弟、和久の名を出したのは江戸家老村上への牽制にすぎない。

信久が監物の身辺を探っているらしい。その噂はすぐに耳に入った。

「あのぼんくらが」いくら探ったところで何もでるはずがない。利平と監物で、大きな穴はすでに埋めてあるのだ。小さな穴を好きなだけほじくっていればいい。

だが、海堂藩の子が藩主となると話はまったく違ってくる。それは海堂藩が花房藩を呑み込むことを意味する。

監物は花房藩のために一生懸命に働いてきた。大野屋と組んで多くの事業を起こし、その多くがうまくいき大きな収益を生んでいる。その一部を私するのは。

「ちゃう。あの釣りバカ殿にまかせたらせっかくの金が泡のように消えてまう」

それくらいだったら、自分と大野屋の手に残しておいた方がいい。

「いざという時のため、つまりは藩のためいうこっちゃ」

実際、幕末の動乱の際には、片桐家から没収した家財のおかげで花房藩はずい分と助かったのだ。

「問題はや……」監物の最大の悩みは、花房藩が海堂藩に実質的に併合された時に利平がどう動くかだ。

大野屋は海堂藩三十三万石の御用商人でもある。もし、海堂継虎という男が藩主となり、花房藩の財政を精査せよと命じれば大野屋が乗り出してくる。そして、利平は監物を切り捨てる。

利平は大野屋にも利を与え続けていたのだ。大野屋が利平を処罰することはありえない。だから利平はすべての非を監物の所為とするだろう。

継虎という男が信久のように凡庸であり、海堂藩も花房藩には興味を持たないだろう、とは監物は考えない。利平は必ず自分を裏切って大野屋に、そして海堂藩に注進するだろう。

当然だ。自分だったら必ずそうする。

だから海堂継虎には消えてもらわねばならない。信久は、まあ、ついでだ。

「語る人間を一人も残さぬこと」

それが最も重要となる。当然、太平とやらも海に沈む。

第五章

五月のやぶからし

一

「ほ、本当に、これ、いただいてよろしいので、ありまりまするか？」

ようやく松風の台所にたどり着いた太平の前にお膳が出された。お膳には飯、汁、香の物、それに蓋付きの小鉢が並んでいる。

「あんたのこっちゃ、お昼食べたかてとっくにお腹空いてるやろ。それに、元々はあんたに出るはずやったんや。遠慮せんとおあがり。ただし、刺身と焼き物は自分でせえや」

小夏は機嫌がいい。太平が、監物とは食事をせずに帰ってきた。それで充分だ。

「はい、もうこれで、充分であらせられまして」

すぐに座ろうとする太平の袴の腰板を、お梅がぐっとつかんでもう一度立たせた。

「まずはこの怪体（けったい）を脱いでからや」

お梅に裃を脱がせてもらいながらも、太平の目はお膳に釘づけとなっている。

「おあづけくらった犬か！　はい、もうええで」

お梅に尻をぽんとはたかれて、座った太平がすぐに箸を手にする。

「感心、感心。そこは犬と違うな」

お梅が、太平の裃を畳みながら軽口を飛ばす。

お梅は、太平がスズキを背負ってきた時から太平が可愛くてならない。

「わしがもう何年か若かったら、太平の嫁さんになってやんのになあ」

「何十年やないと太平がかわいそうやで」

お梅の口癖に、小夏が必ずそう突っ込む。

「うわあ、アワビと菜花の酢の物ですか。ええ、菜花の黄いが本当にきれいです」

小鉢をのぞき込む太平の顔が、へへへの字となっていく。

菜花は菜の花の事だ。菜種油が特産のこの地では、春ともなれば菜花の里と呼ばれるほどに、一帯が黄色に染め上がる。松風ではその菜花の蕾や葉や茎を、さまざまに漬けて折々に使う。

「はい。菜花で行く春を惜しんで、旬のアワビで来る夏を思う。ええ、実に鬼カサゴさんらしいです」

太平の一人言を、ゴンが手を動かしながらもしっかりと聞いている。普段は面倒な太平の一人言も、この時ばかりは聞き逃さない。ゴンが気づかなかった鬼カサゴの趣向も遊びも、太平は必ず気づいて一人言で解説してくれるのだ。

「あれ、ご飯もアワビですか？」

飯椀の中の炊き込み御飯にも、薄切りの鮑が見え隠れしていた。

太平の言葉に、ゴンと小夏がにっと目を交わす。さすがの太平でもこの趣向は分からないはずだ。

「なぜ重ねたんでしょう？」

小鉢に鮑、御飯にも鮑、主役が重なっている。

客の胃袋には限界がある。だから、旬の食材を色々と楽しんで欲しい。そう考える料理人は、主役が重ならないようにと気を配る。

「あ、違いました。こっちはトコブシでした」

一切れを口にした太平の言葉に、ゴンと小夏があきれたように目を合わせる。

鮑とトコブシは、見た目も味もほとんど変わらない。鮑の方が大きく育ち、トコブシの方が節が大きい、違いはそのくらいだから、トコブシは鮑の子、そう思っている人も多いくらいだ。

それを、切身の一噛みで見極めた。

「はい、旬のアワビと走りのトコブシ。ええ、初夏と盛りの夏。生のアワビの歯応えと、炊いたトコブシの柔らかさ。噛むほどに出るアワビのうまさと、噛んですぐのトコブシの甘さ。ええ、見事なずらしです。さすが鬼カサゴさんです」

似てはいるが違った物。あるいは、主で使った物を脇に、脇で使った物を主にずらす。料理人の知恵と工夫が生み出す遊びでもある。

「ほんま、太平にはかなん」

何で重ねたん？　小夏が鬼カサゴに聞いた時の答えそのものだ。いや、太平の方がもっと分かりやすい。

「ほんま、早うしくじれや太平」

そうなったら、すぐに松風（うち）の子にしたる。

「お女将さん、大変です」

大変、と言う割には、明るく弾んだ声が台所に飛び込んできた。

「五月さん！」

太平の箸からご飯がこぼれて落ちる。

「太平さん？」

息せき切って飛び込んできた、五月の目が大きく瞠かれる。

「はい、太平です」

空の箸を口に運び、空の飯をもごもごする太平の目は、五月の顔に釘づけとなっていた。

「見知りか？」

小夏の小鼻がぴくんと跳ねあがる。

「あ、はい」

五月が昨日の事を話しかけて、もっと大事を思い出した。

「お客様です。旅のお方が二十人です」

五月の声に得意が混じっている。

「二十人の客を、受けた。そう言う事か？」

小夏が静かに確かめる。

「あ、はい。大丈夫ですって……」

お客あってのお店やで。そう言われたお客が二十人、当然喜んでもらえると思っていた。

「ゴン？」

小夏がゴンを見ると、ゴンが首を大きく横に振っていた。

「無理です。材も人も足りません」

今、板場にいる職人はゴン一人。後は子供だけだ。

松風は予約で客を受ける。魚は前もってその人数分を注文する。もちろん、断れない飛び込みもあるから多少の余裕は見る。だが、とても二十人には応えられない。

断るしかない。

「宿は？」

先に乗り込んで謝るしかない。

「それが、聞いてません。お客様は室田屋様と源伍様、それしか……」

五月の声も体も小さくなっていく。

近くの宿だけでも二十軒ほどはある。ひとまず子供たちに線香を持たせて、街道の北と南に走らせる事にした。

「室田屋はんか源伍はん、お泊りやないですか。そう聞いて歩くんや。線香が持てんようになったら帰っといで。火はちゃんと消すんやで」

線香が持てなくなるまでで小半刻。（約三十分）それより遠くの宿からわざわざやってくるとは思えない。

「ゴン、二十人分、いや四十人で御飯炊いて！」

この時代、成人男子は一食に二合ほどを食べたというが、松風では料理が主だから、一人一合を見る。だが今回は料理がない。だから四十人前だ。

客がきたならひたすらに謝って、簡単な弁当を持って帰ってもらう。もちろん代は取らない。迷惑をかけたのはこちらなのだ。

まさか入って十日の女子衆が、二十人の客を受けるとは思わなかった。「そのくらい言われんでも分かるやろ」とは、小夏は決っして口にしない。

女子衆に、色々を言うのがお女将の仕事だ。言った事が守れなかったのなら怒る。だが、言っていない事では怒れない。五月は悪くない、太平と遊んでいた自分が悪いのだ。

「二十人くらい、大丈夫ですって……」

体を縮ませた五月がか細くつぶやく。

五月が入ってからの松風には、昼と夕を合わせて、百人近い客が連日入っていた。だから二十人くらい、そう思った。

百人を相手にするには前もっての仕込みが要る。松風で前日の予約を受けるのは五人までだ。二十人なら、最低でも五日前でなければ断る。冷蔵庫も冷凍庫もない時代だ。魚は前もって頼んで、その日に持ってきてもらうしかない。

その事を五月はまだ知らなかった。五月の眼の端に涙がにじんでいく。

そんな五月を見ながら、太平は黙々と飯を食い続けている。松風には八つつからの出入りだ。急な二十人の大きさも良く分かる。だからひたすらに飯を食う。今、太平にできる事はそれしかない。

「泣きなや、五月。今は泣く時やない。泣いてええのんは全部が終わった時や」

そうは言ったが、何が全部で、終わりが何だかは小夏にも分かっていない。

さてどうすれば、と考える小夏の前で太平が飯を食っている。五月をじっと見ながら飯を食っている。小夏の小鼻がぴくんとなった。

「ゴン、残った火薬（加薬御飯、炊き込み御飯）と香こ出して！」

「そやけど、お客さんきたら」

「どうせ二十には足らん。みんな今のうちに食べて。腹が減っては戦ができん、や」

そしてこの後、本当に松風の存亡を賭けた戦いが始まるのだった。

「わっしら江戸からの伊勢講中ですが、予定の宿（しゅく）をはぐれてこちらの宿に飛び込みました。幸い旅籠（やど）は手当できましたが、飯と汁しかできねえと言われました。水盃で江戸を発っての長道中、朝と昼はともかくも、夕だけはまともな飯が拝みてえ。そう言いましたらこちらさんを紹介されました。聞けばご城下でも一、二というお店だと言う、こいつは願ったり叶ったり。そうは言ってもお店の都合もあろうかと、最前におうかがいしましたら二つ返事でのお引き受け。地獄に仏たあまさにこの事、実にありがとうございました」

陽に灼けた精悍な顔が、歯切れよく一気に語って深々と頭を下げる。

五月と二人で表座敷に詰めていた小夏が、思わず心の中で唇を噛む。謝る前に頭を下げられた。話の筋もしっかり通っている。だが、断るしかない。

「こちらこそありがたいこっておます。お江戸から見たらこんな細（こん）まい町で、一、二やなんてお恥ずかしいことでおます」

小夏が畳に手をついて、にっこりと微笑む。

「そやけど、今日はあまりに急な話ですよってに」

小夏の言葉に、男のくっきりした眉がぴくんと跳ねる。

やはり断る気か。当然だ、急の二十人だ。ちゃんとした料亭なら断る。だが、許す気はない。

最前に、源伍は旦那と八五郎とともに松風を訪れた。無理は承知の上だから、二、三品、酒の肴になりそうな物をあつらえてもらえないか、そう言って頭を下げる気だった。

「二十人くらい、うちなら大丈夫です」

玄関座敷に居た大柄の仲居が、いとも簡単に受けあった。

「よろしければおつもり（予算）をお聞かせ願いますでしょうか」

一見（いちげん）さん（初めての客）を相手にした時の、お梅さんの言葉を真似してみた。

「姐さんとのお籠（こも）りなんざごめんこうむらあ！」

八五郎が吠えた。今日は仲間たちから文句の言われっぱなしで気が立っている。

「もうちょいと良い女となら」

「ゴツ」

「痛ッ」

源伍の拳固が八の頭を撫でた。

「すいやせん姐さん。五月の鯉の吹きながしってこって許してくんねえ」

「五月の鯉？」

「そうか、ご存知ねえか。いえね、江戸っ子は五月の鯉の吹きながし、口先ばかりで腹わたはなし。そう言う狂歌があるんでさ。口は悪いが悪気はねえってね」

言っている事は良く分からなかったが、小娘相手でも、きちんと説明する姿は好ましく思えた。

「松風の夕膳は、上から、松、風、流となっております。松は」

「松で願いましょう。何ならお代も今すませましょうかな」

後ろに控えていた、身装りも物腰も、いかにも旦那然とした五十がらみの男が、優しい笑顔を浮かべていた。

「いえ、それには及びません」

松風で前払いなど一度も見た事がない。

「松で二十人様。確かにうけたまわりました」

深くお辞儀をした五月が頭を上げた時には、すでに三人の姿はなかった。

「気に入らんな。二十ってそんなに小っちゃな数か」

室田屋の顔から笑みは消えている。

「はい、気に入りません」

源伍の顔も険しい。

室田屋常蔵。江戸の古石場町で細々と続いていた材木商を、一代で木場の大店と肩を並べる店に育て上げた。別に荒事をした訳ではない。常蔵は「確実」それだけを目指した。できない仕事は請けない。請けたら確実にやり遂げる。その一筋を貫いた。

檜百本を請けたら百本をそろえる。他の材木商のように明日檜を忍ばせたりはしない。半端な檜より良い明日檜があれば、客に話して明日檜として売る。いつしか室田屋には、「誠実」と言う看板も加わった。

木は商品であると同時に投機の対象でもある。火事と喧嘩は江戸の華、一度大火が起きれば木材の値は何十倍にも跳ね上がる。

紀国屋文左衛門が財を成したのは、蜜柑ではなく木だ。蜜柑で当てた金で材木商となり、吉原の大門を閉め切る（一日千両の金が動くと言われた吉原を、町ごと一日貸し切った）ほどの分限者となり、そして一代で消えた。

そんな投機に目の色を変える木場の大店にとって、木は買ってもらう物ではなく、売ってやる物だ。だから半端な材も平気で数に入れる。

良い材で良い仕事をしたい。そう思う棟梁たちが、自然と室田屋に集まってきた。源伍もそんな大工の一人だった。良い材と正しい値、そして良い大工。その評判を聞いて、建主が直接、室田屋に話を持ってくるようになった。室田屋は客の要望を聞いて棟梁を紹介し、三人で話して材と納期を決める。そして確実に納期には完成させる。

今では十人以上の信頼できる棟梁と付き合い、一声かければ百人以上の大工が駆けつける。それだけの店となったからこそ、お伊勢参りにも出かけられる。

「源伍。わしがお前を好きなのは、なかなか首を縦に振らんところや。とことんの吟味を尽くしたお前が首を横に振ったら、どんな義理があってもその仕事は断る。お前が首を縦に振ったら、もう家は建ったも同然や」

室田屋が足を止めて源伍を振り向く。

「わしが許せんのは安請け合いだ」

室田屋の眼の奥に怒りが燃えている。

「はい」

安請け合い。そのせいで室田屋も源伍も、何度か煮え湯を飲まされている。

一番大変だったのは、源伍の兄弟子だった棟梁が「ああ、大丈夫です。まかせてくだせえ」そう言って室田屋から受けた仕事だった。

その棟梁は腕も良いし人柄も良い。それで、工期としてはいささかきついその仕事をまかせた。だが、工期半ばで逃げた。仕事はほとんど進んでおらず、仕入れた材も売り払っていた。

最初からそのつもりだったのではなく、人の良さを他の大工につけ込まれて仕事がほとんど進まない。受け取っていた前金も、大工たちの前借りに応えている内に底をついていた。これでは到底間に合わない。それで、青くなって逃げた。

材を売ったのは、その棟梁を喰い物にしていた他の大工たちとは後で分かった。

この時ばかりは、室田屋も店の潰れるのを覚悟した。だがその時に、源伍を初めとする大工たちが駆けつけ、自分たちの現場とかけ持ちで、何とか納期に間に合わせてくれた。

「あの時ほど腹の立った事も、あの時ほど嬉しかった事もない」

だから安請け合いだけは絶対に許せない。

「もちろん、ちゃんとした料理が出るのなら、何の文句もありません」

「はい」

だが、もしも安請け合いだったのなら、あの店を許す気はない。

二

「申し訳ございませんが、松は無理ですねん」

小夏の言葉に、源伍の眼が険しくなる。

「ですが、そちらのお姐さんは松で大丈夫、確かにそう言いなさった」

小夏と並んで座る五月は、先ほどの挨拶で下げた頭をそのまま上げられずにいる。

「はい、それはもう私どもの落ち度でござりまして、ほんに申し訳ない事でござります」

小夏が再び頭を下げ、五月もさらに下げる。

「お客様のお越しにならはったんが、ほんに玄妙の時分刻でしてん」

「げんみょう？」

源伍には字も意味も浮かんでこない。

小夏だって意味なんか知らない。太平の口癖が、ついっと出てしまっただけなのだ。だがその「玄妙」に源伍が戸惑っている。だったらこのまま走ればいい。

「夕の予約をお受けできるかできんかの、実に玄妙の時分刻でしてん。ほれ、この娘入ってまだ三日目でっしゃろ。その辺がまだ分からんかったんどすな」

源伍の眉がぴくんと跳ねる。入って三日目（本当は十日目だが）かどうかは源伍には関係がない。

「へえ、三日でも十年でも店の者に変わりはおへん。ほんに申し訳ないことでござります」

小夏が再び頭を下げ、五月も、「申し訳ございません」と頭を下げたいのだが、すでに額は畳に着いていて、これ以上は下げられない。

「う、ん」

源伍は最初の口上で作ったはずの、喧嘩への道筋を見失いかけている。素直に部屋に通されるか、断られるかの二つに一つ。のはずだが、いまだにどちらでもない。

断る時には店の主人か番頭が出てくると思っていたが、目の前にはしゃきりとした顔立ちの中年増のお女将と、大きな体を小さく縮めた娘の二人。しかも、お女将のはんなりした上方言葉が源伍の切っ先を鈍らせる。どうにも江戸での喧嘩とは勝手が違いすぎる。

「ご注文での受け答えは教えとります。そやけど、まさか話の途中で帰られるお客はんがおるかも知れん。そこまでは教えとりませんどした。な、五月。お客はんいうても、地(じ)ぃのお客はんみたいに気い長のお客はんばかりやないんやで。ほんにええ勉強させてもろたな。ほれ、頭上げてお礼言い」

「はい。ありがとうございました」

源伍を見上げる五月の目には、薄っすらと涙がにじんでいた。

「お、おう」

いいって事よ。源伍が言いかけて、喉元で止めた。それを言ったらすべてを許した事になる。

『危ねえ。食えねえ女狐だぜ』

『残念。ここで喰いついてくれたら楽やったのに』

「そん時にお伝え仕損(しそこ)のうたんが、松と風は旬日（十日）替りのお献立で中が決まっとります。そやよってに数に限りがおす。流れは日立てですよってに融通もききます。早速板場に聞いて見ますよってに、どうぞお腰なとおかけになってお待ちください。そう続くはずでしたん。そやけど顔を上げたら誰もおらん。どうしてええか分からんなってもうて、可愛そうにこの娘、ずっとここで泣いてましてん」

『嘘だ！』そうは思ったが、今それを言っても意味はない。

「で」

「へえ、板場に聞きましたら今日お出しできるんは流れしかおへん。そう言うてますねん。いかがいたしましょ」

小夏が言って、ふわりと微笑む。

「では、それで」

そう言うしかない。断られたのなら喧嘩にできるが、献立が変わったくらいでは文句は言えない。そもそも、「松」がどんな料理かも知らないのだ。

「連れは後でくる」

宿の風呂が小さくて、一度に二人ほどしか入れない。先に入った室田屋と源伍、その後に一人で入った相撲松。風呂嫌いの八五郎と熊七の五人が先にきた。残りは風呂が終った順にくるだろう。

「それでは、お食事は皆さんがおそろいになられてから、ゆうこって」

小夏としてはありがたい。誰かが迷子になってくれたらもっとありがたい。

「お女将、大丈夫か？」

広間に五人を案内し、五月を残して廊下に出ると、お梅が心配顔で立っていた。

「大丈夫やない。ああ、何で受けてもうたんやろ」

どれだけ頭を下げても断る。そう決めていたはずなのに、気がつけばこうなっていた。

「あの源伍たらいう江戸者。あいつ最初から喧嘩腰やってん」

物腰こそ普通だが、小夏の言葉の一つ一つに、隙あらば切り込む。そんな緊張がずっと流れていた。

やれるもんならやってみい。小夏も、ついむきになってしまった。

「堪忍な。またみんなに迷惑かける」

小夏が肩を落としてうなだれる。

「せや、ゴンに話さならん。お梅はん、しばらく玄関守って」

「二階の監物は？」

「あんなんどうでもええ！」

きっと顔を上げ、小鼻を二度ほどぴくんとさせて台所に向かっていく。

「変わらんなあ、小夏っちゃんは」

お梅が、小夏の後ろ姿に楽し気につぶやく。

十六で、鬼カサゴを引き連れて松風に乗り込んできた小夏。真っ直ぐで勝ち気で負けず嫌い、二十年経ってもまったく変わらない。

「爺婆じゃねえんだ。江戸っ子が雁首そろえて茶なんか飲んでられっか。酒だ、酒持ってきやがれ」

「ゴッ」

お茶を注ごうとした五月の前で、八五郎が頭を抱えて突っ伏した。

「茶はそっちだけで、あとは酒を願いやす」

源伍が八五郎の頭を撫でた手で相撲松をさす。相撲松はその図体に似ず酒に弱い。二合か三合でことんと寝てしまう。だけど、今日は寝かすわけにはいかないのだ。

「当ては塩か味噌で充分なんで、まずは酒をままで二十ほど。途中で燗（かん）を頼む奴がいたら十ほどずつ出してくだせえ。ま、酔えば熱いも温（ぬく）いも関係ねえ連中ですが、とにかく酒は切らさねえ、そこんところをよろしく頼んます」

とにかく酒が好きで強いのがそろっている。それで旅の初めに決め事をした。普段の日は昼に一合、夜は二合まで、その代わり五日目毎は好きなだけ。今日がその五日目だ、だから飯と味噌汁だけではすませられなかったのだ。

「ただし、こちらの旦那にはやや燗を願います」

「面倒を言って悪いが、少し腹が弱いんでな」

室田屋が申し訳なげに微笑む。

「はい、承知しました」

五月が勢いよく立ち上がり、室田屋と源伍が目を交わす。『また、安請け合いか？』

「あ」

五月が座り直して室田屋に向かう。

「あのう、私、お酒のことよく分かりません。言われた事はそのまま伝えます。でも上手く伝わらなかった時には、またお聞きにあがると思います」

五月、酒は好きだが燗へのこだわりはない。

「ほう、そのまま伝える」

室田屋の目が細められる。

「あては塩か味噌で充分なんで、まずは酒をままで二十ほど……」

そっくりなぞって見せた。五月は必死だ。これ以上松風に迷惑はかけられない。


「やや燗？　ぬる燗とどう違うん」

「さあ」

小夏が知らない事を五月が知るはずもない。

「ままと人肌の間、そんなとこやないか」

台所の廊下口から、ごま塩頭にごま塩の不精髭。ひょろりと痩せた爺さんが、下駄をぶら下げて入ってきた。

「善じい！　地獄に仏や。頼む、助けて」

仏よりは貧乏神に似ている善じいに、小夏が手を合わせる。

善助は松風の下足番兼お燗番で、松風の裏の寮に住んでいる。今日は休みとなったからのれんで飲もうと思って出てきた。裏の木戸よりは、店を突っ切って表通りに出た方が早いから、店の厠口から廊下に上がった。

「あいよ」

お女将の小夏っちゃんに頼まれたら断れない。それに、今日はここで飲んだ方が面白そうだ。

「恩に着るで善じい」

二十人の酒呑み相手に、善じいほどの心強い助っ人はいない。


「この屋、壊すとしたらどうする」

五月が出ていくとすぐに、室田屋が源伍に聞いた。

「表からここにいたるまで、きっちりと造作がされてやす。わっしの目には弱が見えやせんでした」

旅に出て気付かされたのが、街道筋の町屋の一軒一軒の造作の確かさだった。何年かに一度は大火で燃えて、急普請、急ごしらえを繰り返す江戸とはだいぶ違っていた。

「松、おめえならどうする？」

源伍が相撲松に話を振る。家を壊すのに、相撲松の右に出る者はいない。

「こ、壊すんですか？」

ひょっとしたら喧嘩になる。そうは言われたが、家を壊すとは聞いていない。

「あ、あっこの柱。い、色の違うのを揺(ゆ)れば、こ、壊れる」

「色？　どれだ」

源伍が立って、相撲松の指差す柱に向かっていく。六十畳ほどの広間の庭側には、障子戸と四本の柱が立っている。近くに行って見たが、松の言う色の違いが見えない。それで、柱を舐めた。

「鉄(かね)、か」

鉄漿(かね)を擦(す)り込んで他の木と時代を合わせていた。

「上は後づけか。いい仕事してやがる」

二階を建て増しする時に天井と床をはぐってみたら、柱の天元か根元が腐っていたのだろう。

「それで四本をすげかえて上と継いだ。松、おめえすげえな。俺にはまったく見えなかったぜ」


相撲松は、水戸の田舎の小作人の三男坊だった。

近くの村にきた相撲興行を見にいった時に、興行師に体を見込まれて相撲に誘われた。

「飯は好きなだけ食わしてやる」その言葉に嘘はなく、松吉は生まれて初めて、白い飯を腹一杯に食った。

十二で相撲部屋に入り、十三で土俵に上がった。顔は子供なのに体は大人に引けを取らない。「今金太郎」とも呼ばれたが、金太郎の四股名が他にいたので、本名の松吉にちなんで「松太郎」となった。

人気も番付けも順調に上がったが、前頭で止まった。その時十七。もう子供の顔ではなくなり人気も陰ったところで、今まで手加減をしていた大人たちが容赦をしなくなった。

地力はあるのに、気が優しくて相手を潰せない。そこにつけ込まれて黒星が増えていく。番付けもどんどん下がり、そして二十四でお払い箱となった。

十二から十二年、相撲の世界しか知らぬままに放り出された。

足は故郷に向かったが、水戸街道につながる橋の前で足が止まった。松太郎の仕送りで、父は小さな田を手に入れて小作ではなくなったが、とても松太郎を食わせる広さはない。

気がつけば、橋の欄干に鉄砲をかませていた。涙を流しながら鉄砲をかませているところを、源伍に拾われた。

「いい鉄砲だ。松太郎さんよ」

振り返ったら、陽に灼けた顔が優しく松太郎を見つめていた。

「おめぇさんの鉄砲も凄げえが、そいつにびくともしねえこの橋も凄げえと思わねえか」

相撲好きの源伍は松太郎を知っていた。地力は無類なのになかなか勝てない。近頃は土俵で見なくなった。怪我か病気かと案じていたら、夕陽の中で、橋に向かって鉄砲をかましていた。

「当分は俺について回んな」

源伍にしても、松太郎の使い道に当てがあった訳ではない。大工として育てるには薹が立ちすぎている。だが源伍も、幸い人一人にただ飯を食わせるくらいの余裕はできた頃だった（実際には三人前を食われたのだが）。

松太郎は源伍についていって現場を見る。見るだけで何もしない。言われれば何でもする気はあるのだが、源伍は何も言わない。棟梁の客分の元関取に指図する者もいない。松太郎も人と話すのは苦手だから、現場で家が建っていくのを、あるいは壊されていくのを、黙ってひたすらに見続けた。

気がつけば一年ほどが経った頃に、現場で厄介が持ち上がった。

その現場は建て替えだった。建てるのは大工の仕事だが、壊すのは鳶の仕事だ。

だが、その鳶の親方が源伍に遺恨を持っていてなかなか壊してくれない。毎日形ばかりの仕事をしては帰ってしまい、いたずらに日数だけが過ぎていく。

「仕方ねえ」

このままでは納期が守れない。喧嘩覚悟の談判。源伍が決意した時に、松太郎が前に出た。そして無言で着物を脱ぎ捨てて褌一丁になると、解体途中の家に向かっていった。

家は屋根瓦や畳、建具。床板も天井板も外され、土壁のほとんども壊されてはいるが、まだ一軒の家として建っている。

松太郎は中に入ると、一際太い大黒柱を抱え込み、地面にしっかりと両足を踏ん張った。

「どすこーい。どすこーい」

掛け声とともに全身の筋肉が盛り上がり、真っ白な肌が赤味を帯びていく。

「てめえッ！　何のつもりだ」

焚き火を囲んで長い昼休みを取っていた鳶の衆が、血相を変えて松太郎に詰めよっていく。

人一人でどうにかなるはずもないが、自分たちの現場を荒らされる訳にはいかない。喧嘩となればやくざとも五分で戦う連中だ、元相撲取りなど怖くもない。

「どすこーい。どすこーい」

男たちの足が止まった。誰もが、松太郎は柱を前後に揺すっている、そう思っていた。

だが松太郎は大黒柱を持ち上げようとしていた。百年以上を生きてきた重厚な造りの家の、全体重のかかった大黒柱を、目には見えぬほどに、持ち上げては落としていた。

「てめぇ馬鹿か。そんな事でびくともするような柔(やわ)な家じゃねえ」

鳶の親方が松太郎に声をかけたその時に。

「ギッ」

大黒柱と梁の継ぎ目がわずかに悲鳴を上げた。

「う、嘘だろ」

「親方。見届けようじゃねえですか。こんな見物(みもの)、一生に一度かも知れませんぜ」

鳶の親方の隣りに並んだ源伍が声をかけた。

「どすこーい。どすこーい」

「どすこーい！　どすこーい！」

いつの間にか鳶の衆も、松太郎とともに声をかけていた。

赤く染まった松太郎の体が白い湯気に包まれ、掛け声が百をはるかに超えた時。大黒柱に掛かった右の大梁が、「ぎしっ」と大きく叫んで抜け落ちた。

松太郎の肩をかすめて落ちた梁が地面を撃つと同時に、他の梁も次々と抜け落ちて、一気に家の上すべてが轟音(ごう)とともに崩れ落ちた。濛々(もうもう)と巻き上がる百年の埃(ほこり)の中に松太郎の姿も消えた。

ようやく視界が開けた時、崩れ落ちた家の残骸の中に、しっかりと大黒柱を抱え上げた松太郎が立っていた。

「いよー、日本一！」

源伍より先に、鳶の衆から歓声が上がった。

そしてこの日から、「相撲松」の通り名がついた。


「わ、わっしと熊さん、そ、それと留さんで揺すって、十か十五。そ、その辺りで柱が倒れる」

「柱は四本だ。八も入れるか？」

「は、八は要らない。ま、間が合わん」

思わず源伍が苦笑する。松太郎は源伍よりも、大工たちの腕も気性も良く分かっている。

「二階も行くな」

「し、下の半分が崩れて、上も落ちる」

「始まったら庭に逃げるか？」

「そ、外は危ない」

広間が崩れれば二階は庭に飛び出していく。

「どこからが危ねえ？」

「あ、あの辺り」

松が廊下に面した、襖壁の中ほどの柱を指さした。

「八、おめえ、あそこの柱の前へ行け」

隣りにいた八五郎を目印の代わりとした。

「何があってもそこから動くんじゃねえぞ」

「へい」

訳は分からないが、兄いと離れられるのは助かる。旅に出てからずっと、源伍の拳固の届くところにしかいさせてもらえなかったのだから。

「あの、小便は？」

「そこでしろ、俺が許す」

これで喧嘩の目算が立った。

「慎二、玄太、デコ。知ってる店行って魚かっぽぎってこい。二十人分だぞ、手に入るまで帰ってくんな！」

「へい！」

ゴンの言葉に、勇んで飛び出そうとする三人を太平が止めた。

「一尾でも手に入ったらすぐに戻ってきてください。知らないお店でもお魚があったら借りてきてください。それと、線香持ってってください」

小半刻。それを過ぎたらもう間に合わない。

「ありがとよ、太平。ぷっ」

ゴンが礼を言う途中で噴き出した。松風の料理人のお仕着せは白の半纏（はんてん）に白の筒袴だが、太平は白の袋袴に白の狩衣（かりぎぬ）。頭には黒烏帽子（えぼし）まで乗っけている。さっきの裃姿も笑えたが、こっちはもっと笑える。

もっとも、狩衣に烏帽子は職人の正装で、（現代でも刀鍛冶がその姿を伝えている）鬼カサゴも客前に出る時はこの姿となる。だから笑ってしまうのは、格好のせいではなく太平のせいだろう。

「合戦やで！」

少し前に、小夏が物騒な言葉とともに板場にやってきた。

二十の客を受けた。

それを開いてゴンが青ざめる。職人は自分一人、しかも手元の魚はわずかだ。とても二十人に松風の料理を出す自信はない。

小夏もゴンには無理だと承知している。腕は板場で一番、時には鬼カサゴの上をいく。だがこんな修羅場をくぐった事はまだない。それに、人見知りが強くて客前に出られない。

「お梅！　太平のお仕着せ」

玄関番を、お喜美と交代してきたお梅に声が飛ぶ。

「へえ」

お梅が、台所の隅に置いてある柳行李の一つを手にする。中は太平のお仕着せだ。松風に出入りを始めた頃の太平が、皆のお仕着せを羨ましそうにながめ、ついでに口にもしていたから小夏があつらえてやった。

「これもや」

小夏が納戸の上から古びた柳行李を取り出す。

「それ、大旦（だん）さんの！」

お梅が息を呑む。そこには松風の主人であり板前だった、小夏の父の板前装束が入っている。

「そしたら、太平を」

人の足りぬ板場に太平が入るのは当然、とお梅も思っていた。だが、まさか板前に据えるとは思っても見なかった。

「ゴン、堪忍やで」

本来なら脇板のゴンが板前の名代となるところだ。だが、小夏は太平とした。ゴンは責任感が強い。ここで失敗り、松風の名に傷をつけたと思えば一生を悔やむ。下手をすれば辞めるかも知れない。だから太平だ。「はい、この次は大丈夫です。ええ、もうわかりましたから」失敗っても、平気でそう言ってのけるだろう。

ゴンは、一生脇板で良いと思っている。だけど鬼カサゴが退く時には自分が板前となる、その覚悟はしている。だけど、それが今日ではあまりに早すぎる。急の二十人に、魚なしでどうすれば良いか見当もつかない。

「はい。太平しかおらん」

本気でそう思った。太平で駄目なら、鬼カサゴでも多分駄目だ。

「ひゃん」

五月の可愛らしい悲鳴が聞こえた。

「へひょっ！」

それほどは可愛くない、太平の悲鳴が後を追う。

五月が広間から戻って台所に入ると、太平が褌一丁となっていた。太平は小柄だが、長年の釣り修業で体はしっかりと鍛えられている。だが長年の釣りの結果として、うまい魚とうまい飯、その二つが太平の体をふっくらと仕上げている。

「あわわ」

脱いだ着物に伸びる太平の手をお梅がぺしっとはたき、ついでに尻っぺたをぱちーんと力一杯に張った。

「ひゃいーん！」

お梅の手の跡が、太平のつき立ての餅のようなお尻にきれいな紅葉となっていく。


「あれは惚れたな」

「うん、惚れたる」

部屋に入った常連二組の注文を通しにきた、お鶴とお竹が廊下口でささやき合う。二人とも太平がスズキを背負ってきて以来のつきあいだ。太平の褌姿など見飽きている。

「六人目やな」

「五人やろ。こないだがお福で、その前がお波留にお亀、そんでお多喜。やっぱ五人目や」

お鶴が指折り数えて言う。

「お女将さん入ってんやん」

「お女将入れたらかわいそうや。あん時太平八っつやで」

八っつのくせに、小夏が近づくだけで頬をぽっと赤らめていた。

「五月ってお福ににとらん？　大っきいとこと鈍くさいとこ」

そう言うお竹は、中背だがけっこうな堅太りの体をしている。

「背えは五月の方がある。乳と尻はええ勝負やけど、お福は腹もあった。五月は肥えてはおらん」

そういうお鶴は、鶴のように細っそりとしている。それもそのはずで、本名を出したくないと言うお鶴のために、小夏が見た目でつけた名だ。

「お波留は気いの強い娘やった」

「そや、太平は乳が大きいか、気の強い娘に惚れよるん」

「お女将は乳は小っちゃいけど、気は一番強い」

「誰の乳が小っちゃいってぇ！」

台所の真ん中で小夏が吠えた。小夏は地獄耳だ。そうでなくてはお女将は勤まらない。

「お竹、あんた広間もかけもって。お鶴、あんた後でお喜美と玄関代わったって」

お鶴は気がきくが、線が細くて力仕事は苦手だ。その点、お喜美は神経は図太いし、何より力がある。二十人の客に膳を運ぶには、どうしてもお喜美とお竹が必要だ。

「みんな、今日は合戦やで。覚悟しいや」

ぴんと背筋を張った小夏の言葉に、女子衆の顔も引き締まる。

「何て顔してんねん。女子衆の武器は笑顔と愛嬌やで。ほれ、笑いなはれ。そや、今日のもんは明日一日勝手休みや。お泊りも勝手やで、なあ、お鶴」

そう言ってお鶴の顔をのぞき込む。お鶴に近頃良い人ができたらしい。そのくらいはとっくに承知している。いつもはつんと澄ましたお鶴の顔が、ぽっと赤らんでいく。それを見て、皆の肩からも力が抜けていった。

小夏の肩からも力が抜けた。「お女将の仕事は、のんびり、どっしり、やで」お梅にいつもそう言われているのに、すぐに頭に血が昇る。大きく息を吸い込んで台所を見回した。ゴンは土間の二連の大竈と、三連の竈を行き来しながら、飯と出汁と炊き合わせの支度にかかっている。善じいは板間の置き竈に鍋をかけ、さらに七輪も並べて、お燗の準備に余念がない。

一人、太平だけが板間に座って、幸せそうにお湯を飲みながら何やらつぶやいている。

「聞かんでも分かる。ええ、どんなお魚がくるんでしょう。初めてのお魚だったら嬉しいですねえ。そういう顔や」

仕方ない、魚がなくては板前の仕事も始まらない。それにしても天下太平の太平楽。本当に太平で良かったのかと、今さらに不安がよぎる。

「太平、客見て来て。五月もついてって」

初見の客には板前が挨拶に出る。普通なら最初の料理の後で顔を出すのだが、今日はそんな事は言ってられない。それに、太平を一人でやる訳にもいかない。

「五月。この客はうちとあんたの客や。それをきっちりと腹に据えや」

「はい」

五月が気丈に声を振りしぼる。

多分、五月は今日が終わったら辞める気でいる。小夏にはそれが分かる。だけど自分が見込んだ女子衆を、そう簡単に辞めさせはしない。

「くりっ、くりっ」

五月の後ろを歩く太平が、小さくつぶやき続けている。

まさか昨日の今日で、それも松風で太平と会うとは思わなかった。しかも、太平は板前として今日の松風をまかされた。

聞きたい事は山ほどあるが、今はその時ではない。自分のせいで皆に迷惑をかけている。

そんな時に。

「くりっ、くりっ」

「そんなに面白いですか、私のお尻」

振り向いたら、案の定、太平の目は五月のお尻に釘づけとなっていた。

「はい。人が歩く時に、こうもお尻がくりっくりっと動くとはまったく知りませんでした。ええ、小夏さんやお梅さんではこうはいきません」

「つまり、私のお尻が大きいから良くわかる。そういう事ですか」

「あ、はい、そうも言えます。お魚だったら、くりっくりっじゃなくてぴっぴっです。ええ、お魚にはこんな立派なお尻はありませんから」

「ふう」

五月が小さく息を吐いて再び歩き出す。

『お女将さん、絶対に間違ってます』

ゴンさんが板前なら安心できる。でも、この太平さんでは絶対に無理だ。やっぱり辞めるしかない。

「くりっ、くりっ、くりっ」

広間に近づくと太平の息が、「はっ、ふーっ。はっはっ、ふーっ」と荒くなってきた。まさか自分のお尻のせいで。そう思うと、恥ずかしさよりも怒りで五月の耳たぶが赤く染まっていく。

「どういうおつもりですか。お店がこんな時に、私の、その、お尻で……」

顔全部が真っ赤になった。

「はい、息を整えています。息を一定にたもっていると、どんな大物が掛かっても慌てずにすみます」

「はあ？」

自分のお尻のせいではない。そう分かって安心したが、なぜ今釣りなのかが分からない。

「今日食べたものの匂いもすべて吐き出します。ええ、それで相手の食い気を測(はか)ります」

ますます分からない。

「部屋に入った時に塩の匂いがすれば、これはもう食い気が立っています。その時には、次の品の塩気と具を増します。ただし、食い気を静めすぎると後の食いつきが悪くなります。食い気を生かさず殺さず、そこが大事と、鬼カサゴさんに教わりました。ええ、五月さんもお客さんの匂い嗅いでくださいね」

「でも、今日のお客さんは、皆さんお風呂上がりでこられるとか」

「はい、好都合です。よぶんな匂いがない方が良くわかります。はい、はっ、ふーっ」

「はい、はっふーっ」


「本日は当屋へのお目見え、実にありがたく存じます。何分にもこの地の田舎料理。舌の肥えたお客様方には物足りぬところもございましょうが、料理人一同精一杯の腕を振るいましての一品一品。是非ともこの一夕をお楽しみいただけますようにと、心より願っております」

口上を終えて深々と頭を下げる太平の後ろで、五月があんぐりと開きかけた口を慌てて閉じて頭を下げる。まさか太平が、こんなにしっかりと挨拶ができるとは。

もっとも、これは松風での客相手の口上の一つで、職人になったら必ず練習させられる。子供たちだって面白がって勝手に覚える。

「何だあ、この店じゃ神主が料理しやがんのか。冗談じゃねえやべらぼうめ。精進料理なんざあ願い下げだ、生臭(なまぐさ)をたっぷり食わせやがれってんだ！」

「ゴッ」

「痛ッ」

源伍の合図で、隣りに座っていた留五郎が八五郎の頭を撫でた。

「無理な注文を受けていただいてありがてえのはわっしらの方です」

源伍が両手を膝に置いて軽く頭を下げる。

「わっしら江戸からの講中ですが、前の宿で案内の御師（おんし）が腹を病んで動けなくなりました。あいにくもう一人の御師が先触れに発った後でした。それで宿に道案内を頼もうとしましたら、そこの馬鹿が」

源伍が顎で八五郎をさす。

「お伊勢さんは二度目だ、道は知ってる。そう言う馬鹿と、それを信じたわっしという馬鹿の二人がかりでこういうはめとなりました」


伊勢街道を行けば道に迷う事はないのだが、あいにく、宿が街道からはだいぶ外れていた。御師という道案内付きの旅だからそれで問題はなかったし、御師としても、そういう宿に客を落とせば見返りもあるのだ。

そして先達（せんだつ）となった八五郎が、最初の一歩を間違えた。東に行けば伊勢街道だったのに西に向かった。三々五々、気の合った者同士が話に夢中となり、昼になった頃。茶屋どころか百姓屋すらない事に気づいた。

「八」

源伍が、前を行く八五郎に静かに声をかける。

「おっかしいなあ？　そろそろのはずなんですよ。あ、あれだ。大揺れ（地震）でもあって道が変りやがったんだ」

言ってすぐに八五郎が首を縮める。だが「ゴツン」はこなかった。

源伍は腕組をして目を閉じている。八を殴るなら、その前に自分の頭に特大を喰らわせなきゃならない。

「それで一日を棒に振りました」

「うわあ、じゃあ皆さんお腹空いてんでしょう。すぐにお結びでもお持ちしましょうね」

「いえ。あくまで流れで願いやす」

源伍の眼がすっとすぼまった。

そう言っている間にも、さらに三人が入って来て席の半分ほどが埋まった。

「うわあ、こんな無駄話してる時じゃありません。ええ、皆さんもう少し辛抱してくださいね」

言って太平が立ち上がる。

「どんな料理が出やがんだ」

八が吠える。

「そんなの分かる訳ないじゃないですか。まだお魚見てないんですから」

「な、何だとお！　魚がねえだとお！」

「ないとは言ってません！　まだ見てないと言ったんです。そもそもですね」

あなたたちが急に、しかも二十人なんて大人数で来るのが悪いんです。そう言おうとした太平を五月がさえぎった。

「御注文を受けてすぐに魚と野菜の仕入れに向かいました。その魚が先ほどはまだ届いておりませんでした。板前はその事を言っております。でも今頃は届いているはずですのでご安心ください」

言った五月が自分で驚いた。まさか自分が、人前でこうして話せるとは思っても見なかった。だけど、太平に勝手に喋らせる訳にはいかない。

「では板前はお料理がございますので」

太平のところに行き、肩に手をかけて回れ右をさせた。

「はい。絶対においしいお料理作りますから楽しみにしててくださいね」

顔を中に向けたままの太平を、五月が廊下に押し出す。

「絶対においしいもの。あれも安請け合いか」

室田屋が呆れ顔で、隣りの源伍に言う。

「いえ、ただの本気でしょう」

源伍の声は冷めている。大工の中にも、自分の腕を勘違いしているお調子者はいる。

「なるほど、ただの本気か。あまり期待はできんな」

室田屋がつぶやいた時に、襖が開いて太平が再び顔を出した。

「はい、おいしくなかったら言ってください。何度でも作り直しますから」

笑顔で言う太平の体を、五月がくるりと回し、中に会釈をして襖をぴたんと閉じる。

「おかしな奴だ」

そうつぶやく室田屋の笑みが、源伍を見て消えた。源伍は腕組をして目を閉じている、そしてその口元には薄い笑みが浮かんでいた。

「何度でも作り直す。そう言いやした」

客が気に入らなければ建て直す。大工にそんな事はできない。だから日々己れの腕を磨き、客の望みをとことん聞くのだ。

「旦那。この喧嘩、わっしにまかせてもらえやせんか」

源伍が腕をほどいて室田屋に頭を下げる。

この家を壊すなら。あの時は冗談半分だった。喧嘩となった時に、自分たちにどれほどができるか、それを確かめたかっただけだった。

だが、今、源伍は本気で怒っている。

「まかせる。存分にやれ」

室田屋も源伍も、別に喧嘩が好きな訳ではない。

二人とも一心に働いて、ようやく伊勢参りにも出られる身となった。ただの物見遊山ではない。途中で気になる建屋があれば中を見せてもらい、帰りは中山道に道をとり、木曽や伊那の木所（きどころ）を巡る。そんな旅だ。

だが、旅の中で不満を貯め込んだ。

「客は放っておいてもくる。そういう事か」

「ええ。愛想はいいが、またきてもらいたい。そういう実がありやせん」

室田屋は常に最良の材、最良の大工を心がけた。それが客のためであり、ひいては自分たちのため、そう信じて貫いた。

だが東海道沿いの老舗の宿や店からは、客は放っておいてもくるもの。そういう驕りと甘えしか感じられなかった。

「それでやっていけるんだから、実にうらやましいかぎりだ」

と、腹の中に皮肉を囲っていた。それが今日。御師というタガが外れ、一日を散々に歩いた後での、「二十人くらい大丈夫です」その一言で、腹の中に貯め込んでいた物が一気に噴き上がった。

そして今、源伍が室田屋以上に怒っている。こんな源伍を見るのは実に久しぶりだ。

「好きに弾けろ。尻はすべて俺が持つ」

こう言うのも実に久しぶりだ。お伊勢参りがここで終わってもかまわない。


「あんな事言って大丈夫なんですか？」

「ええ、何度でもは余分でした。そうだ、二度までという事にしてもらいましょう」

広間に戻ろうとする太平の前で、五月が両手を広げて通せん坊をする。

「太平さん。今はお台所に戻るべきだと思います」

「あ、はい。ええ、もうお出汁は引き終った頃ですね」

「あ。ひょっとして、時間かせぎだったのですか」

そう言えば、「はい、私もお江戸で暮らした事あるんですよ」と、太平から話しだした。

「何だとお、どこの神社だ。どうせ賽銭くすねて追ん出されたんだろ」「ゴッ」「痛ッ(イタ)」源伍の合図の前に、留が八の頭をなでた。

「だって、お魚がなければ私のする事ないんですよ」

だったらどこにいても一緒だ。魚が届けば誰かが呼びにくる。それがないという事は、魚もまだない。

「ええ、お魚がなければ勝負になりません」

勝負という言葉に、五月の顔が再び青ざめる。

「負けたら、どうなるんでしょう」

「あ、大丈夫です」

太平が軽く受け合う。

「ええ、おいしい物を作ればいいんです。おいしいからって文句を言う人はいませんから」

だけど、おいしいのにまずいと言う事はできる。やはり五月の不安は尽きない。

二人が階段脇に差しかかった時に、とんとんと階段を踏む音が聞こえた。今日の二階には三人の客しかいない。その一人は堀江だ。

「あ、いけません」

先に帰ったはずの太平が、しかも板前の格好でいるところを見られる訳にはいかない。

「こっちです」

五月の肩を抱くように、階段下の布団部屋に飛び込んで戸を閉めた。五月は関係ない。太平一人が隠れればすむ話なのだが、仕方ない、そうなってしまったのだ。

布団部屋の暗がりの中に身をひそめていると、さらに二人ほどの足音が階段を降りていく。どうやら監物は、夕膳ではなく昼膳の方を選んだようだ。確かにその方が多少は安上がりではある。

「ふーっ、もう大丈夫です」

「あの、その、お手が」

五月が消え入らんばかりの声で言う。

「え？　あっ、あ！」

太平の左手が、五月の胸の上にあった。しかも、しっかりと握り込んでいた。

松風は泊り客は取らないから、布団部屋には台所で寝起きする子供たちの布団と、座布団だけが積まれている。

太平に押されて入った五月が、座布団に足を取られて転びかけた。それをかばった太平が五月の下となって倒れ込んだ。その拍子に太平の左手が、五月の左胸をつかんでしまった。そういう事、らしい。

積まれた座布団に、もたれて座る太平にもたれて座る五月。太平には、嫌でも五月の重みと温もりがつたわって来る。そして、着物越しでも分かる豊かな膨み。思わず力が入ってしまった。

「あ」

五月が小さく声を上げる。

「あ、ごめんなさい。はいすぐに」

離さなければいけない。そう思うのに手が言う事を聞いてくれない。離したくない。左手がそう言っている。

「息を整えます。少し我慢してください」

「はい」

階段下の暗くて狭い布団部屋に「はっはっ、ふーっ」と太平の声がし「はっはっ、ふーっ」なぜか五月も息を合わせている。

四

五月が許嫁（いいなずけ）の横矢十三（じゅうぞう）に呼び出されたのは、去年の夏の終わる頃。五月のやぶからしもすっかり花を終えた頃だった。

藪枯らしと言う名を知った時、まるで自分のようだと思った。父と母という木に寄りそって生きて、父と母を看取って一人で枯れていく。

だが庭の片隅の、割れた食器の捨て場で見つけた藪枯らしは違っていた。白々とした陶器のかけらのあいだから、何の木にも頼らずに茎と葉を延ばしていた。

一枚に五葉の均整の取れた葉をつけ、花の頃が近づくと茎は三つに分かれていく。そしてさらに三本に、その先がさらに三本ずつと、無限に広がるかと思う時に、その先のすべてに無数の小さな花をつける。四枚の小さな薄緑の花びらが落ちた後には、実とも見える薄紅の花盤が残る。月空にかざして見ると、まるで天空の星々がそこに宿っているかに見えた。

藪枯らしなんかじゃない。作った神様はきっと別の名を付けていたはずだ。自分が牛娘じゃなくて、五月と言う名のように。

石動家に客は多くはない。この地に親類縁者はないから、時折りに石動が部下を連れてくる。その程度だ。

そんな時には百合と五月で料理をする。二人とも、食べるのも作るのも好きだからそれは苦にならない。五月が嫌なのは客前に出る事だ。だから母と一緒に料理を運んで挨拶をすませば、逃げるように台所に戻る。

横矢も父の部下の一人だった。

横矢は一人でくる事が多く、その回数も他の者よりは多かった。

港番所の役人はほとんどが地役人で、この地で生まれ育った者たちだ。だが横矢は独り身で、この地に縁もゆかりもない。それでたびたび呼ぶのだろう。五月はその程度に思っていた。

「あー、横矢が、嫁に望んでおる」

朝食の後で父にそう告げられた。

横矢は二十三で年も釣り合い、その若さで奉行付けと身分もある。それに顔立ちも整っている。そんな相手がなぜ自分なんかを、どうしても五月はそう思ってしまう。

「はい」

そう言うしかない。父がそれを伝えたという事は、父もそれを望んでいるという事だ。

武家の娘が、親の決めた縁談に否と言えるはずもない。

「あー、嫌なら断って良い」

出がけに父がそう言った。

母とともに、玄関で父を見送りながら五月は唇を噛んだ。五月は来年二十となる。これ以上嫁き遅れれば後はない。

五月だって家庭を持ち、子も得たい。だが牛娘には無理な夢と、自分に言い聞かせてきたのだ。

『そんな私がどうして断れるの！』

父の背中に叫びたかった。

石動は、横矢十三という男に今一つ信を置けないでいた。

石動を港番所に抜擢してくれたのがかつての上役の西川であり、その西川が取り入っているのが筆頭家老の横山であり、その横山の庶子の一人が横矢十三だった。

十三人目の子だから十三。そんな話が出るほどに横山には子が多い。本妻との間だけでも七人、男子の三人は、すでにお城内でそれなりのお役に付いている。妾腹の子の何人かもそれなりのお役に付いている。

横矢もお城内に出仕していたのだが、問題を起こして城下にいられなくなった。それで横山が西川に下駄をあずけ、西川がその下駄を配下の石動にあずけた。

もっとも、石動は西川の配下とは思っていない。西川は「よいしょの西川」と陰口をさされるほどに上に媚びへつらう。といって下に威張る訳ではないし、石動の仕事にもほとんど口をはさまずに自由にやらせてくれた。だからぶつかる事もなかった。石動にとってはそれだけの関係でしかない。

当然、横矢の背景にも興味はない。人が欲しかったところに人がきたからあり難く受け取った。それだけの事だった。

嵐に負けない港番所とする。石動の興味はそこにしかない。幸い、横矢がきてから大きな嵐はきていない。だから、横矢が嵐の時に使えるかどうか、それはまだ見えていない。

五月と添いたい。そう言われて断る理由もないから、「うむ」と答えて五月につたえた。

「嫌なら断って良い」

余分の一言だとは思ったが、つい、出てしまった。

―お会いしてお話ししたき事が―

横矢の手の指のように、細りと均整の取れた文字だった。生まれて初めての男からの文。何度も何度も読み返して、もう一言一句を諳んじてしまった。

一度でよいので、二人きりで話をしたい。その言葉に横矢の真摯さを感じた。五月にだって、親の前では聞けない事もある。

「本当に、私でいいんですか？」そして、「私のどこが？」聞けるものなら聞いてみたい。

その日、父はいつも通りに港番所に出、母もお茶の稽古に出かけた。五の日と十の日が稽古日で、帰りは夕刻となる。

五月は自分の部屋で化粧台に向かっていた。十四の時に母が買ってくれた物だが、もう何年も部屋の片隅で眠っていた。一尺ほどの高さに二段の引き出しの付いた箱台に、二尺ほどの細い板柱が立って、手鏡が掛けられるようになっている。

掛けてあった布を外して、薄く積もった埃を濡らした懐紙でぬぐってみたが、初めて見た時の輝きは戻らなかった。その鏡に向かって、お白粉をはたき紅をさす。

薄く曇った鏡の向こうから、祭りの露店で見たようなお多福のお面が、淋しそうに五月をじっと見ていた。すぐに台所に行って、化粧と一緒に涙も洗い流した。

久しぶりに見る外の景色は、懐かしく、そして優しく五月を迎えてくれた。

だが、文で指定された寺が近づくにつれ、人も賑わってきた。視線を避けるように背をこごめ、顔を伏せた五月の足取りが徐々に重くなっていく。

「ありがとう、五月さん」

寺の門前で横矢に声をかけられた時には、安堵で涙が出そうになった。

「ここでは人目に立ちますね。静かなところで食事でもしながら話しましょう」

横矢が笑顔でそう言ってくれた。

門前町の横道の一つに入り、しばらく行くと人影もまばらな通りにでた。普通の町屋にも見えたが、何軒かには暖簾や軒行灯がかかっている。

「ここでどうでしょう」

横矢が立ち止まった家の、薄汚れた軒行灯には「茶、お料理、よし乃」と書かれていた。待ち合い茶屋という言葉も、何のための場所かも五月は知らない。ただ、あまりおいしくはなさそう、と思った。

無愛想で、目も合わさぬ女中に部屋に案内された。行灯のともされた薄暗い四畳半ほどの部屋にはお膳が二つ並び、その奥の襖は閉め切られていた。

横矢にすすめられるままに、奥のお膳の前に座った。お膳にはそれぞれに銚子が一本と盃、漬け物らしき物の入った小鉢が乗っていた。

「ごゆっくり」そう言って女中が出ていくと、横矢が、「どうぞ」と銚子を手にした。

「私、お昼にお酒はいただきません」

ましで若い男と二人切りで、さすがにそれはできない。

「私もそうです。でも今日は特別なんです。五月さんとお話ししたいのに、その勇気が出ないんです。それで、少しだけ酒の力を借りようと」

横矢が恥ずかしそうに顔をうつむける。

「あ、でしたら横矢様はどうぞお上がりください」

その話をするためにここまできたのだ。

「やはり五月さんは優しい方だ。でも、私だけというのは落ち着きません。五月さんも形だけでも一口」

「では、一口だけ」

酒は嫌いではない。それに、横矢から「五月さん」そう呼ばれる毎に、心の中がふわりと上気してくる。「固めの盃」そんな言葉まで浮かんできた。

盃を口に運んで、くいっと飲み干した。

「あっ、な、何を」

五月の首筋に横矢が口を這わせていた。さらに横矢の手が着物の八ツ口から忍び込み、五月の乳房を柔らかく握りこむ。

「おやめ、う」

五月の口に横矢の口が重ねられる。初めての男の手、男の口。五月の体から力が抜けていく。

『落ちた』

横矢には手慣れた手順だった。もう少しすれば、この女も自分から足を割る。女は皆そうだ。

母の相手は父の横山だけではなかった。

男を引き込む時には、横矢に小遣いを渡して外に出した。無駄遣いはしたくないから、出かけたふりをして庭からのぞいた。貯めた小遣いで女を買ったのは十三の時だった。

横矢は女に惚れた事がない。自分の技で相手が狂ったようになる、それを見るのが好きなだけだ。

五月を望んだのは、港奉行石動の養子。それが目的だった。だが、すぐに五月の体も目的の一つとなった。若くて、これだけ豊かな体とはまだ試した事がない。そう思ったら、とても婚礼までは待てなくなった。

「いん」

五月が目を閉じて小さく息を呑む。横矢の手に優しく弄（いら）われて、埋もれていた乳首がゆっくりと起きていく。

『これは拾い物だ』横矢の思った以上に五月の反応は鋭敏だった。これならしばらくは楽しめる。

「もっと気持ち良くさせてやろう」

横矢の左手が着物の裾前を割って、太腿のあわいに分け入っていく。

「ひ」

「ほう、かわらけか。これは初めてだ」

横矢がにやりとつぶやく。

五月は素土器(かわらけ)の意味は知らない。だが自分の体は知っている。五月のそこには柔毛(にこげ)がやんわりと生えている。生えてはいるがきわめて薄い。横矢がそれを言っているとはすぐに分かった。同時に、横矢の興味は自分の体だけ、それも知れた。

「気持ち良くなんかない！」

さらに奥に進もうとする横矢の手首を、むんずとつかんで引きずり出し、逆関節に取って立ち上がると同時に思いっ切りに捻(ひね)った。

「うわっ、つう！」

痛みに耐えかねた横矢が自ら吹き飛び、襖ごとに隣りの部屋に飛び込んでいく。雨戸も閉め切ったその部屋には、夜具が一組敷いてあった。

「わ、分かっておるのか、俺の父は筆頭家老の横山だぞ。この縁談が流れたら石動もただではすまんぞ」

横矢のその言葉で、「嫌なら断れ」父の言葉の本当の意味が五月にもようやく分かった。

父は、藩を敵に回してでも五月を守る。そう言っていたのだと。

「私は武家の娘です。親の決めた縁組には従います。ただし」

そこで横矢の顔をしっかりと見据えた。

「私の体には、二度と指一本触れさせません。もし今のような事をなされば、あなた様のおちんちんを引きちぎった上で自害いたします。その覚悟がおありなら、どうぞ話をお進めください。では失礼いたします」

青ざめた横矢を残して部屋を出た。

「ふーっ」

後ろ手に襖を閉めて、大きく息を吐いた。途端に手が震えてきて、乱れた着物が上手く直せない。

「お嬢はん、ええ啖呵(たんか)どしたな」

いつの間にかあの無愛想な女中が側に来ていて、着物を直すのを手伝ってくれた。

「聞こえたんですか」

恥ずかしさで五月の顔が赤くなる。

「聞いとったんです。それも仕事の内でしてん」

訳ありの男女のくる場所だ。何かがあった時のために。そして、金になりそうな何かを聞き逃さないために、そのための仕掛けがあちこちについている。

「二度ときたらあきまへんで」

五月の帯を、ぽんと叩いて微笑んだ。

「はい、二度と参りません」

どこか淋し気な笑顔に、力強く返事をした。

小さな町だ。待ち合いに入る五月の姿を誰かが見て誰かに伝え、その誰かが誰彼に伝えていく。もちろん、何があったかは皆で作り上げる。

第六章　変わり膳おぼろ月

太平の手は横矢の手のようには動かない。着物の上からぎゅっと握り込んでいるだけだった。それで五月も、太平に体を預けたままで「はっ、ふーっ」を繰り返した。

「あ、取れました」

太平が嬉しそうに言って、五月の前に手をかざす。その手は、五月の胸の膨らみの形となっていた。

「太平！　うちの布団部屋でややこしことしたら許さへんで！」

「ひゃん！」

慌てて立ち上がった拍子に、階段裏におでこをしたたかにぶつけた。太平がおでこを撫でながら恐る恐るに板戸を開けると、小夏が腰に手を当てて小鼻を大きく膨らませていた。思わず五月が胸元を直す。もっとも、太平の手は着物の上にあっただけだから着物に乱れはない。

「何や、ほんまにやってたんか」

あらぬ誤解を呼んだだけだった。

小夏が広間に行こうと階段先に差しかかったところで、太平が五月と布団部屋に入るのが見えた。階段を降りて来る堀江から隠れた、それは分かった。

「何で五月もやねん」

続いて降りてきた監物と顔が合ってしまったから、仕方なく玄関まで見送った。戻ってきたら、布団部屋の中から妙な息遣いが聞こえてくる。思わず戸に手をかけて思いとどまった。下手に開けたら何を見せられるか分かったもんじゃない。まずは咳払い、と思った時に、太平の「取れました」の声が聞こえて、思わず怒鳴ってしまった。

「ええ大人がどこで乳繰り(ちちく)りあおうとかまへん。そやけど太平、あんた今日はうちの板前なんやで。そのことは忘れなや」

「はい、もちろんです」

太平が名残り惜しそうに五月の胸の形の左手をながめ、ついでに草フグを思い浮かべる。これで、いつでも思い出せる。

「ええ、こんなところで無駄話をしてる時じゃありません」

そう言って駆け出した。

「五月、何かされたんか？」

大事な女子衆に手を出したのなら、太平でも許さない。

「いえ、その、倒れた拍子に太平さんの手が、その、胸に当たって、それで、それが取れなくなって」

「それで、はっふっか。もまれたりはせなんだんか」

「はい。最初にぎゅって、それだけです」

話している内に何だかおかしくなってきて、五月が「くすり」と笑う。

「そんだけの乳つかんで何もせんて、何て罰当たりなやっちゃ」

小夏もくすりと笑った。いかにも太平らしい。ともかく二人とも、今はまだややこしくはなっていないようだ。


「まいったなあ。腹っぺかしの大人が二十かよ」

太平と五月の報告を受けてゴンが頭をかかえる。

今、来ているのが十一人。旦那が五十がらみ、源伍が多分四十代、他が三十代。風呂は偉い順に入るだろうから、後から来る連中はもっと若いだろう。ほぼ全員が、食い盛り飲み盛りとなる。

「太平、味見て」

ゴンが板間に座った太平に汁椀を出したが、太平はむっつりと腕組みをしたままで受け取ろうとしない。

「失礼しました板前さん。味見をお願いします」

と、ゴンが頭を下げたら、にっこりと受け取った。

「おや。味を変えましたか脇板さん」

汁椀には、引いたばかりの出汁がたっぷりと注がれている。「分かったたる味なら小皿でええ。そやけど新しい味の時には、客に出す器、同じ分量で味見するんやで」鬼カサゴの教えだ。

太平が二口目を飲んで首を傾げる。

「やっぱ駄目か？　昆布を刻んだんや」

松風では、昆布は半日水に寝かせて出汁を取る。今はその時間がないから、昆布を刻んで温火にかけて見た。いつもよりは荒い気もしたが、味としては悪くなかった。

だが鰹節を加えたら二つが喧嘩を始めた。二つがともに先に立って一つになってくれない。それを一つにする手段がゴンには浮かばなかった。

「藻塩入れましょう。ええ、それで大丈夫です」

太平が事もなげに言う。

藻塩は、海藻に汐水をかけては陽に干す。それを何度となく繰り返し、海藻が塩で真白となったところで焼き、それを煮詰めて塩とした物だ。当然、海藻のうまみも癖も残っている。

「昆布が強くなりすぎんか？」

「はい。喧嘩してるんですから、ここは昆布さんに勝ってもらいましょう。ええ、負けた方はおとなしくするしかありません」

太平が椀に藻塩を一つまみ入れて、椀をゆっくり回して味を馴染ませる。

「あ、うめえ」

一口を飲んでゴンが声を上げる。昆布のうまみが先にきて、少し遅れて鰹が顔をだす。

「へえ、こうなるんですね」

そんな気はしたが、こんなに上手くいくとは思わなかった。いつもの松風の味ではないがこれも悪くない。それに、今日はこれでいくしかないのだ。

出汁を飲み干した太平が、幸せそうに板場を見渡していく。見慣れた景色が今日は違って見える。何といっても、今日の太平は板前なのだ。

松風の板場は二十畳ほどの板間と、その二辺を囲む広い土間でなっている。板間に接する土間には足台が置かれ、その上には大きな引き出しのような箱が乗っている。

人が横になれそうな箱が四つ。板間に沿って二つ、折れて二つ、縦に並んでいる。一尺ほどの深さの箱の内側にはすべて赤銅（あかがね）が張られていて、最初の二つの中には半尺ほどの高さの足台が置かれ、上には幅一尺半、長さ五尺ほどの分厚いまな板が乗っている。土間の側からは立って仕事をするのに丁度の高さであり、板間の側からは、座って仕事のできる高さとなっている。

もともとは板間に座って調理をしていた。それで板場と呼んだのだが、上方では早くから立っての調理が主流となり、土間が板場となっていった。

箱の端には穴が開（あ）いていて、かぶせた金網が、魚の鱗やら内臓やらの余分を受けてくれる。流された水はその穴から下の桶に落ちる。

角を曲がって二つ、同じような箱が並んでいるが、こちらは小石と砂が敷かれた焼き台となっている。台の下には五徳と焼き網、大小さまざまの鍋が並んでいる。

土間の反対側の土壁の前には、二連の大竈と三連の竈が据えられていて、大釜や大鍋が盛んに湯気を上げている。

土間の奥の一角には井戸がある。この辺りは海近だから、たいていの井戸には汐気が混ざる。だがこの井戸は常に清冽な真水をたたえている。だから小夏の父はここを選んだ。家を買った時には外にあった井戸を囲うように建屋を造作して、松風の板場とした。

どんなに良い食材を使っても、水が悪ければ思った味にはならない。それに井戸の中は夏でも涼しい。井戸に吊るせば食材の鮮度をたもってくれる。この井戸があるから、松風はここにある。

「今、あるんはこれだけや」

予約の客の分をのぞくと、笊の中には小ぶりの鯛が三尾、それしかなかった。

「良くて二、三切れや」

二十人で割ればそうなる。最初に出すお吸物の主役としては立派な物だ。最初の吸物は店から客への挨拶の一品でもある。店の味を客に示し、次への期待を高める。だが、今日の出汁は松風本来の味ではないし、次の料理もまだない。

「あの鍋は？」

太平が下駄を突っかけて、湯気を上げる鍋に近づいていく。

「湯や、ただの湯う」

竈の口が一つ空いていたから、ひとまず湯を沸かした。

「さすが脇板さんです。はい、素麺を茹でましょう。ええ、一人一束。三十茹でましょう」

「一人一束あ！」

ゴンが呆れる。それでは吸物でなくて煮麺だ。

「お椀も大きく、あ、お雑煮用の赤黒椀にしましょう。小夏さん、三番納戸の上の棚の右です。ええ、三十ほど持って来てください」

太平の頭の中には松風の什器のすべてが入っている。もちろん、調味料、乾物、漬け物もすべてだ。

「三十て、客は二十やで」

「はい。でも大小はかねてよりって言うじゃないですか。ええ、あまったらみんなでいただけばいいんですから」

どうやらそのための三十のようだ。

「色は菜花と青菜ですね。あ、ゴンさん片栗粉」

太平が手速く鯛を降ろしながら指示をだす。

「片栗って、ひょっとしてあん仕立てか」

「はい、あんです。ええ、あんをかけると顔ががらりと変ります。私大好きです」

「菜花だと塩が効きすぎんか」

茹でた素麺は、太平に言われたように軽く水をくぐらせて半束ずつを結んだ。これだと素麺の塩気はまだ残っている。そこに藻塩と塩漬けの菜花。

「芥子(からし)漬けを使います。ええ、こっちの方が黄がきれいですから」

塩の効いた汁に芥子漬け。どんな味になるのか、ゴンには見当もつかない。

「ええ、本当に楽しみです」

太平にも分かっていないようだ。


「これは流れではありません」

「そんなこと分かったる！」

小夏の小鼻が大きく膨らむ。だけどこれを「流」として出すしかないのだ。今さら「流」もできませんとは、口が裂けても言えない。

「これは、本日限りの変わり膳です」

「か、変わり膳。何やそれ？」

ゴンには太平の言う事が分からない。仕方ない、太平にだって分かっていない、たった今の思いつきなのだから。太平に分かっているのは、今日作る料理は松風の味にはならない、その事だけだ。だから「流」の名は使えない。

「はい。本日限りの変わり膳ですから、何でもありです」

松風の料理ではなく、太平の料理を作る。そう決めたのだ。

「本日限りの変わり膳、か。おもろいな、それでいこ」

小夏が膝をぽんと打つ。

「本日はお客様方のために、本日限りの、ちゃうな」

小夏が口上を練り始める。

太平も腕組みをして何かをつぶやいている。

「……変わり膳太平風。違いますね。変わり膳月影、あ、朧月！　変わり膳朧月。ええ、実にいいです。ね、小夏さん」

「あほか！　名なんてどうでもええねん。中身を考えい！」

小夏が吠えた。


「二の膳、これでは淋しいな」

外は黒漆、盤面が朱漆のお膳には、黒の雑煮椀と蓋付きの小鉢の二つしか乗っていない。

松風の本家、松籟は本膳料理の店だった。本膳料理では一の膳から五の膳、時には七の膳までを一度に客に供する。飯が主役だから料理も汁も一度に出したのだが、次第に料理が主役となり、今でいうコース料理となっていった。

その結果、御飯と味噌汁などの乗った本膳（一の膳）が最後に回り、二の膳が最初となった。二の膳には、普通は吸物と猪口と平が乗る。猪口には膾（酢の物）、平には軽い煮物などが入っている。その平が今回はない。

「おもろいやないか」

小夏が、殺風景なお膳の上を睨みつける。中央に黒漆の雑煮椀、蓋の持ち口の上には金が塗られて丸い輪となっている。右上に置かれた白の小鉢の蓋には餅つきをする兎が薄藍で描かれている。

「うん、こうや」

小夏が中央の椀を左上にずらし、箸置きを少し上げ、箸尻をわずかに下げて箸をななめとする。右上にあった小鉢は箸尻の少し上まで下げた。お膳の右上には、ぽっかりと何もない空間が生まれている。

「みんな、この通りに並べるんやで」

小夏の顔に、自信の笑みが浮かんでいた。


「何だよ。これっぽっちかよ！」

八五郎が不満の声を上げる。椀が大きくても吸物と小鉢一つでは、八五郎でなくとも文句を言いたくなる。

「八っ。ぜいたく言うんじゃねえ。てめぇのせえで茶漬けか握り飯のところがちゃんとしたお膳にありつけたんだ」

そうは言ったが、源伍も納得はしていない。本膳を謳（うた）う店で最初が二品きりなど見た事がない。

室田屋も同じ気持ちだったが、斜めに置かれた箸が妙に気になった。自分のだけ動いたかと思ったが、どの膳の箸も同じように傾いでいる。

「松風の本日限りの変わり膳、おぼろ月の最初の一品でございます」

小夏がさらりと言う。

「お、おぼろ月、待て、流れは」

源伍の眉がぴしんと吊り上がる。「松」が「流」に、そして今度は「朧月」。あまりに人を馬鹿にしている。

「はい、流れはやめとなりました」

軽く告げる小夏の言葉に、源伍の尻が浮き上がる。

「私やおへん。板前がそう言うんどす。あの板前、腕は良ろしいんどすけど少し変り者でしてん」

「おう、あんな変てこ見たことねえ」

八五郎の合の手が入ったところで、源伍も尻を据え直した。相手の啖呵は最後まで聞く。それが江戸っ子の流儀だ。

「はい、その変てこが、いえ板前が。お女将さん、流れやめます。今日のお客はんのために特別の料理作らせてください。そう言うて頭下げらはったんどす。うちは地いのお方相手の商売ですよってに、こないぎょうさんのお江戸のお方ら見るんは初めてどす。そやけど板前はお江戸でも修業してましてん。そん時に江戸のお方らには優しゅうしてもろた。久々に江戸の言葉聞いたらその頃が思い出されて、何や知らん職人に火が点いてしもた。

そう言わはるんどす」

そこで言葉を切って、言葉が広間に染み入る間を取った。

「板前に頭を下げられたら断われまへん。重ね重ねのご無礼と重々承知の上で、改めてお願い申しあげます。どうぞ、板前の願い聞いてもらえんでしょうか。この通りお願い申しあげます」

言い終えて小夏が深々と頭を下げる。

『うーむ』源伍が心の中で唸る。嘘に違いない。だが、話に隙はない。

それに、そもそも源伍たちは「松」も「流」も知らないのだ。これがそうです、と言われれば、そうかと思うだけだ。それをわざわざ断ってくる。そこが分からない。

「そうかあ、火がついちまったか。おう、存分にやりやがれ。俺が許す」

八五郎が半分涙目で受けてしまった。留五郎の拳固も飛ばない。職人に火が点いた。その言葉の分からない者は、ここには一人もいない。

「なるほど、朧月！」

一心に膳を睨んでいた室田屋が「たん」と膝を打った。左上の椀の金の輪が満月。斜めに置かれた杉箸が芒、そして兎の描かれた小鉢は。

「月見団子ですか」

蓋を外すと、ふわりと盛り上ったとろろが現れた。そのとろろの下にはイカの塩辛が隠れている。膾の代わりになりそうな物は、翌日の客のために仕込んであった塩辛だけだったのだ。その塩辛に、太平が擂りおろした山芋をかけてしまった。

「塩辛にとろろって！」

「大丈夫ですって、どちらもおいしいんですから」

そんな思いつきの一品が、室田屋の前にある。

「お月見、その趣向は分かった。だが、なぜこの時期に？」

月見といえば秋。晩春でもあり、初夏でもある五月にはそぐわない。

「はい、あの変てこが、いえ、板前が前に言うたんです。満月は毎月出ます。そやからお月見も毎月するべきやって」

言われて見れば、冬空に冴え冴えと浮かぶ凍て月。夏の夕に朱に染まって昇る月。そして、春霞ににじんで浮かぶ朧月。それぞれの風情を持っている。

「それでうちでは、毎月ではございませんが、季節ごとにお月見の趣向をいたします。まだ望月には間がございますが、今宵も月は出るよってに、こんな遊びをしたんや思います」

「それでおぼろ月か」

室田屋が膳の上に優しく目を落とす。

一日は新月、十五日は必ず満月と、月の満ち欠けとともに暮らしているのに、仲秋の名月以外を忘れていた。

「はい、それでおぼろ月。今宵だけのおぼろ月ですよってに、次においでになられてもございません」

嘘はない。毎月お月見団子が食べたいゆえの太平の言葉も、それで鬼カサゴが、季節ごとに月見の趣向を忍ばせるようになったのも本当だ。そして今日の料理が次にない、それも本当の事だ。

「次は何が出る、そのおどろ月はよ」

一気に椀を食い干し、飲み干した八五郎が聞いてきた。

「それは出てのお楽しみいうこって。ほな、のちほど」

こっちが聞きたい。

「おぼろ月やて。あのあほ、良うも思いついたもんや」

小夏の顔に、思わず知らず笑みがこぼれた。


「小夏っちゃん！　二十やない。二十三人や！」

玄関を手伝いに行っていたお梅が、血相を変えて台所に飛び込んできた。

大人数の客には満ち欠けがつき物だから、きた客は半紙に正の字で記していく。それが、「正正正正下」となっていた。念のために下駄を数えたら、やはり二十三だった。

「お女将さん、お膳三人分たりません」

五月が青ざめた顔で飛び込んで来る。

「どうする太平！」

ゴンの顔も青ざめる。二十で限界と思っていたところへの三人は大きすぎる。

「やだなあ、ゴンさん。だから三十で作ろうって言ったじゃないですか」

太平に屈託はない。

「三十……」

それこそ気が遠くなる。

「お梅！　玄関に心張り支って来て！」

小夏の声が飛ぶ。これ以上客が増えてはたまらない。

二

「五月ちゃん。酒はどうやった」

善じいが五月に声をかける。五月には細徳利二本を「やや燗」の客に運ばせていた。

「これより上でしょうか、下でしょうか？　これより固めでしょうか？　そう聞いて来てんか」

徳利の一本は白無地で、もう一本には青海波の裾模様が入っている。

「お酒を飲む方って、そんなに細かいところまで気にするものなんですか？」

「知らん。普通なら人肌、ぬる燗、熱燗、その程度のもんや」

それに、客に届いた時に丁度になるように燗をつけても、一本を飲む間にも冷めていく。

「要は最初の一口や。その一口が気に入るか入らんか、そんだけのこっちゃ」

それで、二本には別々の酒を入れて燗にも工夫した。

「贅沢な酒やで」

善じいは元は料理人だった。

名の通った料亭で修業をし、三十で自分の店を持ち、五年でつぶしてこの地に流れてきた。そして松風の下足番となった。

口入れ屋には、料理人だった事は告げなかった。給金は料理人と較べれば雀の涙だが、それでかまわない。三度の飯と寝る場所がある、それで充分だ。それに、時には客からの駄賃にもありつける。

善じいの唯一の楽しみは、時折りに二合の酒を飲む、それだけだ。他の楽しみは店を潰した時にすべて捨てた。酒は好きだが強くはない。それで店をつぶしたし、家族も失くした。だから飲むのは二合までと決めている。

その二合を楽しむために、色々の酒を試し燗も工夫する。よく行くのれんでも、つい細々(こまごま)を言っては秀次を怒らせる。

「えーい面倒臭え！　だったらてめぇでやりやがれっ。おうよ、善さん、奥への出入り差し許す」

それで板場の燗付け用の七輪の前、そこが善じいの定席となった。これは善じいにも秀次にも、何より客にとって幸いとなった。

秀次は酒は好きだが燗には頓着しない。「うめえ酒はどうしたってうめえんだよ」だから温ま湯のような熱燗や、火傷をしそうな人肌が平気で出てくる。

だが善じいがいる時には、人肌は人肌で、熱燗は熱燗で出てくるし、「一徳さん、この酒やったらこのくらいでええと思うで」と酒に合った燗をつけてくれる。

「善助さん、やよね？」

図体の大きな薬缶頭が声をかけてきた。三月ほど前に松風にきた、脇板の猪二だった。店では雲の上の人でも飲み屋では対等だ。「猪二さんでいいかい」「ああ、猪でもええですよ」結局「猪さん」「善さん」で落ちついた。

その後も、顔が会えば酒と肴の話で盛り上がる。善じいが新しい酒（秀次、酒の仕入れも善じいに丸投げした）を語り、猪二がその酒に合いそうな肴を語り、時には秀次がそれをこしらえる。

五年後に松風の板前となった猪二は、善じいにお燗番と酒の仕入れを頼んだ。

酒は料理屋の儲け頭だ。ただ出すだけで利益が出る。だから燗付けは、女子衆の片手間仕事だったし、仕入れは番頭が、算盤を片手にやっていた。

だが猪二は善じいと語らううちに、酒も大事な一品、そう思うようになった。その酒をまかせられるのは善じいの他にない。

板前に再三頭を下げられては断れない。ただし条件を付けた。

「わしは、松風に拾われて今日までこられた。酒のことはその恩返しや。そやけど、わしの身の丈は下足番や。そやから下足番は続けさせてや」

給金は下足番のままで、お燗番としては時々に、二合の酒と二品の肴。それが条件だった。

「お客はんには皆、好みとこだわりがおます。そやからよそ様よりもお高いうちにもきてくれはる。それに応えるんがうちらの仕事や。そやけど、できんもんはできん。お客はんを怒らさんと、それが通せるようになったら一人前やで」

とっくに小夏から教わっていた。

それなのに五月は、できるできんを考えもせずに引き受けてしまった。そのせいで皆に大きな迷惑をかけている。それを思うと足取りも重くなる。

「五月ちゃん、いつも通りに歩いてや」

「は、はい」

背筋を伸ばして進む五月の足取りを、善じいが真剣な眼で追う。

「八、九、廊下までで九歩か。やっぱ大きいから早いな。うん、お喜美と同じか、ちょい早やな」

善じいの頭には、店の間取りと女子衆の歩みがすべて入っている。そこに五月の歩みも加わった。これで燗の計算が立つ。善じいの顔に、わずかに安堵の色が浮かぶ。

「一人、熱々やって」

お竹が膨れっ面で戻ってきた。人手の足りない時に酒の細かい注文ほどの厄介はない。

「これ持っていき」

善じいが七輪の一つにかけていた大土瓶の酒を、朱塗りのちろりに注いでいく。徳利では熱くて持てない。それで木製のちろりを使う。ちろりは深目の柄杓の柄を短くして注ぎ口と蓋がついたような物だから、注ぐ時には柄を持って傾ければいい。

善じいの安堵がさらに広がった。熱燗の客の多くは酒へのこだわりが薄いし、酒にもあまり強くない。酒その物よりも酒の席が好きなのだ。

「熱ウッ！　殺す気か。あ、舌あ焼いて味ごまかそういう魂胆やな」

江戸弁でどう言うかは知らないが、多分そんな事を言うのだろう。それで酒席はなごむ。善じいの好きな酒呑みだ。何より手間がかからない。

面倒なのは人肌やぬる燗、そして今日のやや燗だ。よほどに舌が繊細か、体のどこかを病んでいる。


「うーむ」

一口を飲んで室田屋が唸る。続いてもう一本を別な盃で受けて、「うん」そちらの徳利は源伍に回した。

「こちらの青海波をいただく。この酒を、この燗でお願いする」

室田屋の口元に小さく笑みがこぼれていた。この旅の中で、初めて満足のいく酒と燗に出会えた。室田屋の好みはぬる燗（四十度前後）だった。そのくらいが酒の香りが一番立つ。そう感じていたが、半年ほど前から、その匂いを体が受けつけなくなった。若い頃から浴びるように飲んできた、そのつけが体に回ってきたのだろう。だが酒をやめる気はないし、酒の香をあきらめる気もない。それで、行きつけの店で無理を言いながらたどり着いたのが「やや燗」だった。

徳利を持って盃に注ごうとした時、ふわりと酒が香った。『湧かしたか』そう思った。香りが立つまで燗をして、冷まして持ってくる。今までの宿がそうだった。

今までの宿では、最初に室田屋の好みを伝えてあったからそう工夫をしたのだったが、ここでは「やや燗」そうとしか言っていない。

酒を口に含むと、香りは消えて温い湯だけが口の中にある。「おや」と思って噛むと、酒がほのかに香り立ち、豊潤なうまみが舌を包み込んできた。酒気は熱で壊されないままに、この酒本来の固さを持ったままに、喉を落ちていった。

「ふーん、やっぱこっちやったか」

五月の報告を受けて善じいがにやりとする。善じいの前の七輪の上の土鍋では、五合の酒が薄く湯気を立てている。

善じいはやや燗を必死で考えて、人肌（三十五度前後）のわずかに下と決めた。人肌でうまい酒はまま（常温）でもうまい。だけど燗にこだわるのは、「酒の香が好きなんやろ。そやけど強い匂いはあかん」そう決めた。

善じいが選んだ酒は、ままでうまいのだが香りが弱い。噛めば口の中に香りが広がるのだが、たいていの酒呑みは噛まないで飲み込む。

この客は噛む。そうは思ったが、念のために「おや」と思わせる工夫をした。鍋の中の酒も善じいの好きな酒で、少しの燗でも香りが立つのだが、味は人肌より上できわだつ。

それで、酒で酒に燗をつけるという馬鹿をやってしまった。

「ほんま贅沢な酒やで。そやけど、後どないしよ」

燗に使った酒だ。客には出せないし、善じいに五合は飲めない。

「そや、太平がおった。太平ならぺろりや」

太平には燗の好みも酒の好き嫌いもない。

「はい、みなさんそれぞれにおいしいです」

仕事の合い間に飲むのは一合と決めた。残りの一合は、すべてが終わってから太平と飲む。太平と飲むのは久しぶりだ。

善じいの顔に、しっかりと笑みが戻った。


「雁(がん)もどきもどきい？　何やそれ」

思わずゴンの声が裏返る。賄用に買ってあった五丁の豆腐。それを使って雁もどきもどきを作ると太平が言う。

「だって、五丁じゃ三十は無理です」

だから高野豆腐と麸を混ぜて嵩を増すのだと言う。

「ええ、雁もどきみたいなものなんですから雁もどきもどきじゃないですか」

「そやけど固さが違いすぎるやろ」

「大丈夫です。みんなお友だちみたいなものですから」

友だちだって喧嘩はするやろ。そうは思ったが、黙って中に入れる野菜をきざんでいく。

仕方ない、今日は太平が板前だ。

太平は焼き台に乗せていた雪平鍋を降ろして、水溶きの片栗粉を回し入れている。鍋の中には、海苔の佃煮を出汁と酒と味醂で延ばした物が入っている。

「また、あんか」

ゴンが呆れる。それにしても、海苔の佃煮のあん仕立てなんて聞いた事もない。

「はい、またあんです」

太平の顔がへのへの字となっている。

八寸（直径約二十四センチ）の青絵皿の中心を外して、揚げ立ての雁もどきもどきを二つ並べて置く。

「皿、大きすぎんか」

白地に青の縁模様の入った皿に、狐色の雁もどきもどきが二つ。

「だって、次に出すのこれだけなんですよ。ええ、お皿が小さかったら淋しすぎます」

だけどその皿の大きさのせいで、中が淋しいどころか貧相にすら見えている。だが太平は頓着せずに、皿の上にあんを注いでいく。狐色の雁もどきもどきの回りが、濃淡のある青緑で埋まった。

「あ、海と島か」

海にぽつりと浮かぶ島。ゴンにはそう見えた。太平の選んだ皿には、青で描かれた魚の文様が縁を一巡りしている。それがなおさらに海を想わせる。

「あ、本当に海と島に見えますね、すごいやゴンさん」

誉められたゴンが苦笑する。

太平は豆腐で雁もどきもどきを思いつき、思いつきで選んだ皿から海苔のあんを思いついた。そういう事なのだろう。そして、結果として伊勢の海ができ上がった。

『太平にはかなわん』今までにも、何度もそう思わされた。だけど今日はそれが頼もしい。今日はこのまま、太平にくっついて走り通す。そう腹を据えた。

「そうだ、青海苔を振って島の緑にしましょう。舟も欲しいですね。ええ、胡瓜でですね」

「太平。それはやりすぎ」

片隅に、菜花の塩漬けを添えるだけにした。わずかの黄色が海を引き立て、海の青が菜の花を引き立てていた。

「こんだけかあ！」

ゴンが呻いて肩を落とす。

雁もどきもどきを作っている最中に、ようやく魚が届いた。

ホウボウ一尾にカレイ一枚、スズキの片身に皮ハギ二尾。アジが五尾に白ギス六尾、タコの足一本にイカのゲソ一杯分。ついでにツバス（ブリの幼魚）の身なし。

「猫やないぞ！　骨もらってきてどうするんや」

ゴンが思わず吠えた。

「でもずい分と身が残ってますよ。ええ、下手な職人さんに感謝です」

「すまん。二人ともようやった」

太平の言葉で冷静になったゴンが、汗まみれの慎二と玄太に頭を下げる。

量は充分だが、あまりに魚が雑多すぎる。

「型崩れか」

ゴンが暗い顔でつぶやく。同じ宴席の客に、違った刺身が並ぶ事になる。店としては恥ずかしい事だが他に方法がない。

「うわあ。この羽、本当にきれいですよね」

太平がホウボウの大きな緑色の胸鰭を、嬉しそうに広げたり閉じたりして遊んでいる。

「あとは秀太か」

ゴンがつぶやく。まだ帰って来ていない秀太が空振りなら、万事休すだ。

「板前。俺は雁もどきを揚げる。魚の方を頼む」

とにかく、今できる事をやるしかない。

「ゴンさん！」

太平が真剣な顔でゴンを睨んだ。

「何や、何か思いついたんか？」

「雁もどきではありません。雁もどきもどきです」

ぶん殴りたい。久々にそう思った。

「よお、やってるかあ」

陽気な声とともに、のれんの秀次が板場に顔を出した。

「あ、秀さん。すまんかったな、玄関閉め切っとって」

善じいが頭を下げる。のれんからは表が近いのに裏に回らせてしまった。

「あ、閉めてたのかよ。道理でなかなか開かねえはずだ。でもよ、ちょこっと蹴込んだらすとんと開いてくれたぜ」

「かなんなあ！」

善じいが青ざめて玄関に吹っ飛んでいく。玄関は、善じいの大事な仕事場なのだ。

「な、何で大将が」

ゴンが恐る恐るに聞く。ゴンは秀次が苦手だ。ぽんぽんと来る江戸弁が喧嘩腰としか聞こえない。

「おう、魚と醤油持ってきてやったぜ。ありがたく受け取りやがれ」

秀次が肩の真新らしい手提籠を降ろし、片手の徳利をかざして見せる。

「あのう、秀太は？」

のれんには秀太を使いにだした。「魚が駄目でも醤油だけは借りてこい」江戸っ子の秀次なら、江戸好みの醤油を持っているはず、そう思ったのだ。

「おうよ、デコは店番に置いてきた」

秀次と秀太、ヒデと呼ぶと、何だか自分を呼んでいるようで落ち着かない。それで、秀太の大きなおでこからデコと呼んでいる。

「今日はうちに泊めて明日帰さあ。デコからあらましは聞いた。ハゲのいねえところに三十人の江戸者だってな」

それで大騒ぎのところに太平まできているという。こいつは面白くなりそうだと、店をデコとお文に預けて駆けつけた。

「何だよ、俺じゃあ不足だってのか」

だったら帰ってやる、と言いかけて太平が目に入った。

「ぷっ。何だあ、太平。いつから神主に鞍替えしやがった」

「はい、それはもう言われました」

太平には憧れの板前の格好なのだ。なぜ皆が面白がるかが分からない。

「それより、お魚は何ですか？」

「連れねえ奴だな。トコブシが十ほどにアジが二本とバチ（場違い、季節外れ）の飛魚。

他はろくなもんがねえから店に置いてきた。後は醤油と味噌だ」

「味噌。江戸のお味噌ですか？」

太平が味噌に食いついた。

「いや、近所のばばあに作らせた麦味噌だ」

近所の婆あとは女房お文の母親だ。小さな煮売屋（総菜屋）をやっていたが、今は味噌と漬け物だけを売っている。その義母に頼んで、秀次好みの味噌を作ってもらっている。

「ゴン、叩きましょう！」

太平ののの字の目が輝いている。何かを思いついたようだ。

「叩く？」

ゴンが怪訝な顔をする。松風で魚を叩くと言えば、つみれにして揚げるか蒸すかだ。だが、本膳の流れなら次はお造りの出る場だ。

「なめろうかよ！」

秀次がすぐに気づいた。なめろうは、新鮮な魚を叩いて味噌と薬味を加えた房州（千葉県南部）の漁師飯だ。もちろん、海の近くならば似たような料理は各地にある。そして、どれもが漁師飯な事も変らない。

「あのハゲの顔が見てえや。まさか松風で漁師飯とはな」

「ゴン、大根の桂剝きお願いします」

「おいよ」

久々に太平に呼び捨てにされてゴンがにやりとする。太平が夢中になると「さん」が飛ぶのだ。

「叩くったって潰しちゃいけねえ。細かく細かく刻んでやる、そんな心持ちだぜ」

秀次が小出刃を二本両手に持って、器用に叩いていく。

「うわあ、本物食べるの初めてです」

太平、房洲に行った時になめろうの話は聞いたが、残念ながら食べる事はできなかったのだ。

実を言えば、秀次もなめろうを作るのは今が初めてだ。釣り船で、船頭が作ってくれたのを一度だけ食べた事がある、それだけだ。


「何だ？　こりゃあ……」

八五郎が皿を見て目を剝く。今度の旅の中で料理の流れはすっかり覚えた。次は煮物かお造り。そう思っていたら、大きな皿に小さな揚げ物が二つ乗って出てきた。

「揚げしんじょか」

室田屋がつまらなそうにつぶやく。急の二十三人に煮物もお造りも間に合わない、それで揚げ物に逃げた。そう取った（もちろん、その通りなのだが）。

「それにしても汁が多すぎる」

しんじょ二つの淋しさを汁でごまかそうとしたのだろうが、それがかえってしんじょを小さく見せている。しかも見た目がまったく食欲をそそらない。

濃淡のある緑が古池にしか見えない。中のしんじょは岩か土蛙。箸をつける気にもなれなかったが「絶対においしいもの作りますから」そう言った板前の笑顔が思い出された。

「ま、一口だけはいただきましょう」

箸を手にして木の匙に気がついた。普通、匙は膳の上に置くが、皿に置かれた木匙の先が汁に浮かんでいる。こんな行儀の悪い出され方は初めて見る。ぜひ匙で食べて欲しい、という料理人の思い入れか。そう受け取って匙を手にした。

「太平！　何で匙、中に入れんねん！」

「船です！　ええ、船なんですから海に浮いてなきゃいけません！」

小夏と太平のそんなやり取りは、室田屋は知らない。

その匙であんをすくって口に近づけると、ほんのりと磯が香った。口に入れると、さらに豊かな香りと優しい甘辛さが広がっていく。

「海」

そう思って見ると景色が一変した。

古池が海に、土蛙は島となり、片隅の菜花の漬け物も菜の花畑となっていく。

旅の途中のあちこちに咲き残っていた菜の花。その菜の花越しに見た海が思い出されてきた。しんじょではなく、あんが主役だった。

しんじょに、木匙の腹を当てればほろりと割れる。それをたっぷりのあんに絡めて口にすれば、かり、さくっ、もちっと、色々の食感が楽しい。

「うーん」

そう言うしかない。

「おう、神主。お祓いに来やがったか。だったらここの払いを持ちやがれ」

「ゴッ」

入ってきた太平に軽口を叩いた途端に、留の拳固になでられた。

『何だよ。今日の兄い、えらくぴりぴりしてやがる』ここに来て八五郎も、自分の失敗りのせいだけではないとようやく気づいた。

源伍は主だった連中には因果を含めたが、八には伝えるなと釘を刺した。八五郎に勝手に先走られては、成る喧嘩も成らなくなる。

「皆さん、いかがでしたか？　雁もどきもどきの磯あんかけ」

「おう」「まあな」何人かが小さくつぶやいたが、他は無言で太平の視線を避けていく。

「ありがとうございます」

太平の顔がへへの字となっている。言葉がなくても見れば分かる。皆の皿はしっかりと空になっているし、相撲松にいたっては、持ち上げた皿で顔も見えない。最後の一滴まで舐め取っているようだ。

「お待たせしました。次はお造りです」

太平の言葉の後に、女子衆が料理を運び込んでくる。

「いよっ。待ってました、大棟梁！」

拳固を忘れて八五郎が叫ぶ。

八五郎にとって一番のご馳走が刺身だ。毎年の初詣での願い事はただ一つ。「今年もうまい刺身とうまい酒にありつけますように。ついでに、嫁さんも頼んます」

だから、毎日のように新鮮な刺身にありつけた、今回の旅ほどの幸せはない。

「なん、や、これ？」

膳の上に乗せられた物を見て八五郎が絶句する。

幅一尺ほどの黒真塗、長方型の四方盆には、白い短冊のような物が四本並んで置かれ、その上に、何だかぐちゃぐちゃした物が乗っかっていた。

「なめろう、か？」

源伍が半信半疑でつぶやく。室田屋の竹の買い付けに付き合って安房に行った時に食べた覚えがある。そしてなめろうなら、それは漁師飯だ。決っして料亭で出す物ではない。

源伍が背筋をきりっと伸ばして、両手を膝に置く。それを見て相撲松も形を直す。『せめて一口』食べてからにして欲しかったが仕方ない。相撲松にとって、源伍は親より上の人だ。

「失礼ですが。これは、なめろう、でしょうか？」

太平の目を見据えながら、一語ごとをしっかりと言った。返答次第では喧嘩となる。

「はい、なめろうです。良かったあ、源伍さんご存知なんですね」

「……」

まさか認めるとは思わなかった。

「いえ、これは当地の料理で何々と申します」当然そう答える。それを受けて、「そうかい、こちとら江戸という在の生まれでそんな大層な料理とはとんと知らなかった。けどよ、こいつは江戸じゃあなめろうって名の漁師飯だ。居酒屋ならともかくも本寸法の料理屋なら決っして客前には出さねえ代物だ。そいつをこの辺りじゃ当たり前ってんなら、これからこの辺りの格を張った店を聞いて回ろうじゃねえか。ありゃあ上等、このでこが擦り切れるほどの土下座でも何でもしてやろうじゃねえか。ただし、なかった日にゃあ」と続くはずだった。

「やっぱりなめろうか。なめろう、といったらだな」

どうにも歯切れが悪い。

「のようなものです」

「の、ようなもの……」

「はい。だって私、なめろうって食べたことないんですもの」

太平が実に残念そうに言う。

「つまり、なめろうではない」

「はい。のようなものです」

のような物であっても漁師飯に変わりはない。ないのだが、源伍の中に次の啖呵が組み上がってこない。

「ごっつあんです」

相撲松が、食うなら今と箸を手にした。

相撲松の生まれ在所は、水戸とはいっても海からは遠い。しかも貧乏小作の子だ、海の魚と言えば、煮干しと目刺し以外を知らなかった。江戸で初めて寿司を口にして、世の中にはこんなにうまい物があるのかと感動した。

それ以来、寿司と刺身が大の好物となったのだが、この旅の中で、毎日の刺身にはさすがに飽きがきていた。だが、今目の前にあるお造りは初めて見る物だった。

棟梁には申し訳ないが、一口だけでも口にしたい。

「あ、お箸じゃなくてけっこうですよ。ええ、手でですね、こうやってくるっと巻いてください。ええ、巻き寿司みたいなものと思ってください」

太平が、近くにあった盆の上の一つを取って巻いて見せる。短冊に見えていたのは大根だった。ゴンの手で紙ほどに薄く剝かれた大根を、酢水にさらして柔らかくしてある。膳の上の二連の小皿には、醤油と、味醂で溶いた味噌が入っている。

「私のおすすめはお味噌です。ええ、こうやって端っこにちょこってつけてですね」

かしりとかじった太平の顔が、へへへの字となっていく。

「ええ、本当においしいです」

続けてもう一つに伸びる太平の手を、五月がぴしゃりと叩いた。

「あ、俺のかよ」

太平が一つをつまんだお盆は八五郎のところに回ってきた。

「ごめんなさい。でもまだありますから、すぐにお持ちします」

「じゃあ二つな」

五月の言葉に、八五郎が当然のように言うと、「あ、俺も」「俺もおかわり」勝手な声が飛び交った。

「駄目です、よぶんは五つだけです！」

太平の目が吊り上がっている。それ以上を出せば次の料理ができなくなるのだ。

「だいたいですよ、まだ食べてもいないのにおかわりって何ですか！」

太平に叱られて、皆の顔が下を向く。

「ごっつあんです。も、もう一つだけ」

空になった盆を前に、相撲松が恥ずかしそうに指を一本立てていた。

「仕方ありませんね。松さんは体が大きいんだから一つ許します。残りは四つです。あ、八さんが二つですから、あと二つです」

その言葉で皆が「のようなもの」にかぶりつく。

「あ、冷んやりしてうめえ！」

八五郎が声を上げる。この季節の生物はどうしても生温かく感じるものだが、井戸水と酢でさらした大根が、口の中に涼しさを運んでくれていた。

「大根が酢飯がわりになってやがる。確かにこいつは巻き寿司だぜ」

「この薄さ見てみろい。中が透けて見えてやがる。おい、神主！」

「太平です！」

「あ、すまねえ。太平さんよ、この大根鉋でも使いやがったか？」

「いえ包丁です。ゴンさんはこういうのとても上手なんです。でもお魚だったら私の方が上手です」

太平の自慢を無視して、皆が大根の薄さに感心している。

「鉋だったらどうやるよ。やっぱ角に切って掛けるか」

「いんや、当てて回すしかねえだろ」

そんな話が、すぐにお互いの腕自慢、道具自慢へと広がっていく。

源伍も膝の手を外し『すいやせん、きっかけを外しました』と室田屋に目でわびた。

室田屋が軽くうなずいて二つ目を口にする。まだ許した訳ではないが、この、「のようなもの」だけはすべて食べたい。

「うん、こいつはなめろうじゃねえ。立派なお造りだ」

源伍が一つを食べてそう言った。

源伍は自分に理があり、相手に非がある時に喧嘩する。だから嘘は吐かないし吐く必要もない。

「はい、ありがとうございます。ええ、苦しまぎれでこしらえたお料理がこんなに喜んでもらえるなんて」

太平の目がうるんでいる。

「苦しまぎれだと」

源伍が腰を浮かしかけてやめた。何だか、今度も喧嘩に持っていける気がしない。

「だって急な三十ですよ。しかもお魚がなかったんですよ」

「だが、そこの仲居さんは受けなさった」

室田屋の目が、太平の後ろに座る五月を射るように見て、五月が思わず身を縮める。できれば他の女子衆とともに戻りたかった。だが「太平は絶対に一人にさすなや」お女将の小夏から厳命されている。

「だからみんなで頑張ってるんじゃないですか。それを知りもしないでですね」

太平の口がとんがっている。

「太平さん」

五月が消え入りそうな声で太平を止める。

「ええ、お魚はそろいました。でも種類も形もばらばらなんですよ。お隣りと自分のお刺身が違うって嫌じゃないですか」

「絶対に許せねえ！」

八五郎が吠えた。

源伍のお相伴（しょうばん）で宴席に行く事もあるが、時とすると、上席と下席で料理が違う時がある。

「何だよ、あっちは鯛でこっちは鰯（いわし）かよ」

分相応、そうは思うが気分は良くない。兄いと違うのは仕方ないとしても、留公と違っていたら絶対に許せない。

「でも、お魚は本当にいいお魚ばかりなんですよ。それで、あ、なめろうだって。なめろうだったら皆さんに同じ物が出せるじゃないですか。ええ、丁度秀次さんがお味噌を持ってきてくれたんで、あ、秀次さんはですね」

五月が太平のお尻をつんつんしたが、そのくらいでは太平の脱線は止まらない。

「もと江戸っ子なんですよ。あれ、だったら今は何っ子なんで、痛あ！」

お尻を思いっきりに抓（つね）り上げた。

「板前は次の料理がございますので、失礼させていただきます」

太平を立たせて、くるりと後ろを向かせる。

「次のおどろは何だあ」

「はい、サンガです。あっ！」

太平が口を押さえて飛び出していった。

「苦しまぎれ。良くも言ってのけたな」

太平の後ろ姿に、室田屋が苦笑する。

「はい、言ってのけました」

源伍の口元にも小さな笑みが浮いている。

「一心に考えて、考えて、これしかない。違っているかも知れんが、今、できるのはこれしかない。そんな時もあったな」

「はい、苦しまぎれでした」

室戸屋と源伍が、ともに、遠い昔の景色を見詰めている。


「ええ、絶対に言っちゃ駄目だったんです」

太平が片手でお尻をさすり、片手で頭を抱え込む。

次にできるものはサンガしかない。だけどそれは料理人の都合であって客には関係がない。

「ええ、これでサンガを出したら、なあんだ、になっちゃいます。だって、サンガってなめろうを焼いただけなんですから。ええ、今頃、知ってる人が話してます」

なるほどはいいが、なあんだ、になってはいけない。そう鬼カサゴに教わった。

「何やこれ？　はいいんや。次にへえー、ほーっ、と続いたらこっちのもんや」

雁もどきもどきはそれでうまくいったのだ。

「ええ、だからもうサンガじゃ駄目なんです。今頃ゴンさんと秀次さんが焼いてくれてるんですよ。それが私のせいで駄目になっちゃったんです。ええ、本当に、私は何て馬鹿なんでしょう」

五月の前を行く太平が、時折りに立ち止まっては溜息をつく。一人言もやんでいた。仕方ない、頭の中は真っ白となっているのだ。

「太平さん……」

元はといえば自分のせいで太平が苦しんでいる。思わず声をかけたが、続ける言葉は持っていなかった。

「ひゃい」

振り向いた太平の顔は、涙と鼻水でぐしゃぐしゃになっていた。

「太平さん」

気がつけば、太平の唇に自分の唇を合わせていた。

「え？」

「えっ！」

太平を思いっきりに突き飛ばして駆けだした。

「えっ、えっ、ええー」

突き飛ばされた勢いで、太平が戸板ごと布団部屋に倒れ込む。本日二度目の布団部屋だったが、今度は一人っきりだった。

「太平、見事に振られよったな。それにしてもこんな時に何やっとんねん。仕事をせんかい！」

広間に酒を運ぶ途中のお竹が太平を冷たく睨んでいた。

お竹が見たのは派手に突き飛ばされる太平と、両手で顔をおおって駆けてくる五月だった。残念ながらその前は見ていない。

「あ、これはですね、ええ」

それ以上は言わない方がいい。そんな気がして、唇にそっと人差指を当てた。

三

「うわあ、いい匂いです！」

台所には、ごま油と魚の焼ける香ばしい匂いが満ちていた。

「あ、お鍋で焼いてるんですか」

焼き網の上には、大小さまざまの鍋が所せましと並んでいた。鍋の中では、小判型に形を整えたなめろうが焼かれている。

「おうよ。今度のは粘りが出るまで叩いたから網でいけると踏んだんだがよ」

だがやって見たら、焼き網にくっついてぼろぼろと崩れてしまった。それで鍋にした。

「ま、焼き物か揚げ物かは玄妙ってやつだ」

秀次がにやりと笑う。

「はい、おいしければどちらでもかまいません。あ、善じいも」

焼き台の板間の側に善じいが座っていた。火箸と団扇を手に、死神のような眼付きで炭と鍋を睨んでいる。

全部で三十個のなめろう。別に数を合わせた訳ではない。最初に太平の作った形に合わせたら丁度三十となった。二つは焼き網の上で崩れたから、残りは二十八。それを鍋の大きさに合わせて入れていったら、鍋が十ほどになった。

とてもゴンと秀次だけでは手が足りない。それで善じいを頼んだ。松風で使っている柔（やわ）炭は、堅（かた）炭と違って火力が強い分火加減が難しい。善じいはお燗番で、火の番はお手の物だ。

「板前。後はまかせたで」

ゴンにはまだ炊き合わせがある。いつもなら具材はそれぞれに煮て最後に合わせる。だから炊き合わせなのだが、今日は二つの鍋で二、三種ずつを煮ている。太平が、吸物を雑煮椀にしたせいで出汁が足りなくなったのだ。その炊き具合を見ながら味を合わせなくてはいけない。

「駄目です。私には仕事があります」

太平が冷たく言い放って板場を見回す。玄太は飯の番で、慎二は味噌汁の仕度に追われている。板間には小夏とお鶴と五月。お鶴は善じいに代わってお燗番を勤めている。残るは。

「駄目です。小夏は下手すぎます！」

太平の大声に小夏の小鼻が大きく膨らんだ。怒った訳ではない。太平が夢中になればさん・・が飛ぶ。太平が何かを思いついた、それが何よりありがたい。

「五月！」

「はい」

台所の隅で体を縮めていた五月が、戸惑った目で太平を見る。

「ゴンに代わって炊き合せを見てください。さん」

太平の言葉に、五月の目と口が大きく瞠かれた。

入ったその日に小夏が松風を案内してくれた。そして最後に台所の板間に立って、「ここまでが、うちら女子衆の仕事場や。こっから先は料理人の仕事場。松風でいっちゃん大事な場所や」そう言って、板場に向かって手を合わせた。

「どうしても用のある時には、すんまへんお漬け物取らしてください。すんまへん、井戸汲ませてください。必ず大きな声で断るんやで。後にせえ、言われたら、はい、言うて待つんや。この板場があってこその松風やさかいな」

そんな大事な場所に。

「五月、早く！　あ、さん」

「は、はい」

立ち上がってしまった。

小夏を見たら、こくん、と大きくうなずいてくれた。

小夏も腹を据えた。

板場は料理人の結界だ。そこに女子衆を料理人として入れる。決ってしてあってはならない事だとは分かっている。だが、小夏が板前に据えた太平がそう決めたのだ。

「しゃあない」

後で鬼カサゴがどう取るかどう出るか。

「それでごちゃごちゃ言う分からん珍ならこっちから三行半や」

仕方ない。小夏にとっては、惚れた男より大事な松風なのだから。

「ひん！」

手近の下駄を突っかけた五月の口から小さく悲鳴がもれた。職人が汗まみれの足で履き回した下駄が、五月の足裏にねんまりと吸いついていた。

冬場以外に、松風で足袋を履いていいのは板前、お女将、番頭の三人だけだ。この三人だけが、しっかりと磨き込まれた廊下で、滑って転ぶのを許されている。

「あの、何をすれば？」

「炊き合わせを見てください。五月の味でけっこうです。あ、さん」

太平は松風で料理を教わったが修業をした訳ではない。だから五月のためらいも、小夏の離縁覚悟も分かっていない。五月なら大丈夫、そう思っただけなのだ。

「最後はゴンが絶対に口を出しますから」

その一言で少し気が楽になった。

「あ、いい匂い」

落とし蓋を取って大根に竹串を通す。すっと通るのを見て、大鍋の一つを竈から降ろした。後は余熱で充分だ。

「玄太さん、火を弱めてください。そのままだと焦げますよ」

ついでに、飯番の玄太にも声をかけた。


「焼けたら引っ繰り返さないで火から降ろしてください」

「何だと、裏しか焼かねえってのかよ」

「表です」

客に出す時には、今の裏が表となる。

「てやんでえ、そんなこたあ百も合点(がってん)、二百も承知之助だ。これじゃあ表が生焼けだって言ってんだよ」

「裏です」

太平が板間で、七輪の一つに鍋を乗せながら言う。

「小夏、伊賀焼の長丸皿持ってきてください。奥納戸の左下に入ってます」

「三十か……」

小夏がげんなりとした顔で言う。一人であの皿三十は辛(しん)どい。だけど今、手の空いているのは小夏だけだった。

「あれは二十五枚しかありません。あ、前にお喜美が割ったから二十四枚です。ええ、丁度です」

何が丁度なのかは太平にしか分からない。

「太平のやつ、名あは呼び捨てやのに何で言葉は丁寧なん。そこがよけいに腹立つ」

立ち上がりながら一人ごちた。腹は立つけど気は浮き立っている。太平とこんな修羅場を過ごすのは実に久しぶりだ。

何年か前、番頭の手違いで五人の客が板場に通っていなかった。それが分かったのは、鬼カサゴも職人たちも帰ったあとだった。

それで今日みたいに、刺身を引くために残っていたゴンと、たまたま顔を出した太平の二人で五人分を作り上げた。そしてその内の一品を、今日みたいに太平が勝手に作った。

そして、それを出す寸前に鬼カサゴが店に駆けつけた。

「権太郎さんよ。これをほんまに、松風の料理として出す気なんか」

言われてゴンが顔を伏せる。猪二が怒るとさんが付くのだ。

「引っ込んでいてください、鬼カサゴ!」

先に太平に怒鳴られて、鬼カサゴが目を白黒させる。

「お客さんが待ってるんですよ。それに、これ本当においしいんですから」

太平の勢いに押されて、一箸をつけた鬼カサゴが「うん、おいしい」

「あん時の鬼カサゴの顔、ほんに可愛(かい)らしかったなあ」

ふっと思い出し笑いをしたところで、台所に戻ってきたお竹と鉢合わせをした。

「お竹え！　ええとこにきた、手伝ってぇー」

「はい。そやけど、お酒は」

お竹の抱える脇取には、空になった徳利がずらりと並んでいる。

「お鶴、あんた酒運んだって」

酒はお鶴でも運べるが、あの伊賀焼はとにかく重いのだ。

「あんたがおらんと、どもならん」


「何でサンガなんや？　焼きなめろうでいいんと違うか」

ゴンの疑問はもっともだが、仕方ない。房州ではなめろうとサンガ、そう決まっているのだから。

「太平、あ、板前。その汁、ひょっとして」

太平が七輪から降ろした鍋に、白い液体を回し入れている。

「はい、片栗です」

「また、あんか」

「はい、またまたあんです」

「重ねるんか」

ゴンが呆れたように言う。食材でなく、あんの重ねは初めてだ。

「はい、重ね重ねですみません」

太平が申し訳なさそうに肩をすくめる。

それを見てゴンに笑みが浮かぶ。形なんかどうでもいい。太平の中に次の料理ができあがっている。それで充分だ。

「その青は葱か」

鍋の中に青い物が散っている。ゴンの言葉に、秀次と善じいも鍋をのぞき込む。サンガの鍋は火から降ろしたから、皆、今は手があいている。

ゴンには炊き合わせと味噌汁が残っているのだが、今は太平の鍋が気になってならないのだ。

「わさびの茎のお漬け物です」

江戸で始まった刺身にわさびと醤油は、すでにこの地でも定番となっている。わさびは葉付きで仕入れるから、どうしても葉と茎が余る。葉は天婦羅にする事もあるがとても使い切れない。それで漬け物にする。茎にはわさびの辛みが残っていて、茶漬けには良く合う。

「あんにわさびって」

ゴンが絶句する。

「あ、いいです。ええ、まだとんがってますけど、このくらいが面白いです」

味をみた太平の顔が、へへへの字となっている。

「かせ！」

ゴンが太平の手から小皿を引ったくった。

「うーん。まず、甘くて塩っからい」

言って、ゴンが次の言葉を探す。「ええか、味は忘れる。太平みたいなんは特別や。わしらみたいな凡人は、必ず一度言葉にしてから頭にしまい込むんや」鬼カサゴの教えだ。

「酸っぱいもある。甘で塩っからで噛むとぴりっと辛い」

「かせっ！」

秀次がたまらず小皿を引ったくる。ゴンの言葉では訳が分からない。

「うーん、面白え。それにうめえ。甘、鹹、酸、辛、これで苦が入ったら五味のそろい踏みってやつだ。おい太平！　本気かよ」

太平が、トコブシの肝とタデの葉を擂り鉢で当たっていた。

「ええ、これは好き嫌いがありますから小皿で出します。うげぇっ」

指先につけた少しを口にして、太平がおえる。

「太平、煮切った酒を加えろ」

「苦味が消えますか」

秀次の言葉に太平の顔が期待に輝く。

「てめぇバカか。せっかくの苦味消してどうすんだよ。量が足りねえから嵩をませっってんだよ」

料理は引き算ができない。一度付けた味を変えるには味を足していくしかない。だが、味が増えれば一つにまとめるのも難かしくなる。

『太平にゃあかなわねえ』

店をおっぽって来て大正解だった。

「太平、持ってきたで。ああしんど」

小夏の抱える脇取には、皿が二段重ねで六枚乗っている。残りの十八枚は、お竹が一回り大きな盤重を三段に重ねて持ってきた。

皿は幅八寸（約二十四センチ）奥行き四寸（約十二センチ）の分厚い長円形で、全体は淡い黄土のところどころに、少し赤味を帯びた土目が混ざっている。

中央に向かってゆったりと窪んだ底には、びいどろの釉薬が深い緑色の光を沈めている。武骨な佇まいの中に、びいどろが落ち着いた華やぎを見せる。いかにも織部好みの伊賀焼だ。

「これに乗せてくのか？」

秀次が納得のいかない顔で太平に聞く。

「いえ。まずお皿を焼きます」

「はあーーっ⁉」

小夏の小鼻が目一杯に膨らんだ。

「それでか」

秀次が深くうなずく。それで表は生で残した。いや、裏か。

「はい。秀次、善じい、皿の表を焼いてください」

「俺は」

「ゴンは要りません。五月と代わってください。こっちに五月が要ります。あ、さん、さん」

伊賀は昔からの焼き物の名産地だ。土が良い上に、京、大坂とのつながりも深いから、常に最新の技術と意匠が入ってくる。そして伊賀焼は熱に強い、直火に当てたくらいではびくともしないのだ。

「お竹、お鶴、お喜美。庭の笹取ってきて！」

小夏が悲鳴のように叫んだ。太平の考えは知らないが、焼かれた皿の乗る場所は決まっている。

「冗談やないでえ」

松風の脇取も盤重も、年季は入っているが、外は黒、中は朱の本漆だ。

水をくぐらせた笹を敷き詰めた上に、秀次と善じいが、やっとこで皿をはさんで乗せていく。その上に太平が、裏返したサンガを乗せていく。そのたびに、じゅわっと音がして香りが立ち昇る。

「あ、ええ匂いや」

小夏が小鼻をひくひくさせる。この匂いを少しでも早く客に届けたい。

「五月、手えあいたか？」

「はい」

五月が明るく返事をした。

ゴンが炊き合わせを確かめて、「良うできてる。これなら合わせるだけでええ。ご苦労さん」そう言ってくれたのだ。今日、初めて松風の役に立てた。

「五月、これで足拭きい」

小夏が絞った手拭いを差し出して、五月の耳元に「ここの下駄、地獄やさかいな」そうささやいた。

台所には皿二枚を乗せた脇取が三つ、三枚を乗せた盤重が六つ並んでいる。今台所にいる、小夏を含めて五人の女子衆では手が足りない。

「太平。この料理一刻も早くお客はんに届けたいんや」

板場に指示できるのは板前だけだ。

「はい、私もそう思います。秀次、善じい、慎二、玄太。運ぶの手伝ってください」

「俺は？」

「ゴンは要りません。お留守番です」

仕方ない、ゴンにはまだ仕事が残っている。

「お竹、お鶴、お喜美、五月。出陣やで」

「はい！」

女子衆の顔がきりっと引き締まる。

「はあーい」

男連中の先頭で、鍋をぶら提げた太平の顔と声だけが間のびをしている。


「はい。じゅわんです」

広間横の廊下で太平があんをかけると、皿に溢(こぼ)れたあんが「じゅわっ」と音を立てて湯気が上がる。それを女子衆が次々に中へと運んでいく。さすがに、善じいや秀次は客前には出せない。

「太平。あんたはそこでちんしときや」

小夏が太平に釘を刺して広間に入っていく。客から料理を聞かれた時に答えられるのは太平しかいない。だが、今太平を中に入れるのは危険だと、小夏のお女将としての本能が告げている。


「うーむ……」

源伍が皿を見て唸る。

次はサンガ。

サンガはなめろうを焼いただけの物、とは大工の一人が教えてくれた。だが、出てきた物は源伍の想像をはるかに超えていた。

「お皿はん熱いよってに、絶対に触らんといてください」

お女将がそう言って、笹ごとに皿を室田屋の膳に乗せた。源伍の時には笹の長さが足りなくて上手く持ち上がらなかった。

「すんまへん、えらい色気のないこって」

そう言うと、後ろ帯からやっとこを取り出して皿をはさんだ。火傷をするほどに熱い皿。それで納得できた。

料理が運び込まれるたびに広がる甘酸っぱい香り。それは料理場ではなく、今、ここで生まれていた。

勝手勝手に話していた男たちの鼻がひくつき、口が止まり、いつしか静まり返った部屋の中に濃厚な香りが満ちていく。

何軒もの料理屋の造作をし、何軒もの料理屋に出入りしてきた源伍にも、これは初めての景色だった。居酒屋ならともかくも、それなりの料理屋ならば、料理場と客間は離して造る。

余分の匂いで食事の邪魔をしないためだ。匂いを届けたい時には蓋をする。蓋を取った時にほわりと香る。それが料亭の香り、源伍はそう思っていた。

「焼いた、のか」

室田屋も皿をじっと見詰めていた。皿の上のあんが、まだ時折りに、ぷつんぷつりと泡を生んでいた。器を湯で温めるくらいは知っていたが、焼いた皿など初めて見る。

「野趣、ですな」

「あ、こいつも野趣ですか！」

室田屋の言葉に源伍が膝をぽんと打った。


室田屋との付き合いが始まってしばらくの頃に、茶室の造作をまかされた。

茶室の顔となる床柱に源伍は銀杏（いちょう）を選んだ。皮を剝ぎ、磨き上げられた柱材の正面には、銀杏特有の瘤（こぶ）が流れるように浮かんでいる。黄みを帯びた乳白色の肌に、沸（わ）き立つような凹凸。一目で気に入ったのだが、すでに他の造作を終えた床の間に据えてみたら、合わない。

一本で見ると美しいのだが、景の中に据えると、その一本が浮き上がって下品にすら見える。「癖が強すぎたか」そうは思ったがあきらめきれない。

仕事の合い間合い間に三日ほどながめたが、やはり景の中におさまってくれない。あきらめて他の材を探す、そう決めた。

「野趣、ですな」

いつの間にか横にきていた室田屋が、その一言を残して帰っていった。

野趣。

源伍はその言葉を知らなかったが、誉め言葉と受けとった。そして迷いを捨てた。木が景に嵌まらないのなら、景を木に嵌めてやる。床の間の板をはがし、横の違い棚の材も欅の荒無垢に変えた。

「何に見立てた？」

室田屋がぼそりと聞いてきた。

「滝、ですか」

見立てた訳ではなかった。だが、できあがったらそう見えた。

決っして穏やかではないが荒ぶってもいない。ただ無心に、永遠の時を落ち続ける滝。そして床に張った欅の玉杢がさざめく湖となって、その滝をしっかりと受けていた。

「うん。水音が聞こえる」

室田屋がゆったりと微笑んだ。

「確かに野趣です」

野ではあるが卑ではない。上品ではないが下品でもない。漁師飯のどこが悪い、四の五の言わずに食ってくれ。絶対に後悔はさせねえ！　目の前の料理がそう叫んでいる。

「うーむ」

源伍が再び唸る。匂いだけでもこれだけうまいのだ、絶対うまいに決まっている。それが何だか口惜しくて、源伍はなかなか箸を取れないでいる。

「んめっ！」

八五郎が声を上げる。源伍の拳固より匂いが勝った。

「姐ちゃん、飯！　おいらこいつでおまんまが食いてぇ！」

「あっ、俺もだ。汁なんざいいから飯だ！」

「わっしは飯と汁」

相撲松がそう言って箸を置く。どうやら、飯が来るまで続きは我慢のようだ。

小夏にはまたしても嬉しい誤算だった。二十三人の呑ん兵衛。当然長丁場を覚悟していたが、飯と汁が出れば宴は終わる。

さすがに今日の一日、小夏も女子衆もくたくただ。

「みんな飯、やない。ご飯の仕度やで」

「はい！」女子衆も喜んで台所に向かう。

「太平、あんたもう用なしや。お客はんらみんな、おあずけ喰らったわんころみたいに皿睨んではる」

廊下に鎮していた太平の耳元に、小夏がささやいて台所に向かっていく。

「太平さん、お客さんたちお喜びでしたよ」

最後に出てきた五月が太平に声をかけた。

「はい、んめえって声が聞こえました。ええ、こんなに嬉しい事はありません」

すでに太平の目は半分涙目となっている。そしてその右手には箸が、そして膝の前には、空となった皿が一枚置かれていた。

「太平さん、そのお皿は」

五月の目が吊り上がる。

「あ、これ残っちゃったんですよ。ええ、不思議だなあ、もったいないなあ、って」

それで一皿を平らげた。

「太平さん！　すぐにお台所に！」

五月に怒鳴られて太平がすっ飛んでいく。

「まったく、油断も隙もないんだから」

太平の残していった皿を持つとまだ温かく、香りもしっかりと残っていた。

「あ、おいしい」

皿に残っていたあんを、つい、指でねぶってしまった。


「おかわり！」

「俺も！」の声が続いて飯櫃(めしびつ)の底がのぞきかけた頃。

「お開きだ。皆帰って寝ろ。明日はいよいよお伊勢さんだ」

源伍の一言で皆が去り、広間には室田屋と源伍の二人が残った。

「お女将。板前と、五月さんという仲居さんを呼んでいただけませんかな」

勘定が済み、余分の祝儀も受け取ったところでそう言われた。

「お梅、お竹。二人を呼んできたって」

片付けをしていた二人に声をかけて、お梅に目配せをする。『しばらくは誰も寄こさんようにな』

太平が室田屋の正面に座り、その横を一歩下がって小夏が、その横に一膝下がって五月が座る。

三人を前にした室田屋が、胡座を正座に組み直し、源伍も形を直した。

「二十人くらい大丈夫。その一言でわしは臍(へそ)を曲げました。二十人がそんなに小さな数かどうかお手並拝見。と、わしの曲がり根性に火がつきました。もしも小手先仕事でごまかそうとしたら、この源伍と二人で弾(はじ)ける。お伊勢参りがここで終ってもいい。年甲斐もなく、そこまで頭に血を昇らせておりました。お恥ずかしいかぎりです」

室田屋が頭を下げ、源伍も頭を下げる。

小夏の小鼻が膨らみ、五月の顔が青ざめる。一人、太平だけがにこにこしている。

「五月さん、でしたな」

「はい」

五月が蚊の鳴くような声で答える。

「あなたは自信があって受けられた。安請け合いではなかったと、今はよく分かりました」

室田屋の言葉に、五月の体がさらに縮こまる。

「太平さん、でしたな」

室田屋が再び太平に向き直る。

「はい、太平です。天賀太平、天下太平の」

「太平どす」

小夏が口をはさむ。料理人に苗字があったらまたややこしくなる。

「絶対においしいものを作る。あんたの言葉に嘘はなかった。今日ほど、うまい料理とうまい酒を楽しんだ事はありません。なあ源伍」

「はい、完敗です。これだけの板前がいると知っていたら、最初(はな)っから喧嘩をしようとは思いませんでした」

「あのぉ」

小夏が再び口をはさんだ。太平が誉められるのは嬉しいが、弾けるだの、喧嘩だのの、物騒な言葉が気にかかる。

「喧嘩って、何やらはるおつもりだしたん？」


「お女将。帰りにもう一度寄らせてもらいたいのだが」

帰り際に、室田屋がそう聞いてきた。

「はい、大きに。そやけど御師さんには話通しておくんなはれ。その上でやったら、松風(うち)は大歓迎ですよってに」

伊勢講の旅は、途中の宿、休み処のすべてが御師の息のかかったところと決まっている。

小夏はそこに割り込む気はないし、伊勢参りの客にも興味はない。

松風は地元の客を相手に商いができればいい、小夏はそう思っている。

「ただし、次は松風の本膳となります。本日のおぼろ月は、あくまで今宵一夜の変わり膳。次にはないですよってに」

にっこりと釘を刺した。

一行は数日後に訪れて松風の昼膳を堪能した。

「おう、今日の神主は鯖入道かよ」

八五郎がからみかけたが、鬼カサゴに優しく一睨みされて「あ、すんません。はい、どれもとてもおいしゅうございました」

その日、太平は釣り御用で海の上にいた。

そしてちょうどその頃。命を捨てるか拾うかの瀬戸際、崖っ淵の真っ只中だったのだが、それはもう少し先でのお話。

四

「うちを壊す気いやったって！」

五月と二人で、室田屋と源伍を見送った後で小夏が吠えた。

「困ったるお客さんを受けたったうちが何で壊されなあかんねん！」

まあ、実際には何もなかったのだが、それでも許せない物は許せない。小夏の小鼻のぴくんぴくんが止まらない。

台所に戻ると、皆が心配そうな顔で待っていた。

「ふーっ」

大きく息を吐いたら、ようやくぴくんぴくんがおさまった。

「みんな、ほんにご苦労さんやった。今日はうちのせいで迷惑かけた、堪忍な」

「ふーう」

小夏の言葉で、女子衆からも大きく息がもれる。長かった一日がようやく終わった。

「今日の事はうちから板前に話す。それまでは誰も何も言わんといてな」

「はい」と返事はあったが、皆の顔にはありありと不満の色がある。そしてその視線は、小夏の後ろの五月に向かっている。

「板場以外の事はみんなうちの責任や」

断ると決めていたのに受けてしまった。五月ではなく、お女将の自分が受けたのだ。

「新入りさんとお客はんにちぐはぐがあって、お女将が右往左往した。そんな噂だけはごめんやで」

小夏が皆の顔を、しっかりと見渡していく。

「へぇ。今日は暇日のはずやったのに、断れんお客さんが立て込みました。それでお魚借りに行きましてん。そう言う事ですな」

お梅が話をまとめた。

「そうや、そう言うこっちゃ。さすが亀の甲らや」

女子衆もそれぞれにうなずいた。お女将の小夏と、女中頭のお梅がそう決めたのなら異存はない。それは五月を、松風の女子衆として育てる。そう決めたという事だ。

皆も二人のおかげで、何とか一人で立っていけるようになったのだ。それに、皆笑えないような失敗りの一つや二つはしでかしている。

「ごめんなさい。私のせいで」

後は言葉にならないままに、五月が床に頭を着ける。

「やめや、五月。仲間に土下座はうちではご法度やさかいな」

小夏が五月を優しく睨んだ。


「今日は久々にこき使われた。おかげでお腹ぺこぺこや」

善じいの言葉に、誰かのお腹が「くうっ」と返事をする。

善じいは、食事がてらにのれんに行くところを捕まった。他の皆も軽く食べただけで働きづめだ。途中でちょこんと啄もうにも、今日の客は何も残さず綺麗さっぱりと平らげてしまっていたのだ。

「きゅるるん」

板場から良い匂いが飛んできて、皆の腹の虫が一斉に鳴きだした。

「はい。お待たせしました」

太平が大きな笊を抱えて板間に上がってきた。笊の上には色々のお結びがぎっしりと並んでいる。

「えーとですね、焼きお結びはお味噌とお醤油。青紫蘇の巻いてあるのがお味噌です。白は梅で、黄は菜花と沢庵。青はわさび菜です。ええ、お茶漬けにしたら最高です」

白に黄に青と緑に茶。色とりどりの上に、味噌と醤油の焼けた匂いが香ばしい。皆の腹の虫が大合唱を始めた。

「ほんま、太平にはかなん」

小夏が思わずつぶやいた。散々に料理をした後にこれだけのお結び。つくづく太平の喰い意地の逞しさには恐れ入る。だけどこの大手柄、太平に一人じめはさせない。

「一人三つ、好きなのを言いや。うちが取り分けたる」

太平のお結びは大ぶりだから、一人三つで充分なのだ。お梅なら一つは朝に回せる。

「白と黄と茶やな。え、茶はやめて緑。黄をやめて茶、ええい面倒い！　太平、何で五種も作んねん」

仕方ない。太平、作り始めたらあれも食べたい、これも食べたいとなってしまったのだ。でもそのおかげで皆が目を輝かせて、白だの茶だの赤だのと叫んでいる。

「赤なんかないでぇ！」

小夏がふと見ると、皆から離れて五月が一人ぽつんと、大きな体を小さく縮めて座っていた。

「太平、もう一仕事や」

小夏が太平に耳打ちをする。

五月も、いつまでもこうしてはいられないと分かっている。同じ姿勢でいるのがこんなに辛いとは知らなかった。せばめた肩身は悲鳴を上げているし、全体重の乗った足は、痛さを通り越して感覚がない。これでは、立ちたくても立ち上がれない。


「ええっ、何で一つしかないんですかあ！」

鍋をのぞき込んだ太平が大声を上げた。後四つ残っているはずのサンガが一つしかない。

「あ、それわしのやで！」

善じいが太平に負けない大声を上げる。

「三つは秀さんが持ってった」

秀次は広間から戻ると襷（たすき）を外し「さてと、おいらの仕事は終わった。こいつは駄賃にもらってくぜ」とサンガを竹包みに移した。

こいつと今日の話を肴に、お文とデコの三人で酒を飲む。近頃はお文も太平をあきらめて、デコを養子にと狙っている。それに、この料理は松風よりはのれんにぴったりなのだ。

最後の一つを取ろうとして、善じいの恨めしそうな目に気がついた。

「すまねえ。こいつは善さんの分だった」

今日の善じいは、それにふさわしい仕事をしてくれた。

「ゴン、しっかり見張ってろよ」

秀次が善じいの分と決めたら誰も手は出さない。だけど太平は別だ。食い物を前にした時の太平には油断も隙もならない。

「だから、わしのや」

善じいも必死だ。自分も関わったこの一品で残りの一合を飲む。この楽しみだけは太平にだってゆずれない。

太平にもその必死さは伝わった。

「半分こ」

太平は決っしてあきらめない。

「じゃあ一口。ええ、作ったのは私なんですからそのくらいはいいじゃないですか。ええ、ほんの一口か二口か三口」

未練がましくも意地汚ない言葉が出た時に、遠くでぱきっ、ぱきっと音がした。

「太平さん！　さっき広間の外で一つ食べたじゃないですか！」

五月が立ち上がっていた。

「ほんまか太平!?」

小夏の小鼻がぴくんぴくんとなり、台所の全員が太平に白い眼を向ける。

「いえ、違います！」

太平の言葉に、五月の頬がぷっと膨らんだ。

「ええ、そうなんですけど違うんです」

太平にだって言い分はある。

「だって、そこにあったんですよ」

お客さんには行きわたったのに、目の前に一皿残っている。中からは「うめえ」の声が聞こえ、鼻先には良い匂いが漂っている。しかも、横の脇取には割箸まで乗っていたのだ。

「ええ、他にどうしろって言うんですか！」

太平が口をとがらせて皆を睨み返す。

「そうや、太平は悪うない。そのお皿は、頑張った太平へのお伊勢さんからのご褒美やったんや」

太平をひいきのお梅が太平に味方した。

一番頑張った太平へのご褒美、その言葉で皆も納得した。太平は悪くない。悪いのは、太平の前にあった皿の方だ。

「しゃーない、太平や」

「そや。しゃあない、太平や」

ゴンと小夏の言葉で皆が笑い出した。大きく心の底からの笑い声の中で、太平と五月だけが笑っていない。

だけど、皆の優しい笑い声の中に、きょとんと立ち尽くす太平。その顔を見ていたら、五月も思わず笑い出してしまった。

　ついでに涙も出てきて、暖かく頬を伝わっていった。

「善じい、休みんとこすまなんだな。ほんに助かった」

　一人一人に声をかけて、お結びの包みを渡していく。「下があっての上や。下に感謝できん人間（もん）は上に立ったらあかん」小夏が、松風のお女将になると言った時に、病床の父が言ってくれた言葉だった。

「みんな、ほんにご苦労さんやった。ここで食べるんも持って帰るんも好きにしてや。あとな、さっきも言うた通り明日は勝手休みやさかいな」

　当てのある女子衆の顔が輝き、善じいとお梅の顔が曇る。一日暇を持てあますだけなのだ。

「太平。五月。あんたらのはこれとこれや」

「あ、私はここで」

　太平の言葉に小夏の小鼻が大きく膨らんだ。

「どこまで太平楽なんや。そこの荷物忘れたんか」

　小夏が目で差す台所の片隅には、袢の入った風呂敷包みと太平の両刀が置いてあった。

「あっ、あっ、あーっ……」

　太平の顔が青ざめていく。そうだった、今日はお城に上がったのだった。太平の頭の中に、二匹の古狐の顔が浮かび上がる。

「今日はそのまま帰りい。それとも、もう一回褌一丁になるか」

「いえ、すぐに帰ります」

今、五月の前で褌一丁になれるほど、太平の神経は図太くない。

「帰りついでに五月を送ったって」

「あ、私は大丈夫です」

言って五月が唇を噛む。大丈夫は禁句と決めたばかりだった。

「ああ、大丈夫や。夜道で女子はん襲う度胸は太平にはあらへん。安心して送ってもらい。なあ、太平」

「はい、たぶん」

そう言って、五月とともに出ていった。

「たぶん、て何やねん」

終章　つかの間の休息

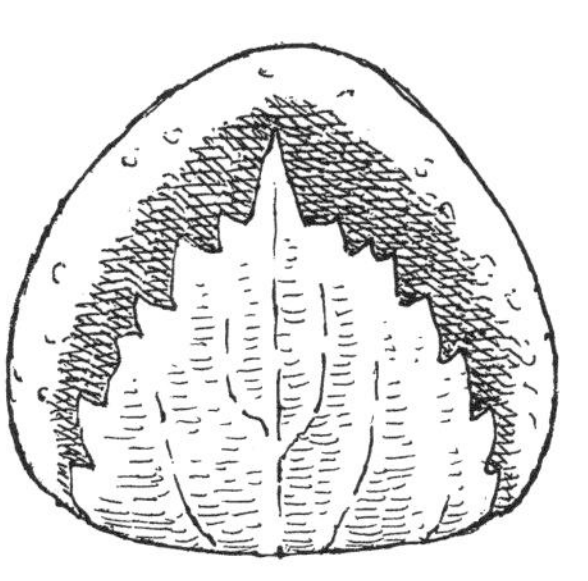

一

半月に、ふわりと照らされた夜道を五月が無言で前を行き、太平も無言でついていく。

ほんの少し前に、自分の胸をつかみ、自分から唇を重ねた男と二人。

ほんの少し前に、その胸をつかみ、唇を重ねてきた娘と二人。

それぞれに、今日を思い出す二人のあいだに、甘い香りが満ちていく。

「あ、あの、く、くち」

なぜ、あの時に唇を。

「あ、はい、梔子(くちなし)ですね。この香り大好きです」

五月が豊かな胸を大きく膨らませて、五月の夜の匂いを思いっきりに吸い込んだ。

「あ、これが梔子の匂いですか。実の方はよく知ってるんですよ。ええ、きれいな黄色が出るんです。金団や菜の花御飯には欠かせません」

もちろん、鯉の餌じゃない方の金団を作る時だ。

「太平さん。今日はありがとうございました」

五月にとって、寄る辺も頼りもないこの地で、ようやく見つけた居場所が松風であり、道標が小夏だった。それをたった一言で失いかけた時、五月と松風を救ってくれたのが、太平だった。その太平に胸をつかまれたのは、まあ、あれは事故のようなものだ。だけど唇を重ねたのは、あれは確かに自分の意志だったはずだ。

「あの、たぶん、私」

五月はまだ恋をした事がない。一度だけ、これが恋かと思ったそれは、すぐに無惨に砕け散った。

「私、太平さんの事が好きだと思います」

振り向いて太平にそう告げた。

「あ、はい。それはもう何ともはや……」

好きな相手に好きと言われるなど、太平には生まれて初めての事だ。何をどうすればいいかまったく分からない。太平をじっと見詰める五月の瞳があまりにまぶしくて、思わず目を閉じてしまった。

すっと、太平の唇の上に、暖かくて柔らかなものが重なった。目を開けると、目を閉じた五月の顔が目の前にあった。

抱き締めたい。そう思ったが、あいにく、袢の入った風呂敷包みとお結びの包みで両手はふさがっていた。

「お寝みなさい」

くるりと背を返して五月が長屋の木戸に向かう。

「ふはあーっ！」

五月の姿が木戸に消えるのを見届けて、太平が大きく息を吐いた。顔が真っ赤なのは、息を止めていたせいばかりではないようだ。

夢見心地のままに、ゆっくりときた方向に向き直る。太平の家は逆方向なのだ。もう一度、松風の前を通って帰る事となる。

「ええ、大事なのはですね、今のこれをですね」

落とさず、こぼさず、忘れずに持って帰る。できるものならば、目を閉じたまま帰ってそのまま眠りにつきたい。

白装束の太平が、そろりそろりと、一歩一歩を踏みしめながら歩いていく。イヨオォの、声と鼓が入れば能狂言の道行(みちゆき)だ。

「はっ、ふーっ。はっ、ふーう」

太平がようやく一歩目あたりを踏みだした頃、五月は家の前で息を整えていた。

「いつものように、いつものように」

自分に言い聞かせて腰高障子に手を伸ばす。

「ひゃん！」

がたりと戸が勝手に開いて、目の前に石動の大きな髭面があった。

「ち、父上。お、お出かけですか？」

「うむ。あー、小用じゃ」

そう言う父の腰には両刀があった。

「お帰りなさい、五月」

板間に座っていた母が、五月を手招きして耳元にささやく。

「違うんですよ。あなたの帰りが遅いから、見てくるって」

松風では、長居の客には住み込みの女子衆が応対するから、通いの五月がこんなに遅くなるのは初めての事だった。

「ごめんなさい。急にお客さんが立て込んでしまって」

「うむ」

「あ、お夜食をいただいてまいりました」

「いつもご親切なこと」

百合が、小さな風呂敷包みに手を合わせる。

「うむ」

石動は最初の時、「施(ほどこ)しは受けぬ」そう言ってしまった。その時の五月の哀しそうな顔と、百合の怒った顔は今でも忘れられない。

「あなたは間違っておいでです！　これは五月が己れの働きで勝ち得た物。武士でいえば殿からの下され物。断じて施しではありません」

きつく、きりっと百合に睨まれた。

「あー、すまぬ」

そう言うしかなかった。

風呂敷を開けると、竹皮の包みが二つと白木の割子が一つ。割子の中には炊き合わせと出し巻玉子が入っていた。その玉子焼きは、太平が小夏に言われて作ったものだった。

二

「うちは高うおます」

五月が八兵衛に連れられて松風にきた時、玄関の脇座敷での、小夏の最初の一言がそれだった。

「ええものを吟味して、職人たちが腕を振るうて、最高の料理を作ります。女子衆にもそれにふさわしい仕事をしてもらいたい、そう思てます。あんたはんにはそれができますか」

小夏が、五月の目をしっかりと見据えてそう聞いてきた。

思いがけぬ質問に隣りの八兵衛を見たが、八兵衛の奥まった小さな目は、開いているかどうかも良く分からない。

八兵衛が、小夏から新しい女子衆を頼まれたのは二月(ふたつき)も前の事だった。以前に八兵衛が紹介したお亀が嫁ぐ事となり、その後釜を頼まれた。

小夏を相手に生半(なまなか)な娘は紹介できない。吟味している内に二月(ふたつき)が立ち、祝言も終わった。お亀の祝言は松風で行われ、八兵衛と小夏が親代わりを勤めた。

その次の日に、五月が万十屋を訪れた。

一目で気に入って「五月さん、あんたは運がいい。あんたにぴったりのところがある」

そう言って連れてきた。

だから五月も、もう決まった事だと思っていた。

「分かりません」

そう答えるしかなかった。

これでこのお店は駄目になった。それは仕方ない。もともと、客前に出る仕事など自分には無理、そう思っていたのだ。

ただ問題は、ここが駄目となった時に、次にいく勇気が自分に残っているかどうかだった。自分が働くしかない。そう決めて口入れ屋の暖簾をくぐる時に、持っている勇気のほとんどを使い果たしてしまっている。

「すみません。私、お仕事をした事が一度もないんです。だから、自分に何ができるか、まったく分からないんです」

そう言って頭を下げた。お女将といえば忙しいに違いない、そんな人の時間を無駄にさせてしまった。

「ほな試して見よか。あんたに何ができて、何ができひんか」

五月が驚いて顔を上げると、小夏が楽しそうに微笑んでいた。

小夏は五月の素直な言葉が気に入った。女子衆にとって、素直に勝る素質はない。

「いつからこられる？」

「は、はい。今からでも」

「それは迷惑や。うちにも都合がある。明日の八つ頃においで。お梅、この娘の丈取ったって」

　これだけ柄の大きな娘のお仕着せは、すぐには間に合わない。

「三日、三月、三年やで」

　お梅に身の丈を計ってもらっている時にそう言われた。

「三日でつとまらん、そう思うたんならしゃあない。三日が辛抱できれば三月はすぐや。三月もすれば、仕事も他人もあら方知れてくる。分かって駄目ならしゃあない、そん時は一緒に考えよ。三月が辛抱できたら三年もすぐや。男ならそのまま十年やけど、女の三年は長い。家族の事やら、惚れたはれたのややこしが出てきたる。そん時にはまた一緒に考えよ」

　三日、三月、三年。その事は分かった。だけど分からない言葉がある。

「あのぉ、一緒に考えるって」

「あんたの将来の事やないか。松風と合わんかても、他に向いてるとこが必ずあるはずや。それを、そこの狸じじいと三人で考えよ、そう言うてんねん」

「小夏さん、狸じじいはひどい。せめて、いつもの豆狸はんで頼んますわ」

　八兵衛が首筋を掻きながら苦笑する。

　一緒に考えよ。その言葉が、五月の胸の内にやんわりと染みていく。

「やめたなったら、いつやめてもかまへん。そやけど、黙って消える。そんだけはせんといて、それがうちには一番つらい」

十六で松風に乗り込み、十八でお女将となって二十年。その間には、今でも抜き取れない棘の何本かが胸に刺さっている。

五月には小夏が眩しくてならない。

自分の仕事を持ち、男とも対等に渡り合う。五月の生きてきた武家の社会にはそんな女はいなかった。家に寄り添って生きる。それが女、そう思って生きてきた。


「おやまあ」

色とりどりのお結びに玉子焼き、いつにも増しておいしそうだった。

「あなたもご一緒にいかがですか」

奥に入ろうとする石動に百合が声をかける。

「夜は食さん」

素っ気なく答えた石動が、少しためらってから言葉を継いだ。

「あー、朝ならば食す。残して置け」

奥に入る石動の後ろ姿に、百合と五月がくすっと目を交わす。

昼を三人で歩き、夜を一つ部屋で過ごす。妻と娘にはさまれて、時折りに石動の見せる困ったような顔。それを見て、母娘でくすっと笑みを交わす。そんな習慣が、短い旅の中で生まれていた。

「本当に、良いお店でよかったこと」

百合が旅籠で寝ついて三日目の朝に、五月が思い詰めた顔で出ていき、昼過ぎに、上気した顔で戻ってきた。

「おつとめを決めてまいりました。それに住居(すまい)も」

石動が百合を背負い、五月が荷を持って引っ越しは終った。

「ありがとう、五月」

古びた長屋の一間に横になった百合が微笑んだ。百合には自分の病いの篤(あつ)さが分かっている。多分、来年の桜は見られない。

旅の宿ではなく、親子三人で暮らす中で終われるのなら、これ以上の幸せはない。ただ、気がかりは五月の事だけだった。

ある時から外に出なくなり、お父様が父上に変わって、石動を避けるようになった。話し相手は百合と、通い女中のお婆さん。それと犬のたろ、それだけだった。

そんな五月が一人で奉公先を決め、住居まで決めてきた。そして毎日元気に出かけ、たまに悄気(しょげ)て帰ってくる。そしてその日にあった事を楽しそうに、そして、たまに悔しそうに話してくれる。

そんな五月が、今日はずい分と口が重い。よほど大きな失敗りでも、と思ったが顔は暗くない。

「今日の炊き合わせ、おいしそうですね」

いつもの炊き合わせは野菜のそれぞれがしゃきりとしているのだが、今日の野菜はどこかとろんとしている。それが家庭の料理のようで好ましく見えた。

「それ、私とゴンさんで作ったんです」

土間の七輪で湯を沸かしていた五月が、顔を輝かせて振り向いた。

「お結びと玉子焼きは太平さんが、あっ」

言ってしまった。

「太平さんて、あの太平さん？」

「はい、あの太平さんです」

「おやまあ」

「うむう」

石動が目を剝いて戻ってきた。

昨日の今日に、娘の奉公先に押しかけたとあっては聞きずてにならない。

「はい、お話しします」

こうなれば仕方ない。それに五月だって、今日の大騒動を話したくてたまらなかったのだ。父までいるのは余分だが、この旅のおかげで、父が近くにいるのにもすっかり慣れた。

「食べながらお話しします」

本当に腹ぺこなのだ。行儀などかまっていられない。

「お母様も召し上がってください。その玉子焼は、太平さんがお母様のために作ったのですから。父上は」

「うむ」

「お好きにしてください」

どうせ「うむ」か「あー」しか言わないのだ。食べるにも話すにも邪魔にはならない。

五月の手にしたお結びが、一口で半分となる。噛むたびに顎の筋肉がしっかりと動き、柔らかな二重の喉にこくりと落ちていく。

「あー、おいしい。青紫蘇って、手にお味噌が付かないように巻いてあるだけ、そう思ってました。でも、噛んだらぱしんと歯応えがあって、ぽわんと香った後にお味噌の香りが」

「話もせよ。あー、味の話ではない」

石動は朝が早い。五月の腹の虫が満足をするのを待ってはいられない。

子供の頃の五月は食事の時、今のように幸せそうな顔をしながら食べ続けた。そして腹が肥ちると、箸を持ったまままことんと寝てしまう。「おやまあ」「うむ」五月の満ち足りた寝顔を、百合と二人で飽きる事なくながめた。

「あー、寝る前に話せ」

五月の、「大丈夫」の一言のせいで三十人（実際は二十三人）の江戸者が店を壊そうとした事（実際は何もなかったのだが）。

そして太平のおかげで松風が救われた事。もちろん、太平に胸をつかまれた事と、唇を合わせた事（それも自分から二度もだ）は端しょった。

「おやまあ」

「うーむ」

五月は話すうちに、今さらながら自分の仕出かした事の大きさを思い知らされた。

「もし、太平さんがいなかったら」

太平が居合わせた事が奇跡としか思えない。

「はい」

百合が懐紙を出して五月に渡す。五月の顔は、涙と鼻水でぐしゃぐしゃとなっていた。

「ちぃぃん」

五月が可愛(かわい)く鼻をかみ、石動が、今度こそ奥に引っ込んだ。

今度太平と会ったら礼を言わねばならない。それだけでも腹立たしいのに、お結び二つと玉子焼の一切れも食べてしまった。どれもうまかったから余計に腹が立つ。

三

「みい」

「叱(し)っ！」

「太平殿‼」

「太平様‼」

やはり捕まってしまった。

しかも、抱き上げたみいにも逃げられた。みいは尻尾を立てて、「フーーッ」と一声唸って暗闇に消えていった。太平についた、誰かの匂いが気に入らなかったようだ。

仕方ない、今日はみいなしで二匹に立ち向かうしかない。

「今、何刻と、お思い、で……」

「大事な御用を、前に……」

障子を開けた途端に飛んできた声が途中で消えた。

「な、何ですか、その格好は！」

「か、裃はいかがなされました！」

おばば様と楓の、悲鳴にも似た声が響く。

「あ、はい、ここに」

白装束に烏帽子姿の太平が風呂敷包みを持ち上げる。刀は邪魔だから松風に置いてきた。

「一体、何がございましたか⁉」

「はい、もちろんお話しします。でもですね。ええ、朝から今までの事をすべて話すとするとですよ、これはどうしたって明日の朝まではかかる訳ですよ。ですから、これは日を改めてですね」

「かいつまんでお話しなさい！」

楓の目が吊り上がっている。おばば様の目も吊り上がっている。日延べは無理のようだ。

「えー、お城。五郎八様。信久さん。原さん。ご家老。桜」

必死にかいつまんだ。

「ご家老！　ご家老のどなたですか？」

大古狐がご家老に喰いついた。

「柴田様ですか？　伊藤様ですか？　それとも」

もう一匹も喰いついた。

「はい、確かけん餅さんとか」

「監物。片桐監物様ですね！」

古狐二匹の眼が爛々（らんらん）と輝く。二匹は、いや二人は、太平と違って家老の名くらいちゃんと知っている。片桐監物が藩一番の実力者である事も当然知っている。

「片桐様とお会いしたのですか！」

「で、どんなお話を？」

太平に喰いつかんばかりに二匹が迫ってくる。

部屋に呼ばれたんですけど、部屋を知らないので行きませんでした。そう答えたら八つ裂きにされるだろう。

「えー、堀江さん。松風。小夏さん。けん餅さん。五月さん」

「まあ、松風で片桐様と」

二人の顔が飛びっ切りに輝いた。

もちろん、太平は松風では監物と会っていない。小夏から、「隣りには監物がおったんやで。出世しそこねたな太平」と、実に楽しそうに言われただけだ。

だけどおばば様と楓の中では、藩一番の実力者が太平を、城下屈指の料亭松風に招待してくれた。そうなってしまった。

「楓、当家にもようやく運が巡って参りましたぞ」

「はい母上。ありがたい事です」

二人がしっかりとお互いの手を取り合う。

二人には長年の鬱屈がある。それは釣り役というお役にある。武士の職分としてはいささか胸を張りづらい。「武士が漁師のまね事を」「いや、漁師が武士のまね事をしておるのだ」口さがない陰口が、聞かずとも聞こえてくる。

だが片桐監物の引きがあれば、釣り役以外のお役も夢ではない。太平には迷惑この上ない野望が二人の中に燃え上がっていく。

「で、何を⁉」

「で、何と⁉」

二人が牙を剥く。

「申し上げられません」

太平が珍らしくきっぱりと言い、大古狐が「したり」とうなずいた。

「さようでした。お役目の事は家族の前であっても、軽々と口にするものではございません」

口にできぬほどの大事を仰せつかった。おばば様が勝手に得心すれば、以心伝心、楓も勝手に納得した。

「太平殿。くれぐれも御用大事に」

殊勝にも、二人そろって頭を下げる。

太平とすれば、そもそも話をしていないのだから「申し上げられません」だったのだが、これで解放してもらえるのなら、上々吉の万々歳だ。

「太平殿、そちらの包みは？」

床に着き、五月との色々を夢に見ようと思うのだが、なかなか寝つけない。ふと見たら、暗闇の中から金色の眼が太平を睨んでいた。

「何だ、いたんですか。はい、どうぞ」

掛け具を持ち上げたが近づいてこない。

「フン」と鼻を鳴らして毛繕いを始めた。

「ええ、だったら勝手にしてください。私だって忙しいんですから」

そのまま目を閉じて、草フグを思い浮かべながら幸せな眠りについた。

太平から取り上げたお結びで腹も満ちたおばば様と楓も、色々のお役を夢見ながら、幸せな眠りの中にいる。

石動と百合、そして五月もすでにすこやかな寝息を立てている。

それぞれがそれぞれに、少しの幸せを抱いて眠る。そんな日々が、ある日儚(はかな)く終りを告げる。それは、もう少しだけ先でのお話。

終

〈著者紹介〉

石原しゅん（いしはら しゅん）

1954年岐阜県高山市に生まれる。多摩美術大学日本画科中退。

SF宝石にて「マミの旅」イラスト連作、早川SF文庫表紙等を手がける。

SF奇想天外にて「モーヴィドラゴン」でマンガ家デビュー。

月刊チャンピオン他でSF作品。釣りマンガ「黒鯛十番勝負」「釣人倶楽部」等。歴史マンガ「戦国アウトロー列伝」「戦国武将列伝」等々。

小説家としては本作品がデビュー作となる。

花房藩(はなぶさはん) 釣(つ)り役(やく) 天下太平(てんかたいへい)

2024年3月22日　第1刷発行

著　者　　石原しゅん
発行人　　久保田貴幸

発行元　　株式会社 幻冬舎メディアコンサルティング
〒151-0051　東京都渋谷区千駄ヶ谷4-9-7
電話　03-5411-6440（編集）

発売元　　株式会社 幻冬舎
〒151-0051　東京都渋谷区千駄ヶ谷4-9-7
電話　03-5411-6222（営業）

印刷・製本　中央精版印刷株式会社
装　丁　　弓田和則

検印廃止

Printed in Japan
ISBN 978-4-344-94989-8 C0093
幻冬舎メディアコンサルティングＨＰ
https://www.gentosha-mc.com/

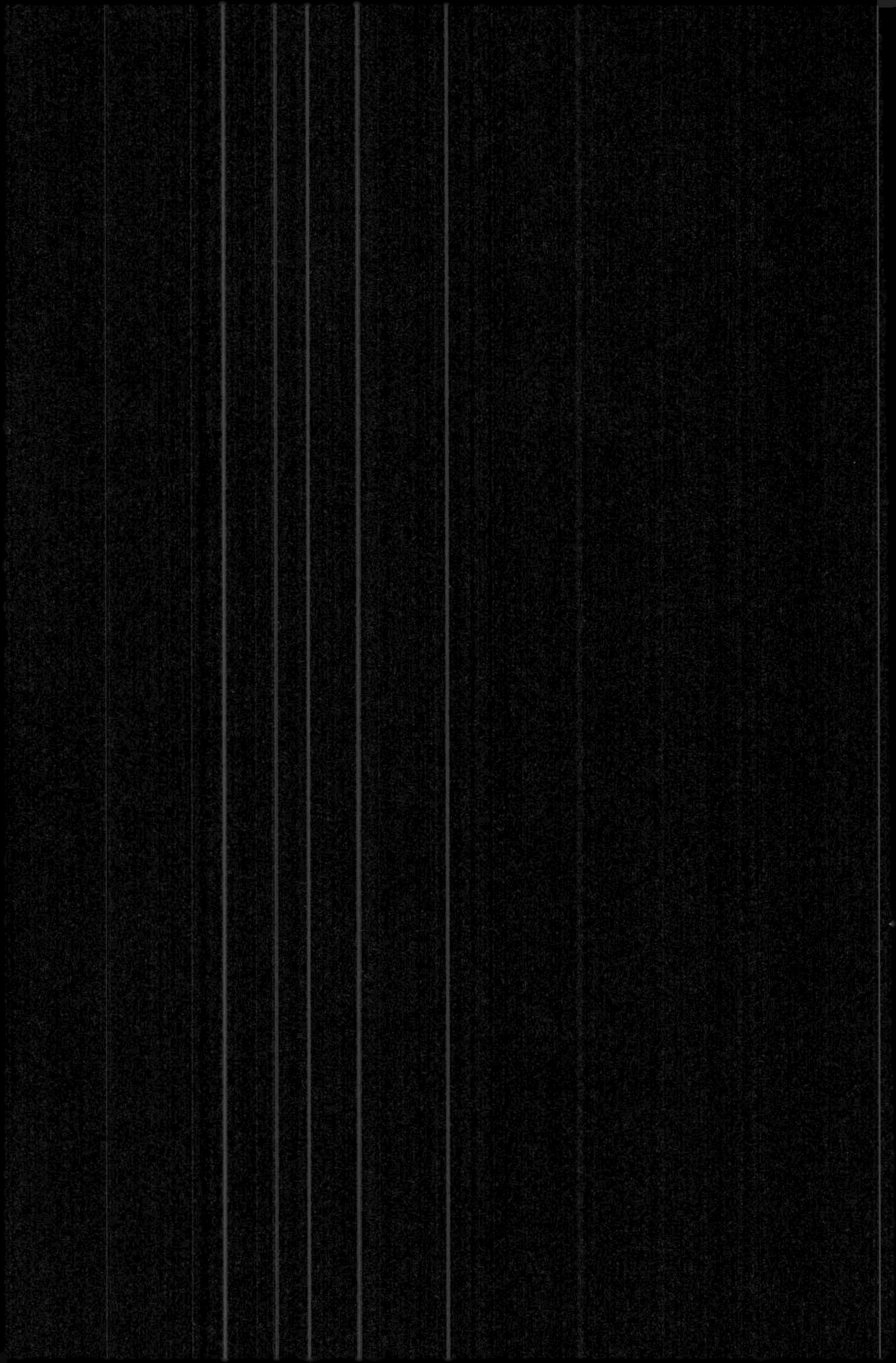